食全食美 8 完

尋找失落的愛情 著

風文創 099

目錄

第三百八十二章 忠告 005
第三百八十三章 回京 012
第三百八十四章 好久不見 019
第三百八十五章 紛亂 025
第三百八十六章 追問 031
第三百八十七章 冷戰 039
第三百八十八章 擔憂 046
第三百八十九章 鬧騰 053
第三百九十章 入宮 060
第三百九十一章 最疼她的人 067
第三百九十二章 紛擾 073
第三百九十三章 岳父難纏 080
第三百九十四章 和好 087
第三百九十五章 坦白 094
第三百九十六章 正妻和小妾 101
第三百九十七章 意欲何為 108

風文創 099

第三百九十八章　心思　114
第三百九十九章　鬧劇　121
第四百章　自古艱難唯一死　128
第四百零一章　大吵一架　135
第四百零二章　公主脾氣　142
第四百零三章　情不由己　149
第四百零四章　後悔不迭　156
第四百零五章　男人的心妳不懂　163
第四百零六章　心聲　170
第四百零七章　不同　177
第四百零八章　疑竇　184
第四百零九章　意外　191
第四百一十章　審問　198
第四百一十一章　真相　205
第四百一十二章　誰的悲哀　211
第四百一十三章　對質　218

風 文創 099

第四百一十四章 有孕 225
第四百一十五章 準爸爸 232
第四百一十六章 決定 239
第四百一十七章 虛與為蛇 246
第四百一十八章 離京 252
第四百一十九章 告別 259
第四百二十章 秘密 266
第四百二十一章 噩耗 273
第四百二十二章 新生命 280
第四百二十三章 堅強 286
第四百二十四章 選擇 293
第四百二十五章 歸來 300
第四百二十六章 塵埃落定 307
番外之〈訣別〉 314
番外之〈邵晏〉 319
番外之〈容瑾〉 324

第三百八十二章　忠告

天色將晚，容瑾也回來了。夫妻兩人默默對視一眼，便都知道對方在想什麼。

「汐兒，妳別擔心，我不會讓他傷害妳的。」容瑾語氣平靜，可眼神卻冷冽逼人。

寧汐輕輕地嗯了一聲，悄然握住容瑾的手。「你也要小心些。」

容瑾挑了挑眉，故作不屑一顧地笑道：「他要是敢再動什麼歪心思，我直接閹了他。」

寧汐果然被逗樂了。不知怎麼的，腦中忽地閃過一個齷齪的念頭。萬一四皇子本來就偏好做「下面」的那一個，閹了他也阻止不了他的心思怎麼辦？

雖然這麼想太不厚道，可寧汐還是忍不住偷偷笑了。想像著四皇子被男人壓著的場面，雖然很猥瑣，可真是很解氣啊！

好在容瑾不知道寧汐腦子裡轉著什麼念頭，不然肯定又要吃乾醋了。居然琢磨男人相好時在上面還是下面的問題，這怎麼可以！

既然回了府，寧汐自然要去拜見公爹。

容將軍本該前幾日就啟程離京，因為朝中有事才耽擱了。見容瑾和寧汐都回來了，便笑道：「你們回來得正好，我明天就要走了，今天晚上這頓家宴，正好為我餞行。」

容瑾早已習慣了父子之間的聚少離多，寧汐對容將軍尊敬多過喜歡，對他要離京一事都很淡然。當然，面上總要意思意思的表示不捨。

當晚的家宴，各人卻都沒多少喝酒的心思。

四皇子即將回京一事，在座的人都是心知肚明，或多或少都在為容瑾擔心，卻又不便訴之於口，看向容瑾的目光便都有些怪怪的。

容瑾生平最討厭別人用這樣的目光看自己，偏偏又都是關心自己的親人，滿心的悶氣只好往下嚥。

寧汐知道他心裡不痛快，悄然伸出手，輕輕地握住他的手。

容瑾定定神，回了一個淡淡的笑容。

家宴結束之後，容將軍特地將容瑾三兄弟都留了下來，父子四人一起去了書房，也不知說了些什麼，總之許久都沒出來。

蕭月兒等了片刻，便低聲說道：「公爹一定是有話叮囑他們，我們別在這兒等著了，先回去吧！」

寧汐點點頭，正打算和蕭月兒一起離開，眼角餘光忽地瞄到李氏，腳步不由得頓了一頓。李氏素來不多話，可像今晚這般沈默少言卻也少見。該不會是這些日子裡又和容玨吵架了吧！

寧汐想了想，還是湊過去關切地問了句。「大嫂，妳今天臉色不太好看，是不是出什麼事了？」

李氏也沒料到寧汐竟留意到了自己細微的神情變化，心裡湧起複雜難掩的滋味，竟難得的直言相告。「相公身邊的挽虹前兩日診出有了身孕。」

寧汐和蕭月兒俱是一愣。

李氏和容玨表面相敬如賓，可夫妻感情並不如表面顯現的那般和睦。

容玨陸陸續續的納了幾個小妾，這個叫挽虹的最受寵愛。

李氏自恃身分，平日並不刻意為難這些妾室，可自己一無所出的情況下，小妾卻有了身孕，這種難堪，換了哪個女人也受不了。

蕭月兒小心翼翼地安撫道：「大嫂，就算挽虹生了孩子，也得養在妳名下，妳也別太過生氣了。」

李氏扯了扯唇角，眼底那抹苦澀十分明顯。她知道挽虹懷了身孕的消息之後，第一個反應不是憤怒和嫉恨，而是羨慕……

自從懷的第一個孩子流產之後，她再也沒懷過身孕。容玨口中不說，心裡肯定是介意的。如今別的女人懷了自己丈夫的孩子，她這個做正室的，非但不能表現出一絲嫉恨，還得精心照顧挽虹。這樣的心情……真是一言難盡！

寧汐也不知該怎麼安慰李氏才好，便順著蕭月兒的話音說道：「是啊，大嫂，既然已經這樣了，妳也想開些。不管怎麼說，都是大哥的親生骨肉，以後都得叫妳一聲母親。」

李氏的軟弱只流露了片刻，便重新振作起來，笑著點頭應道：「妳們說的對，相公終於有了孩子，我該高興才對。」那笑容，讓人看著莫名的心酸。

辭別了李氏，寧汐和蕭月兒挽著手走在容府的園子裡，兩人就著這件事各自感嘆了一番。

「大嫂也真夠可憐的。」寧汐嘆道。平日雖然和李氏有些不對盤，可看李氏那副落寞的樣子，心裡真不是個滋味。

蕭月兒也頗有同感。「是啊，大嫂每天操持府裡的瑣事這麼辛苦，大哥對她卻不冷不熱，還左擁右抱的，真是氣人。」

其實，納妾對貴族男子來說是司空見慣的小事。容玨也不是沈溺美色的人，除了李氏這個正妻之外，只納了三個小妾而已，這個數字真的不算多了。

蕭月兒不知想到了什麼，忽地忿忿地說道：「容琮要是敢這麼對我，我一定休了他。」

一般來說，都是丈夫休妻。不過，她是堂堂公主，當然只有她休駙馬的分兒。

寧汐啞然失笑，故意調侃道：「公主好威風，看來駙馬爺今夜又要跪床頭了。」

蕭月兒聽出取笑之意，噘著嘴巴說道：「喂，我什麼時候對他這麼凶過了？」

「真的沒有嗎？」寧汐故作訝然。「可我上次還聽說，妳一發起脾氣來，就會亂摔東西，動靜鬧得兩里之外都能聽見……」

蕭月兒忙去掩她的嘴，寧汐哪敢和孕婦胡鬧，笑嘻嘻地住了嘴。嬉鬧幾句之後，兩人才各自回了院子。

一直等到子時三刻，容瑾才回來。

容瑾從來都是喜怒形於色的脾氣，只要看他的臉色，便知道他的心情如何了。

寧汐瞄了他一眼，見他面色平和，稍稍放了心，隨口問道：「剛才在書房裡，公爹對你們都說什麼了？」

容瑾也沒隱瞞。「也沒說別的，就是叮囑我們要小心些……」

容氏父子四人，如今已經成了大皇子這一派中最中堅的力量。一榮俱榮，一損俱損，在對待四皇子的事情上，目標更是一致。不管為了什麼原因，都要和四皇子對立到底了。

容將軍的目光先落在容玨的臉上。「玨兒，你是老大，一定要切記，不管到了什麼時候，都一定要保護好容府的所有人。」尤其是容瑾，絕不能讓他落在四皇子手裡。

容玨顯然看懂了容將軍眼神中的複雜涵義，鄭重地點頭應了。

容將軍沈吟片刻，又對容琮說道：「琮兒，你身分特別，要善加利用。」蕭月兒是皇上最疼愛的女兒，只要有皇上在，便無人敢動蕭月兒和容琮。

容琮沒吭聲，只點了點頭。

然後，便輪到容瑾了。

容將軍看著面如冠玉俊美無雙的兒子，心裡也有幾分唏噓。三個兒子都是人中龍鳳，尤其是容瑾，才華出眾風采逼人，年紀輕輕就中了狀元進了翰林，又得皇上青睞，堪稱容家的驕傲，偏偏這個兒子也是最令人頭痛煩心的。天生的一副毒舌加壞脾氣，就連他這個做爹的說的話，也不見得聽得進去……

「瑾兒，」容將軍緩緩的開了口。「這兒只有我們父子，沒有外人，有些話我就直說了。」所謂的外人，其實也就是三個兒媳。

容瑾雖然桀驁不馴，可對著自己的老爹還是有幾分尊敬的，明知道接下來的話可能並不中聽，還是洗耳恭聽。

「四皇子此次回京，是打著探望梅妃的旗號，不管梅妃身體如何，他必然會想方設法的留下來。」容將軍淡淡地說道。「如果他對你死心不息，只怕還會有糾纏之舉，你就算再憤怒，也絕不能做出傷人的舉動來。」

容瑾的臉色一沈，眼裡快冒出火星了，強忍著沒有反駁。

容琮卻忍不住了。「這怎麼行，要是他出言無狀甚至動手動腳的，難道三弟也要忍著不成？」是個男人都忍不了這樣的羞辱，更何況是驕傲至極的容瑾！

容將軍冷著臉說道：「想反擊的法子多得是，當眾傷人是最愚蠢的。上一次是因為皇上正生四皇子的氣，所以沒有追究。如果再有一回，皇上豈能容忍屢次傷皇子的人？」

容玨也點頭附和。「爹說得有理，三弟上次確實有些魯莽了，想出氣方法很多，這種法子實在不可取。」解氣倒是解氣了，可後續的麻煩也實在讓人頭痛。萬一被有心之人逮住在皇上面前參上一本，容瑾的仕途一定會大受影響，說不定還會累及容府。

容琮想了想，也不吭聲了。

三雙眼睛一起看向容瑾。

容瑾深呼吸口氣，點點頭。「好，爹，我答應您。」

容將軍這才鬆了口氣。容瑾從不輕易許諾，不過，只要說過的話就一定不會反悔。

寧汐聽完之後，忍不住輕嘆一聲。「公爹真是一片苦心。」乍聽似乎有些不近人情，可細細一想，話語裡隱隱透露的，卻是一個父親對兒子最深切的關懷。

容瑾難得的嘆了口氣。「是啊，不然我怎麼可能答應。」一想到那張令人厭惡的臉又要出現在視線裡，心情簡直糟糕極了！
寧汐摟住容瑾，給他無言的安慰。

第三百八十三章　回京

第二天，容將軍收拾好行李出發。

寧汐隨著容瑾等人一起去送行。她對容將軍談不上有多深厚的感情，可看著他騎在馬上的身影，心裡竟也有些酸酸的。

眾人輪番上前和容將軍道別，容將軍早已習慣了這樣的場景，倒也沒露出多少依依惜別之情，臉上還掛著淡淡的笑容。

就在此刻，一輛馬車急急地行駛了過來。

寧汐瞄了一眼，便認出了這是羅府的馬車。是羅庭和容瑤來了！

容瑤急急地下了馬車，匆匆地跑了過來，剛喊了聲「爹」，眼圈就紅了。

容將軍心裡也不是個滋味，口中卻低聲安撫了容瑤幾句，面上的表情比剛才溫柔多了。

閨女和媳婦到底不一樣。三個兒媳不約而同的暗暗感慨。

她們三個固然沒像容瑤那樣哭哭啼啼萬般不捨，可容將軍對著她們的時候也沒有這麼溫和關愛。

風韻猶存的陶姨娘也在一旁捏著手帕擦拭眼淚。

磨蹭了半天，容將軍終於出發走了。

容瑤抽抽噎噎的還在哭，眼眸都紅腫了一片，倒是比平日牙尖嘴利的刻薄樣子順眼多了。

李氏上前安慰了一通，本該順口邀容瑤留下來吃了午飯再走，可一想到上次鬧得雞飛狗跳的事件，心裡有些發怵，便也沒提，任由羅庭帶著容瑤回了羅府。

接下來的幾日，寧汐都在惴惴不安中度過。

四皇子即將回京的消息，很快的在朝中傳了開來，眾人表面如常，可私底下卻是波濤暗湧，看向容瑾的曖昧目光驟然又多了起來。

四皇子離京時，容瑾怒起傷人，雖然這個消息被壓了下來，可京中的貴族大臣們誰沒有自己的消息管道，焉能不知？

沒人敢當著容瑾的面說三道四，可背地裡酒足飯飽酣然之際，不免要擠眉弄眼調笑幾句。

如今四皇子又要回來了，容瑾會是什麼反應？

蕭月兒特地回了宮裡一趟，想去探望梅妃，皇上卻不准，皺著眉頭說道：「梅妃身染怪疾已有多日，妳現在懷了身孕，萬一過了病氣就不好了。」

蕭月兒還想再央求，皇上已經板起了臉孔，她只得怏怏地點頭應了。

蕭月兒特意回宮一趟，卻什麼消息也沒打探到，心裡鬱悶極了。

想來想去不甘心，特地又去了惠貴妃的宮裡，給梅妃說上了幾句。「……父皇對梅妃真好，竟然為了她特地下旨讓四皇兄回京城。要是梅妃身體好起來，說不定更得父皇的寵愛呢！」

惠貴妃這些日子心裡正不痛快，聽到這些話更是嫉恨交加，臉上還得擠出笑容來。「梅妃妹妹身染重疾，聖上憂心也是理所當然。」

蕭月兒心裡暗暗偷樂。相處多年，她對惠貴妃的性子再熟悉不過，別看惠貴妃口中說得大方，心裡不知氣成什麼樣子了呢！不給四皇子和梅妃添堵才是怪事……

蕭月兒愉快地回了容府，繪聲繪色地說給寧汐聽。

「……妳是沒看見，惠貴妃當時的臉色難看得不得了，肯定已經在琢磨著怎麼對付梅妃了。」惠貴妃得寵多年，在宮中的勢力遠勝梅妃，要是她成心要對付梅妃，梅妃的日子肯定不會好過。

寧汐啞然失笑，只是一想到四皇子隨時可能抵達京城，心裡又有些沈甸甸的。

妯娌兩個正隨意地閒聊，荷香急匆匆地走了進來，低聲稟報道：「大皇子殿下派人送了信過來，說是四皇子已經到京城了！」

寧汐心裡陡然一緊。

蕭月兒挑眉笑了笑。「哦？那我可得去四皇兄府上看看去。」再怎麼說也是兄妹，雖然感情不怎麼樣，面子上總得做出點歡迎的架勢來。

寧汐和荷香不假思索地一起阻止。「不行，妳不能去。」蕭月兒懷著五個月的身孕，身子比以前笨重得多，哪裡經得起來回顛簸。

除此之外，還有一層更深的原因，四皇子心狠手辣，為了達成目的不擇手段。當年的西山事件，蕭月兒差點香消玉殞，還是離這種危險人物遠一些比較好……

蕭月兒淡淡一笑。「我知道妳們是擔心我，放心，四皇兄剛回京城，絕不敢在這時候有什麼異動。」頓了頓，又說道：「大皇兄必定也會去，有他在，我不會有事的。」

話說到這分上，寧汐也不好再多勸，只得笑道：「妳一個人去可不行，至少也得等二哥回來陪妳一起去吧！」

蕭月兒笑著點點頭。

容琮很快便得了消息回來了。

蕭月兒忙迎了上去，低聲說道：「四皇兄回來了……」

容琮嗯了一聲。「大皇兄派人和我打了招呼，說是待會兒過來，和我們一起過去。」頓了頓，又有些為難地低聲說道：「他還特地叮囑，讓三弟和三弟妹也都去。」

蕭月兒眼眸倏忽睜圓。「什麼？大皇兄真是這麼說的嗎？」

容琮嘆口氣，點了點頭。

寧汐稍一思忖，便猜出了大皇子的用意，心裡暗暗冷笑一聲。大皇子打的什麼主意，一看就知。他明知四皇子對容瑾死心不息，偏偏就讓容瑾出現在四皇子面前，分明是想讓四皇子失態出醜，又能膈應容瑾，倒是一舉兩得了。

凝著蕭月兒的顏面，寧汐勉強將到了口邊的嘲諷又嚥了回去，可唇角那一絲冷笑各人卻看得清清楚楚。

「不行，他們不能去。」蕭月兒俏臉繃得緊緊的。「待會兒大皇兄來了，我親自和他說。」這事要是讓容瑾知道了，不發火才是怪事。

容琮嘆道：「妳說得已經遲了。」

大皇子剛才不只派人送了信給他，還特地派人去找了容瑾。

容瑾聽了之後，只冷笑一聲，便應了此事，現在也在趕回來的路上了。

寧汐面色微微一變。容瑾的脾氣她比誰都清楚，大皇子這麼做，擺明了是在利用他，他心裡不知惱怒成了什麼樣子，又不願示弱，這才答應了。要是真的和四皇子碰了面，不鬧出點事才怪。

蕭月兒又急又氣又惱，恨恨地跺腳。「大皇兄也太可惡了，待會兒見了他，我非得罵他一頓不可。」這又損又壞的餿主意，都是怎麼想出來的！

寧汐心裡不痛快，又不好口出惡言，索性閉了嘴。

容琮也暗暗惱怒大皇子的居心不良，沈著臉說道：「現在說這些也沒用，還是想想今天晚上該怎麼幫幫三弟才是。」

蕭月兒柳眉一豎，輕哼一聲。「大庭廣眾之下，料想四皇兄也不敢過分。若是真的有什麼情況，你們都別出聲，交給我來應付。」

「多謝二嫂盛情。」容瑾不知何時出現在門口，俊美的臉孔一片淡漠，眼神卻犀利又冷然。「不過，我想我自己還能應付。」

他的眼神實在有些可怕，蕭月兒略有些心虛地低了頭，不敢再說話了，心裡埋怨起自己的皇兄來，想什麼法子不好，偏要扯上壞脾氣的容瑾。要是真的出點什麼事，她這個做二嫂的以後還怎麼見容府的人？

容琮也清楚他的脾氣，頓時一驚，忙說道：「三弟，你到時候別亂來，爹囑咐你的，你可別忘了……」

容瑾冷哼一聲，正要說什麼，寧汐滿臉的憂色猛然映入眼簾，水靈靈的眸子裡滿是關切和焦急。

容瑾安撫的看了寧汐一眼，又淡淡地對容琮說道：「放心，我不會授人以柄的。」

容琮稍稍放了心。「那你們兩個先回去換身乾淨的衣服，大皇子殿下待會兒就到了。」

容瑾無可無不可地點了頭，和寧汐一起回了院子。

一路上無心說話，待進了寢室只剩夫妻兩人了，寧汐才敢流露出心裡的焦慮不安。「容瑾，你待會兒一定要小心些。大皇子讓你去，分明是不安好心……」

容瑾攬住寧汐柔軟的纖腰，親了親她的臉。「別怕，我能應付的。我擔心的倒是妳，妳記著，今天晚上妳哪兒也別亂跑，一直和二嫂待在一起。」

寧汐乖乖地點頭應了。

時間匆忙，不便沐浴，兩人便各自挑了新衣穿上。

容瑾一貫愛穿鮮亮的絳色，新衣是絳色的錦袍，頭髮用髮冠束起，玉樹臨風俊美不凡。

寧汐本已挑了件月白色的緞襖，想了想又改了主意，挑了鮮亮的紅色絲襖，配著天青色的長裙，外面罩了件軟毛織錦披風，長髮綰了個繁複別致的髮髻，再攢上精緻的髮釵，薄施脂粉，腰身纖細身姿婀娜，容光照人，不可方物。

寧汐端詳著鏡子中的自己，滿意地點點頭。今時不同往日，她已經是容瑾的妻子，衣著打扮可不能太寒酸，不然，豈不是讓容瑾也失了顏面？

容瑾看得心蕩神馳，忽然有些後悔了。打扮得這麼漂亮，豈不是讓大皇子白白占了眼睛的便宜？

寧汐自然不知道容瑾那點陰暗的心思，兀自笑盈盈地問道：「好不好看？」

「美極了。」容瑾扯了扯唇角。

寧汐雙頰嫣紅，嬌軟的瞪了他一眼。

翠玉匆匆地跑來稟報。「三少爺三少奶奶，二少爺派人過來叫你們了，說是大皇子殿下已經到容府了。」

第三百八十四章　好久不見

容瑾、寧汐連袂出現，眾人俱是眼前一亮。

男的俊女的美，又皆是氣質不凡風姿過人，站在一起儼然一對璧人，令人移不開眼睛。

大皇子的目光定定的落在寧汐的身上，呼吸微微一頓。

寧汐本就生得美，初為人婦，容顏更勝從前，舉手投足散發出的風韻越發綽約動人，和俊美無雙的容瑾站在一起，絲毫不遜色。錯過了這麼一個可人兒，是個男人心裡都會有幾分悔意的吧……

容瑾似笑非笑地看了大皇子一眼。

大皇子若無其事的移開了目光，淺笑著點了點頭，算是打過了招呼。

時間無多，眾人也沒心情多寒暄。

蕭月兒雖然生大皇子的氣，可當著這麼多人的面，也不好多說什麼，只不滿地瞪了他兩眼。

大皇子佯裝視而不見，和容琮、容瑾一起往外走。

寧汐很自然的落後幾步，攥著蕭月兒的手，直到坐上了馬車也沒鬆開。

蕭月兒歉意地低語。「寧汐，對不起，都是我大皇兄不好……」

事已至此，埋怨也無濟於事。寧汐心平氣和地說道：「也不可能一直躲著不見面，遲些早些也無所謂。」

蕭月兒見她如此善解人意，更是羞愧，鄭重其事地承諾。「妳放心，有我在，絕不會讓妳和容瑾兩人有事的。要是四皇兄膽敢言語冒犯，就讓我來對付他。」

這話若是別人口中說出來的，不免要打些折扣。不過，蕭月兒卻是言出必行的性子。寧汐一聽這話，反而有些擔心了。

「妳可不要隨意動怒，免得動了胎氣。」

蕭月兒不以為然地笑道：「放心好了，我身子好得很。上一次是我裝出來的，妳又不是不知道。」說著，豪爽地拍了拍隆起的肚皮。

寧汐又是好氣又是好笑，忙將她的手挪開。「都要做娘親的人了，怎麼還是這個脾氣？」

一路上說說笑笑，很快便到了四皇子的府邸。

寬敞的大門前，已經停了幾輛豪華的馬車。在門口迎女眷的，正是四皇子的正妃岳氏。見了蕭月兒，岳氏很是熱情客氣，拉著她的手問長問短，無形中冷落了寧汐。

寧汐略打量岳氏幾眼，便隨意地移開了目光。

四皇子好男風一事幾乎人盡皆知，府裡不知養了多少男寵。岳氏在四皇子身邊，簡直就是貴重的器具擺設，空長了一副花容月貌……

岳氏眼角餘光瞄了寧汐一眼，又瞄向不遠處穿著絳色錦袍的俊美男子，眼中閃過一絲複雜的嫉恨之色。

容瑾何等敏銳，自然察覺到了岳氏不善的目光，俊臉頓時冷了下來。不管是哪個男人，被一個女人用這樣的目光看著都愉快不到哪兒去。

寧汐略蹙了眉頭，不動聲色地上前一步，正好擋住了岳氏的視線，然後安撫地看了容瑾一眼。

容瑾總算將心頭的怒意壓了下來，和容琮一起隨著大皇子昂然進了府裡。

一個熟悉的身影陡然映入寧汐的眼簾。

寧汐漫不經心的目光迎上了一雙複雜難言的雙眸，兩人俱是一愣。

四皇子既然回來了，邵晏自然不會離得太遠，寧汐來之前便有了遇見他的心理準備。可在這四目相對的一刻，她的心裡卻一點都不平靜，就像一顆石子，投進了平靜的湖面。

邵晏依舊是一身白衣翩翩，眉眼俊逸，唇角一抹淡淡的淺笑，和記憶中的一般無二。

可似乎又有什麼不一樣了。

前世的謙和只是他的面具，本質上他是個很驕傲的男人。這份驕傲，甚至不比容瑾遜色。可這一世，四皇子事事不順，連帶著邵晏也受了不少的影響。淺淺的笑容下，眼神遠不如往日鎮靜沈著，還有他的腿……

寧汐忍不住瞄了他的腿一眼，過了這麼久，他的腿傷不知有沒有痊癒？

他們兩人隔的距離並不太遠，因此，邵晏沒有錯過寧汐眼中一閃而逝的關切，心裡也不知是什麼滋味。忽然沒了和寧汐對視的勇氣，竟轉身進了府裡。

走路時，他的腿一跛一跛的。他的腿傷已經痊癒，卻留下了永不磨滅的創痕。

這道創痕，不僅是落在了他的腿上，更落在了他的心上。曾經那樣驕傲的少年，因為這個瑕疵，似乎也變得沈默寂然。

寧汐垂下眼瞼，莫名地嘆了口氣。

蕭月兒忽地湊過頭來，小聲問道：「妳和邵晏原來就認識嗎？」明眼人都能看出邵晏和寧汐之間的氣氛有些詭異。

寧汐沈默了片刻，才輕輕地點了點頭。

邵晏是四皇子身邊最得力的親信，經常跟著四皇子出入宮廷，因此蕭月兒也認識邵晏。

前世傾心相愛的戀人，今生卻陌生如同路人。這種滋味，大概只有過來人才能體會。這種唏噓，和情愛無關，卻在腦海中盤旋不去……

好在蕭月兒也沒時間刨根問底了，岳氏笑吟吟的在前領路，眾人一起向府裡走去。

寧汐前世曾在這裡住過些日子，雖然年代久遠記憶模糊，可舊地重遊，竟也有幾分莫名的親切。一直高高提起的心，忽地平靜了下來。

走進正廳的那一刻，寧汐很鎮靜。

四皇子正和大皇子寒暄，兩人明明是死對頭，卻假惺惺的互相問候。這個一臉的關切地說「這麼久不見，四皇弟似乎瘦了」，那個便笑著應道「旅途勞頓歇幾天就好了，多謝皇兄關心」，不知道的，簡直以為這就是一對友愛和睦的兄弟典範。

只有細細地看去，才會留意到四皇子眼底的冷意和大皇子眼中的戒備。天家無手足，只要一牽扯到皇位之爭，血緣親情真的算不了什麼。

這一輪交鋒，大皇子並沒占多少便宜。就見他閒閒一笑說道：「四弟，今天可不只我一個人來看你。你這個做主人的，可別怠慢了客人。」

四皇子終於可以正大光明地看向容瑾，唇角的笑意說不出的愉快。

「容瑾，好久不見了。」四皇子雖然竭力克制心潮翻湧，可熱切的眼神卻稍稍洩漏了他此刻的心情。

容瑾面色微冷，淡淡地應道：「殿下，好久不見，近來可好？」不冷不熱的聲音裡滿是敷衍，毫無熱情。原本清朗的聲線，因為年齡的增長比以前低沈了一些，可聽在四皇子的耳中，卻依舊那麼悅耳動聽。

四皇子深深地凝視容瑾一眼，便挑眉笑了。「還算不錯。」見到了你，我心情怎麼可能不好？

容瑾禮貌性地寒暄過後，便懶得再說話，略側了身子，看也沒看四皇子一眼。

雖然知道容瑾不待見自己，可被這麼忽視，任是誰心裡也不是滋味。四皇子眸光一閃，正待說什麼，便聽到一個清脆的聲音響了起來。

「四皇兄，你可總算回來了。」蕭月兒笑咪咪的湊了過來，扯著四皇子的袖子說個不停。「自從知道你要回京城，我可天天數著日子盼著你回來呢！這半年你過得怎麼樣，有沒有想我們……」

多了這麼一個嘰嘰喳喳的聲音，冷凝尷尬的氣氛陡然緩和了許多。

四皇子不好不理她，只得按捺著性子應付。蕭月兒本就愛說話，今晚更是出奇的話多，纏著四皇子問這問那。四皇子被吵得頭痛，也沒空閒去撩撥容瑾說話了。

寧汐心裡泛起一陣溫暖，蕭月兒果然說到做到……

就在此刻，三皇子也來了。兄弟見面，自然要你來我往的虛偽客套一番，過了片刻，酒宴便開始了。

第三百八十五章　紛亂

男人們坐一席，女眷們又另坐一席。中間隔了厚厚的屏風，只聞其聲不見其人。

寧汐吃得漫不經心，悄悄豎長了耳朵聽屏風那邊的動靜——

大皇子聲音渾厚，三皇子笑聲豪邁，四皇子說話聲也不小，再加上嘈雜的盞盤聲，幾乎聽不到容瑾的說話聲。

寧汐稍稍放了心，只要能安然撐到宴席結束就好。

「寧氏，今天的菜不合妳的胃口嗎？」岳氏略有些矜持地笑問。

寧汐淡淡地笑著應道：「貴府廚子手藝好得很。」她出身低微，又曾做過廚子，總被有心人逮住大作文章。岳氏忽然提起這個話題，分明是不懷好意。

不出所料，寧汐話音剛落，岳氏便笑道：「瞧我這記性，妳可是我們京城最有名氣的大廚。我們府裡的廚子那點微末手藝，哪裡好意思在妳面前提及。」

若是她以為這樣就能侮辱或是激怒寧汐，那就大錯特錯了。

寧汐先用眼神安撫住面色不豫的蕭月兒，然後淺笑著說道：「這麼說可真讓我愧不敢當了。廚藝好的大廚比比皆是，我不過是因著年紀小才有了些薄名。」

岳氏見她姿態放得低，心裡莫名的暢快，又挑眉笑道：「妳可不只有些『薄名』。這京城上上下下誰不知道妳的大名？那些閨閣少女，都盼著有妳這樣的好運氣，嫁個如意郎君呢！」

這話乍聽沒什麼，細細一想，卻實在刻薄，話語裡的輕視之意更是清晰可見。

寧汐還沒動怒，蕭月兒卻忍不住了，面容一冷。「四皇嫂，妳說這話是什麼意思？」

岳氏沒料到蕭月兒反應這麼大，笑容僵了一僵。「我就是隨口說說……」

「妳雖是隨口說說，可別人未必會這麼想。若是這話傳了開去，寧汐以後還怎麼出門見客？」蕭月兒板著臉孔的時候，和皇上有幾分肖似，讓人看了心裡暗暗發怵。「皇嫂說話也該謹慎些。」

岳氏有些尷尬，卻也不好和蕭月兒起爭執，略有些悻悻地住了嘴。

對蕭月兒的仗義執言，寧汐只覺得窩心又溫暖，感激地看了蕭月兒一眼。

蕭月兒眨眨眼，兩人旁若無人的眉來眼去，讓岳氏心裡暗暗羞惱不已。

四皇子心心念念著容瑾，這早已不是秘密，甚至在京城貴族圈中廣為流傳，她這個四皇子妃的顏面也隨之蕩然無存。被流放的這半年，雖然日子寂寞了一些，倒也落了個清靜自在。可一回京城，容瑾夫婦的連袂出現，便像一根刺扎在她的眼裡……

哐噹！一聲異樣的聲響從屏風那邊傳了過來，像是酒杯打碎的清脆聲響。

寧汐心裡一緊，不假思索地站了起來，好在沒人留意到她的失態。

岳氏急急地起身走了過去。

蕭月兒蹙著眉頭低語。「寧汐，快些過去看看。」

寧汐匆匆點頭，急忙繞過屏風，目光一掃，便看到了容瑾。

容瑾面無表情的站在那兒，衣襬上沾了些暗褐色的液體，跌碎的酒杯在他的腳邊。四皇子的笑意凝結在嘴角。大皇子、三皇子俱是冷眼旁觀，一副看好戲的神情。容琮眉宇間滿是隱忍的不快。

雖然不知剛才發生了什麼，可以斷定的是，一定是四皇子做了什麼令容瑾難以容忍的事情，或是說了不該說的話。

寧汐壓抑住心頭的惱火，迅速地走到容瑾身邊，低低地問道：「怎麼了？」

容瑾眸中閃過冷意，用盡全身的自制力才將心頭的怒火暫時壓了下來。「沒什麼，剛才一不小心把酒杯打碎了，擾了大家的雅興，真是對不住。」以他的脾氣，此時還能按捺住不發火真是難得了。

岳氏忙笑著打圓場。「來人，快些將這裡收拾乾淨。容大人，你身上的衣服髒了，去換了乾淨的再過來吧！」邊說邊朝站在一旁的邵晏使眼色。

邵晏笑著走上前來。「容大人這邊請。」

容瑾淡淡地應了一聲，正欲起身離開。

寧汐不假思索地說道：「相公，我陪你一起過去。」當著眾人的面，牢牢地握住了容瑾的手。

容瑾心裡一暖，輕輕地嗯了一聲，反手握住寧汐的手，一起走了出去。

大皇子和四皇子不約而同地看了兩人交握的雙手一眼，心裡各自想些什麼，無人知曉。

邵晏在前領路，往最近的客房走去，身後傳來低低的說話聲，他不自覺地豎長了耳朵傾聽。

「剛才到底怎麼回事？」寧汐聲音輕柔極了，滿是關切。

驕傲彆扭的容瑾在她面前倒是收斂了扎人的尖刺，壓低了聲音應道：「回去再和妳細說。」寧汐輕輕地嗯了一聲，便沒再追問。

邵晏雖沒回頭，卻似能感受到身後緊緊手拉手的小夫妻雙目對視間默默流淌的情意，心底深處浮起一抹難耐的酸澀和痛楚。那感覺，似乎是有什麼曾屬於自己的珍貴東西，卻被人生生的搶走了一般……

進了客房，邵晏定定神，擠出笑容說道：「容大人稍等片刻，我先去找身乾淨的新衣。」

容瑾面無表情地應了句。「找誰的衣服都行，不過，四皇子殿下的衣服我不穿。」

邵晏眸光一閃，忽地笑了。「容大人多慮了，你的身材和殿下身材全然不同，殿下的衣服你穿了也不合身。」明明滿臉帶笑話語溫和，可那絲譏諷之意卻隱隱的流露了出來。

這句話可算是踩中了容瑾的痛處。

他的個頭一直不高，成年之後，長到了七尺左右便停滯不前。又偏瘦，比起身材高大的四皇子自然差了不止一星半點。再者，在明知四皇子對他心懷不軌的情況下，邵晏提起身材差距是什麼意思？

容瑾的神情陡然冷了下來，眼神冷冽得像刀子一般。

邵晏倒是心平氣和，笑道：「我去去就來，請容大人稍等。」說完，便迅速離開了。

容瑾滿肚子的怒火沒地方發，臉色難看極了。

寧汐柔聲安撫道：「別生氣了，他也就是隨口一說罷了。」

他？容瑾眼眸微瞇，眸色深沈。「妳好像對他很熟悉。」這種無意識流露的熟稔是怎麼回事？

寧汐笑容一頓，在容瑾銳利的眼神下有些心虛和狼狽，強自鎮定地解釋道：「我是在洛陽的時候認識他的，之後有過幾次接觸，你大部分都在場，又不是不知道，怎麼這會兒吃起乾醋來了？」

容瑾沒說話，只定定地看著寧汐。

如果說容瑾之前只是隱隱的疑心，現在這份猜疑頓時漲了幾倍不止。

邵晏對寧汐的愛慕，他一直都知情，也知道寧汐拒絕得十分乾脆俐落。因此一直沒怎麼把邵晏放在心上。可此刻，他忽然發現根本不是那麼回事。

寧汐對邵晏，根本不如表面顯露得那般淡漠，反而有種不自覺的關切和熟悉……

正如寧汐所說，她和邵晏接觸的機會極少，這份熟悉到底從何而來？

寧汐在容瑾深沈犀利的眼神裡力持鎮定。她和邵晏之間的事情，是她心底最深的秘密，她沒有和任何人分享這個秘密的打算，包括容瑾！

推門聲適時的打斷了夫妻間微妙的沈默，邵晏捧著一身乾淨的新衣過來了。

容瑾二話不說接過了衣物，到屏風後更換。

寧汐悄悄鬆了口氣，一抬頭，卻見邵晏正在看她。

曾那樣的愛過他，她對他甚至比對自己還要熟悉。那雙溫潤的眼眸裡，浮現的是一絲若有若無的情意和求而不得的痛苦。

她心裡微微的疼了一下，垂下眼瞼，避開邵晏的目光。

邵晏深深的凝視寧汐一眼，便也收回了目光。

屋內還有丫鬟婆子在，不過，一個個都是束手而立，沒人弄出什麼動靜，屏風後容瑾換衣的窸窸窣窣的聲音反而清晰起來。不一會兒，容瑾便換好了衣服。至於換下的衣物，自然不能留在這兒，小安子早已利索地收到了包裹裡。

寧汐揮開紛亂的思緒，笑盈盈的迎上去，認認真真地打量幾眼，讚道：「你穿白色的錦袍也很好看呢！」

容瑾平日愛穿鮮亮的衣衫，大部分都是絳色。那樣鮮豔的顏色，襯得他面如冠玉異常俊美。而這一襲月白的錦袍，卻顯得容瑾溫和了許多，那份風華也不那麼扎眼了。

容瑾扯了扯唇角，兩人很有默契的將剛才的口角拋到了腦後。先攘外再安內，有什麼事也等回去關上房門再說。

容瑾穿著月白的錦袍回了飯廳，頓時惹來了眾人的目光。

容琮暗暗喝彩，三弟不愧是京城第一美男子，換了淡雅的錦袍依舊風華難掩。四皇子更是看得目不轉睛，有些事既已挑明了，他也懶得再遮遮掩掩的，反正在座的人都心裡有數。

大皇子、三皇子對男色都沒興趣，卻也忍不住暗暗感慨，怪不得四皇弟心心念念就是放不下容瑾……

第三百八十六章　追問

「剛才那杯酒你沒喝，現在可得補上。」四皇子的舉動很正常，就是眼神太過熱切侵略了一些。

容瑾心裡暗暗冷哼，臉上卻擠出了一絲笑意。「好。」卻沒接四皇子遞過來的酒杯。

「我自小有些怪癖，從不碰別人用過的東西，殿下見諒。」

四皇子略有些訕訕地笑了笑，忙命人重新拿個嶄新的酒杯來。

容瑾這次倒沒有摔杯子甩臉色，乾脆俐落地喝了。

四皇子精神一振，連連勸酒。大皇子和三皇子邊看熱鬧邊對酌，倒是頗悠閒自在。

容琮咳了咳，巧妙的將話題引到了梅妃的身上。「聽說梅妃娘娘身體欠佳，不知現在怎麼樣了？」

四皇子聞言，果然沒了笑臉，嘆了口氣說道：「我今天下午才到了京城，入宮不便，還沒來得及探望母妃，正打算明天清晨入宮探望母妃。若是父皇肯恩准，我就在宮裡住幾天照顧母妃，盡盡孝道。」

大皇子假惺惺地安慰道：「四皇弟不必憂心，有你這一片孝心，梅妃娘娘一定會很快好起來的。」

這話乍聽沒什麼，細細一品味，就能咂摸出點別的意味來了——梅妃無端端的，忽然生了這場重病，又苦苦哀求著皇上讓四皇子回京。如果四皇子一回京，梅妃的病就好了，這豈不是擺明了其中有些內幕嗎？

四皇子眸光一閃，面上卻滿是悲戚之色。「託大皇兄吉言，希望母妃身子早些康復。」

三皇子似笑非笑地來了句。「吉人自有天相，四皇弟不必憂心，梅妃娘娘此次一定會逢凶化吉安然無恙。」

四皇子裝模作樣地道謝。「我該多謝惠妃娘娘和三皇兄的照應才對。」有意無意的漏了中間的貴字。

三皇子心裡暗暗冷笑，臉上卻擺出了哥倆好的親熱來。「我們之間還說這些客套話做什麼。來來來，喝了這杯！」

幾個皇子你來我往唇槍舌劍鬥酒不息，容瑾頓時清靜了不少，樂得袖手旁觀看熱鬧。

平心而論，他對這幾個皇子都沒好感。大皇子生性陰險，三皇子驕奢恣意，四皇子更是一肚子壞水，哪一個都不是省油的燈。若有可能，他根本不想和任何一個打交道。

只可惜，他的身分注定了避不開眼前的幾個人。

他對大皇子毫無好感，甚至有些厭惡。可眼下，容府的命運已經緊緊的和大皇子連繫到了一起，明知大皇子在利用自己對付四皇子，他也只能壓下心裡的憤怒和厭惡勉為其難的配合。

不過，若是大皇子以為可以隨意拿捏他，可就大錯特錯了。若是觸及了他的底線，他絕對不會讓大皇子好過……

「三弟，」容琮側過身子，低低地問：「你沒什麼吧？」語氣裡透出隱隱的關切之情。

容瑾心裡一暖，扯了扯唇角，壓低了聲音回道：「放心，我很好。」此時不適合細問，容琮微微點頭，便坐直了身子，端起酒杯向四皇子敬酒。

四皇子含笑點頭，眼角餘光有意無意地看了容瑾一眼，才徐徐的喝乾了杯中的酒。

這個晚上，這樣的目光騷擾實在數不勝數，容瑾懶得再生氣，冷然地坐在一旁，把玩著手中的酒杯。

大皇子也笑著看了過來。「容瑾，本王敬你一杯。」

容瑾挑眉，淡淡一笑。「豈敢，我敬殿下才對。」只要一想到眼前這個人曾打過寧汐的主意，容瑾心頭就一股無名火起。別的不行，酒桌上把他灌醉還是可以的吧！

容瑾眼中閃過一絲冷笑，頻頻舉杯示意。殊不知大皇子心裡更是憋著一股莫名的妒火，怎麼看容瑾怎麼不順眼，兩人實打實的一連喝了數杯，俱都有了幾分酒意。

酒一喝多了，話難免要比平時多一些，不如清醒的時候周全仔細也是必然的。

大皇子仗著有幾分酒意，笑著說道：「容瑾，本王很佩服你，竟娶寧汐做了正妻。」寧汐確實是個少見的美人兒，廚藝又高妙，只要是男人大概都會心動，自己也不例外。可像容瑾這樣不管不顧地娶來做正妻的人，可真是舉世少見。

容瑾扯了扯唇角。「殿下過獎了。我這個人有些怪癖，不喜歡的，再好我也不要；喜歡的，不管怎樣也要占為己有。」頓了頓，又淡淡地說道：「還有，我又小氣又自私，最討厭別人覬覦我的東西。要是惹毛了我，我可不管是誰，一定不會放過他。」

大皇子的笑容有些僵了，容瑾最後一句話分明是在警告他……

三皇子將兩人的對話一字不漏地聽進耳中，幸災樂禍地笑了笑，故意抵了抵大皇子。「大皇兄，這可就是你的不對了。雖說窈窕淑女君子好逑，以前名花無主也就罷了，可現在這朵鮮花已經落到了容瑾的懷裡，你就別再惦記了。」簡直就是赤裸裸的挑唆離間！

大皇子快笑不出來了。

容瑾可沒心情為他解圍，看著那張表情僵硬的臉，心情陡然好了不少。

大皇子看似大度的退讓，可心裡到底有沒有真正放下寧汐，誰也不清楚。好在平日裡幾乎沒機會接觸，容瑾也沒吃這份閒醋。可今天，大皇子竟然當著他的面對寧汐看個不停，這可讓容瑾惱怒極了。當時不好說什麼，現在終於找到了機會狠狠的反擊一回。

在這樣詭異的氣氛中，酒宴終於到了尾聲。

眾人都有了幾分酒意，雖然心裡各懷所思，面上倒是親熱得很。尤其是大皇子和四皇子，把酒言歡一敘別情，一派兄弟和睦的架勢，任是誰也看不出兩人早已是死對頭。

容瑾心裡嗤笑不已，唇角勾起一抹嘲弄的弧度。

容琮看得心驚肉跳，唯恐容瑾有驚人之語，連連朝容瑾使眼色。

容瑾隨意地聳聳肩，毒舌也得分場合，他還不至於如此不分輕重。

待酒宴散後，各人起身告辭。四皇子和岳氏一起送客，一直送到了門口才停了。

寧汐遠遠的打量容瑾幾眼，他雖有幾分不耐，面上倒是鎮定如常。

容瑾遙遙的看了寧汐一眼，眼中迅速地閃過一絲什麼，旋即隱沒不見。

寧汐鬆了口氣，今晚雖然有點小波折，總算沒有鬧出大動靜來。

蕭月兒顯然也有同樣的感覺，在寧汐耳邊小聲說道：「總算能走了。」這一晚過得可真累，不僅是身體上的倦怠，更是精神上的疲倦。任誰對著岳氏一整個晚上，大概都有這樣的感覺。

長期生活在自憐自艾中的女人果然很可怕，說話句句夾槍帶棒，皮笑肉不笑的，偶爾看寧汐一眼，眼神涼颼颼的像刀子一般。好在寧汐心理素質過硬，從頭至尾視而不見。再有蕭月兒不時的維護，總算安然無恙地熬了過來。

上了馬車之後，寧汐徹底放鬆了下來，和蕭月兒靠在一起隨意地閒聊。

蕭月兒眼珠轉了轉，忽地曖昧地低語道：「妳記不記得以前對我說過的話？」

寧汐怔了怔，她和蕭月兒說過這麼多話，哪能猜到蕭月兒指的是哪一句。不過，蕭月兒的笑容為什麼這麼奇怪？

寧汐心裡有了絲不太妙的預感。

果然，蕭月兒湊到她耳邊低低地說道：「我以前問過妳，有沒有喜歡的人。妳說過十一、二歲的時候喜歡過一個男人，後來那個男人深深的傷了妳的心，妳和他就分開了。那個男人，就是邵晏吧！」

寧汐怎麼也沒料到蕭月兒會忽然冒出這句話來，頓時被噎住了。

這些話，還是很久以前第一次入宮的時候，被蕭月兒追問得沒辦法了，半真半假說出來的。隔了這麼久，她怎麼記得這麼牢？而且，居然還猜中了是邵晏……

寧汐一時竟不知該承認還是該否認，愣了半晌都沒吭聲。

蕭月兒看她這神情，哪還有不明白的，擠眉弄眼地笑道：「別怕，這事就我們兩個知道，我不會告訴容瑾的。」老情人什麼的，怎麼能讓丈夫知道！

蕭月兒為自己敏銳的觀察力沾沾自喜起來。就憑著當年的隻字片語，再加上寧汐和邵晏對視時的微妙，以及一點一點聯想，居然就猜到了這麼重要的事實，自己真是太厲害了！

看著蕭月兒得意洋洋的俏臉，寧汐徹底無語了。

事實上，她也真的不知該說什麼。

苦心隱瞞了這麼久，今晚卻讓蕭月兒揭破了這一層秘密。看容瑾的反應，大概也察覺到一些異常了，回去之後不逼問她才是怪事，想想都覺得頭痛……

蕭月兒誤會了寧汐的神色，不以為然地說道：「當年一定是他對不起妳在先，現在妳嫁得這麼好，正好讓他看著後悔去吧！」四皇子不得志，邵晏自然也沒什麼前途可言。還跛了一隻腳，還能有什麼好姻緣？

寧汐苦笑一聲。「不說這個了，我們說點別的吧！」她實在沒心情和任何人討論邵晏。

蕭月兒見她神情懨懨，總算識趣的扯開了話題。

到了容府，已經是子時左右。各人都疲累不堪，也沒精力說話了，草草散開各自回去休息不提。

臨分開前，蕭月兒朝寧汐迅速的眨眨眼，這一眼的涵義只有寧汐能懂——放心，邵晏的事情我不會告訴別人的。

寧汐啼笑皆非，一轉頭，正對上了容瑾深幽的眼眸，頓時有些心虛起來，不自覺地移開了視線。

容瑾瞄了她一眼，什麼也沒說。

待回了院子之後，丫鬟們早已備好了洗浴的熱水，然後有默契地退了下去。

這場景對寧汐來說，再熟悉不過，換了往日，容瑾早已壞壞地笑著喊她一起戲鴛鴦浴了，可今天晚上……

容瑾自顧自地脫了衣服，踏入熱水桶裡，然後懶懶的在澡桶裡泡著，自始至終，也沒喊寧汐一聲。

寧汐也有些遲疑了。就這麼過去好像有點怪怪的，可不過去，容瑾會不會生氣？猶豫了半天，寧汐終於還是走了過去，默默地拿起溫熱的毛巾，在他的肩膀和背部擦拭。屋裡一片沈默，只有嘩嘩的水聲。

自成親以來，兩人一直恩恩愛愛，好得蜜裡調油一般。在一起總有說不完的話，就算不說話，也少不了眼神的交流。像此刻這般尷尬無措的沈默，還是第一次。

過了許久，寧汐終於打破沈默。「今晚到底怎麼回事，你怎麼會摔了酒杯？」

容瑾本來閉著眼，聞言睜開眼淡淡地說道：「也沒什麼，喝酒的時候，四皇子多看了我幾眼，我心裡不痛快，故意把酒杯摔了，讓他難堪。」容將軍叮囑他不能傷人，他可是一絲不苟的執行了。不傷人，摔個酒杯總沒問題吧！

這事情倒的確像容瑾的風格。寧汐順著容瑾的口氣說道：「你做得對，對這種人就該硬氣些，要是給他點好臉色，說不定會更過分。」

容瑾扯了扯唇角，眼裡卻沒什麼笑意。她的閃躲，還有不自覺地討好，都證實了她確實在心虛。

「汐兒，妳就沒什麼話要對我說嗎？」

第三百八十七章 冷戰

這句話一入耳，寧汐手裡的動作便頓住了。不用照鏡子，她也知道自己的表情一定很僵硬。

容瑾深幽的眼眸定定地看了過來，緩緩地重複了一遍。「有些事情，妳是不是該告訴我？」以前他們是戀人，彼此有所隱瞞也就罷了，可現在，他們已經是夫妻了，是不是該坦誠一些？

寧汐的嘴唇動了動，卻什麼也沒說。

「妳和那個邵晏，到底是什麼關係？」容瑾緊緊地盯著寧汐的臉，不肯放過她臉上細微的神情變化。

邵晏這個名字一入耳，寧汐的身子微微一顫。

她想解釋辯白幾句，可在容瑾略有些冷然的目光下，忽然一句都說不出口了。她已經瞞了他這麼多事情，他也已有所察覺，在這樣的情況下，再多的言語解釋都顯得蒼白無力。

容瑾看著寧汐略顯蒼白的臉龐，看著她眼裡的掙扎和矛盾，看著她欲言又止的沈默，心漸漸的冷了，直直的往下沈。

他已經追問到了這一步，可她居然還是什麼都不肯說……

屋子裡一片沈寂，雖然近在咫尺，可兩人之間卻像隔了條深深的鴻溝。

容瑾的眼眸越來越冷。他的驕傲，不允許他流露出絲毫的失望和憤怒。所以，他抿緊了唇角，淡淡地說道：「今天忙了一天，我也累了，先去睡了。」

然後，起身擦拭穿了單衣，睡下了。

寧汐死死地咬著嘴唇，眼中閃過一絲水光，卻又倔強地忍住了。就著熱水隨意地擦洗一番，便也上床睡下了。

這一晚，兩人背對著背，沒有說話，更沒有碰觸對方一下。或許容瑾並沒睡著，或許寧汐也是一夜難眠，可兩人都沒翻過身子，就這麼背對著睡至天明。

第二天凌晨，容瑾早早的起來了。梳洗穿衣之後，他習慣性地往床邊走了兩步。每天上朝前，他都會故意鬧醒寧汐，或是嬉鬧一番，或是索個早安吻才肯走，可今天……

容瑾面無表情的停住了腳步，然後轉身走了。

丫鬟們不敢驚擾了寧汐休息，躡手躡腳地退了出去。

過了許久，寧汐才睜開眼，怔怔地看著頂上的紗帳，忽然覺得精緻奢華的寢室空洞冷清得可怕。

昨夜，她幾乎一夜未眠。閉著眼睛，卻毫無睡意，往事一幕一幕的在腦海中閃現。本以為不會再有感覺，可痛楚卻一陣陣的席捲而來。

容瑾大概也沒睡好，她甚至能聽到他略有些紊亂的呼吸。她心裡暗暗奢望著容瑾會主動翻過身來和她說話，哪怕就算是從她身後給她一個擁抱也好，可最終還是失望了……

相戀以來，他一直竭力的遷就她，偶爾有口角了，他也會勉強著自己來哄她。可本質上，他還是初遇時的那個高傲少年。就算再喜歡她，他也做不到委屈自己來安慰她。

在他看來，是她不肯坦白；在她看來，何嘗不是他斤斤計較刨根問底？

過去有這麼重要嗎？

她的心和人現在都是他的，為什麼非要逼問她永不願提起的陳年舊事？

寧汐抿緊了唇角，眼中滿是倔強。

吃了早飯之後，她按慣例去找蕭月兒。

蕭月兒正愁眉苦臉的對著一大碗補湯唉聲嘆氣。

蕭月兒不知後悔了多少次，裝什麼不好，非裝著動了胎氣。結果，這胎一養就是一個多月。一天三頓補藥，又苦又澀，別提多難喝了，偏偏想不喝都不行。身邊的人都盯得緊緊的，少喝一口都會絮叨半天。皇上派來的幾個嬤嬤更是盡心盡責，定時回宮稟報她的身體恢復情況……

好吧，她還是乖乖的喝補藥算了！

蕭月兒苦著臉，抿了一小口。

寧汐雖然心情低落，看了這一幕也忍不住笑了，打起精神笑道：「二嫂，這可都是宮裡送來最上等的補品，最是滋補身體了。」要不要喝得這麼痛苦啊！

蕭月兒哀哀地嘆氣。「妳來連著喝上一個月看看。」一開始還能勉強著自己喝，現在看了都想吐。

寧汐失笑，很自然地坐了下來，耐心地安撫道：「補藥當然不會太好喝，不過，對妳的身子好，就算為了肚子裡的孩子著想，妳也要堅持喝。」

蕭月兒又長長的嘆氣，然後狠狠心……一口喝光？那怎麼可能。當然是一小口一小口地喝，好不容易喝完了一碗，荷香早已遞了蜜餞過來，菊香則準備了蜂蜜茶。蕭月兒連吃了兩塊蜜餞，又喝了一杯蜂蜜茶，緊皺的眉頭總算稍稍舒展開來。

這一連串的動作，看得寧汐暗暗好笑。蕭月兒生來嬌貴，沒吃過真正的苦頭，喝補藥對她來說就算是一大折磨了。

伺候蕭月兒喝了補藥之後，眾人便識趣地退下了。

蕭月兒打量寧汐兩眼，試探著問道：「妳臉色不太好，是不是昨夜沒睡好？」

何止是沒睡好，根本就是一夜沒睡。寧汐含糊地應道：「嗯，沒怎麼睡好。」

蕭月兒開玩笑似地打趣。「該不是妳和容瑾吵架了吧？」問完之後，自己都覺得好笑。這對新婚小夫妻感情好得讓人眼紅，怎麼可能吵架嘛！

寧汐的唇角逸出一絲苦笑。

蕭月兒笑容一頓，小心翼翼地問道：「你們兩個，真的吵架了？」不是吧，她隨便說說而已，竟然真的說中了！

寧汐點點頭，心裡的苦悶煩躁無處可洩，憋在心頭又著實難受，她也沒心情在蕭月兒面前遮遮掩掩的。

蕭月兒略略蹙眉。「你們兩個昨天還好好的，怎麼忽然就吵起來了？是為了四皇兄嗎？」

寧汐搖搖頭。「不是因為他。」

不是因為四皇兒，那還能是什麼？

蕭月兒一怔，忽地想起了什麼，驚訝地睜大了眼眸。「該不是為了邵晏吧？」

寧汐笑得苦澀極了，輕輕地點點頭。

蕭月兒難得的愣了片刻，一時不知該說些什麼。若是別的事情倒也罷了，夫妻兩個說開也就行了，可老情人什麼的，實在是夫妻嘔氣冷戰的最佳導火線。容瑾又是個愛吃飛醋的，不嘔氣才是怪事。

蕭月兒想了想，又試探著問道：「是妳主動告訴他的，還是他自己發現的？」

「我怎麼可能主動告訴他這些。」寧汐嘆息。「是他察覺到不對勁，才追問不休。不過，我什麼也沒承認。」

蕭月兒又是一驚。「他都問妳了，妳幹麼還不承認？」就這態度，容瑾怎麼可能不生氣！

寧汐倔強地應道：「這是我以前的事，為什麼要承認？」如果承認了，就得將所有的秘密都說出來，她才不會承認！

蕭月兒開始覺得頭痛了。這還是那個溫柔隨和的寧汐嗎？這強脾氣都是從哪兒來的？要是這麼擰巴下去，夫妻兩個之間的問題只會越來越嚴重。

蕭月兒決定心平氣和地開導寧汐。「以前都是妳勸我，要通情達理，要設身處地的為對方著想，現在換到自己身上怎麼就想不開了？容瑾刨根問底是因為他在乎妳，反正都是過去的事情了，妳就算承認了也沒什麼。夫妻沒有隔夜仇，說開就好了。這麼吵架嘔氣可不好，太傷夫妻感情了……」

寧汐垂下眼瞼，任由蕭月兒絮絮叨叨地開解自己。

如果換了別的事情，她早就主動坦白了。可這一件不行！如果容瑾真的在乎她，就不該逼著她揭開舊傷疤……

所以說，其實容瑾和寧汐本質上很像。一樣的倔強，一樣的驕傲，一樣的固執。只不過，容瑾的固執驕傲表露在外，而寧汐的倔強固執，卻被隱藏得很深。

平時沒有衝突，兩人便相安無事。可若是有了爭執，誰也不肯退讓半步！

「……等容瑾回來了，妳就主動些和他說話，只要把話說開了，自然就好了。喂，我說了半天，妳到底聽進了沒有？」蕭月兒說得口乾舌燥，也沒見寧汐有回應，忍不住瞪了她一眼。

寧汐體貼地端起茶送到蕭月兒手上。「說了這麼久，一定渴了，來，喝口茶。」

蕭月兒很自然地接過茶喝了一口，猶自不忘追問：「我說的妳都聽見了沒？」

寧汐無奈地笑道：「聽見了都聽見了，我的好二嫂。」聽是聽見了，不過，她沒打算照著做就是了。

蕭月兒顯然沒聽出她的潛臺詞，滿意地點點頭，心裡不由得暗暗得意，原來，她也有做和事老的天分嘛！

只可惜，蕭月兒很快就知道自己大錯特錯了。

臨近傍晚，容瑾和容琮一起回來了。蕭月兒笑咪咪的迎了上去，對著容琮噓寒問暖，邊悄悄朝寧汐擠眉弄眼——男人都吃這一套，快點好好表現。我可給妳做示範了啊！

蕭月兒異樣的熱情，倒把容琮嚇了一跳。忍不住想道，今天這是怎麼了，太陽打西邊出來了嗎？

寧汐遲疑了片刻，緩緩地起身，目光和容瑾在空中遙遙相對。

容瑾眸色深沈，看不出喜怒。淡淡地看了寧汐一眼，便移開了視線。

寧汐壓抑了一天的悶氣也浮上了心頭，忿忿地也將頭轉到了一邊——哼，你生氣，我還生氣呢！

夫妻冷戰，就此正式拉開序幕。

第三百八十八章　擔憂

容瑾和寧汐兩人異常的冷凝和僵硬，眾人都看得一清二楚。

容琮暗暗奇怪，這夫妻兩個是怎麼了？該不是吵架了吧！

蕭月兒在一旁暗暗著急，連連朝寧汐使眼色。不是說好了嗎？主動些和容瑾說話啊！

只可惜，寧汐壓根兒不為所動，依舊和容瑾遙遙僵持著。

兩人之間的低氣壓一直延續到了晚飯桌上。

李氏很快便察覺到了不對勁。這對小夫妻在人前從不避諱，眉來眼去甜甜蜜蜜讓人眼熱。可今天晚上，雖然坐在一起，可神情都有些僵硬，看都沒看彼此一眼，分明是吵架嘔氣了！

看到這一幕，李氏竟隱隱的有些愉快，面上卻不動聲色。

容玨和容琮也很快地發現了小夫妻嘔氣的事情，當著這麼多人的面，也不好說什麼，便將話題扯到了朝務上。

寧汐根本沒胃口吃東西，卻硬是裝著若無其事的樣子吃了一些，不自覺地豎長了耳朵聽容瑾他們說話。

「……聽說，四皇子今天一大早就入宮了。」容玨身為御林軍統領，消息十分靈通。

四皇子入宮之後，先去見了皇上，不知說了些什麼，皇上竟陪著他一起去了梅妃的寢宮。母子相見的一幕，眾人無緣親眼看見。不過，聽說四皇子見到奄奄一息的梅妃之後，悲慟哀戚的大哭了一場，堅持要留在梅妃身邊親自照顧她，熬藥餵藥都親自動手。還讓人在梅妃臥室旁的空屋裡放了張床榻，以後吃住在梅妃的寢宮裡。

聽說，皇上見了四皇子一片拳拳孝心，十分感動，對四皇子的態度緩和了不少。

蕭月兒撇了撇嘴，插嘴說道：「四皇兄最擅長裝模作樣這一套了。」梅妃重病的真相是什麼，四皇子比誰都清楚。在皇上面前做出這副姿態來，分明是在博取父皇的歡心。

容玨和容琮對視一眼，沒有接話茬兒。

有些話，蕭月兒可以說，他們卻是不能亂說的。不過，他們心底也很贊成蕭月兒的說法。皇上雖然高高在上，到底也是個父親，見到兒子這般孝順，心裡哪有不喜歡的。照這樣下去，四皇子恢復往日的地位也是指日可待。

四皇子既已回了京城，只怕是不會再輕易離開京城了！

容瑾淡淡地說道：「皇上最重視孝道，四皇子殿下這是投其所好。看來，接下來他還會有所行動。二嫂若是有空閒，不妨去大皇子殿下府上走動走動。」也能商議一下該怎麼應付四皇子。

說這番話的時候，容瑾的臉上沒什麼表情。

蕭月兒不假思索地點頭應了，順便瞄了寧汐一眼。

寧汐果然抬頭迅速地看了容瑾一眼，兩人的目光迅速的碰觸了一下，然後迅速地各自移開。

一個比一個執拗，真是不省心。蕭月兒在心底喃喃地抱怨著，渾然忘卻了自己和容琮鬧彆扭的時候是何等的難纏。

吃晚飯之後，兄弟三人去了書房閒談，大概是要商議對付四皇子的計策。

寧汐沒心情閒談，也不想被蕭月兒拉著勸導，便待起身告辭。

李氏眸光一掃，看了過來，貌似關切地問道：「這一晚也沒見妳吃什麼東西，也沒說幾句話，這是怎麼了？身子不舒服嗎？」

寧汐敏銳地察覺到了她眼底的笑意，心裡暗暗冷笑一聲，淡淡地應道：「有勞大嫂關心了。我就是懶懶的不想說話，身子好得很。」明眼人都能看出她和容瑾在嘔氣，李氏不可能看不出來，偏偏還裝模作樣的關心自己，擺明是想看笑話！

李氏暗暗覺得舒心，面上卻做足了一個長嫂的樣子，關懷備至地追問了幾句。

寧汐心裡本就不痛快，也沒了平日的隨和耐心，譏諷的話脫口而出。「我好得很，不勞大嫂費心。大嫂有這個閒工夫來關心我，倒不如多關心關心挽虹的身子，她如今懷著身孕，衣食住行都得多操心，也夠大嫂忙碌了。」

李氏被戳中痛處，面色微變，強擠出笑容來應道：「弟妹說得是。」

寧汐平日也不是這麼刻薄的人，可今天心情實在不好，又被李氏看笑話的神情弄得心頭火起，便狠狠地刻薄了一回。看著李氏拚命壓抑怒火的樣子，寧汐的心情竟然好了不少。

遷怒果然是發洩怒氣的好方法。

寧汐起身告辭。這一次，李氏沒有再挽留。

出了飯廳之後，寧汐的笑容陡然消失無蹤，腦海中不斷的浮現著容瑾面無表情的臉，心情低落煩躁極了。

此時回去，也只是一室淒清，倒不如在園子裡散散心去。

寧汐頭也不回的吩咐。「翠玉，妳先回去，我在園子裡走走。」

跟在她身後的翠玉愣了一愣，忙說道：「夜深露重，濕氣又大，少奶奶若是想到園子裡走走，奴婢這就回去找件厚實些的披風……」

「不用了，我一個人隨便走走，妳別跟來。」寧汐淡淡地吩咐，便扔下翠玉走了。

翠玉心裡暗暗叫苦不迭，卻也不敢追上去。她伺候寧汐時間雖然不長，可對寧汐的脾氣也有了些瞭解。別看少奶奶平時溫溫柔柔很好說話，其實很有主見，板起臉孔的時候，她可沒膽子忤逆少奶奶的心意。

就這一眨眼的工夫，寧汐已經拐個彎走遠了。

翠玉猶豫片刻，悄悄轉身去找了小安子。

容瑾他們在書房裡說話，小安子和另外幾個小廝在書房外候著，正隨意的閒談，忽地瞄到翠玉的身影，小安子先是一愣，旋即匆匆地跑了出來。

「妳不好好伺候少奶奶，跑到這兒做什麼？」小安子低低地問道。

翠玉嘆口氣。「少奶奶不准我跟著，一個人去了園子裡。」

小安子皺起了眉頭。容瑾和寧汐鬧彆扭的事情，自然瞞不了他。別看容瑾現在生寧汐的氣，要是寧汐一個人鬧出點岔子來，翠玉保准吃不了兜著走。

翠玉自然也清楚這些，愁眉苦臉地說道：「要不要先去稟報少爺一聲？」

小安子想了想說道：「好了，這事交給我。等少爺出來的時候，我告訴他就行。妳先回院子等著，要是少奶奶回去了，就讓人來送個信給我。」

翠玉點點頭走了。

小安子等了老半天，也沒等到容瑾出來，更沒等到翠玉派人送信來，眼看著已經過了子時三刻，小安子也有些著急了。

容府說大不大說小也不小，假山流水亭臺樓閣，樹木尤其多。大晚上的，天氣冷冽不說，又黑乎乎的，寧汐一個人亂跑，該不會出什麼問題吧？

又等了許久，容氏三兄弟終於出了書房。

小安子忙迎了上去，迅速地瞄了容瑾一眼。雖然容瑾面色平和，可小安子憑著多年伺候少爺的經驗心得，幾乎可以斷定少爺心情很不好。眼底的那一絲陰霾和冷然，讓人看得心驚肉跳。

小安子小心翼翼地稟報。「少爺，剛才翠玉來說了，少奶奶不要人跟著，一個人去園子裡了，到現在還沒回去。您看，要不要去找找？」

什麼？寧汐一個人在府裡亂轉悠？

容瑾眼眸瞇起，冷冷地質問：「你怎麼不早點告訴我？要是少奶奶出了什麼事，我第一個唯你是問！」腳步不自覺地快了起來。

小安子苦著臉跟了上去。就知道少爺會拿他撒氣，這怎麼能怪他嘛！主子們在書房裡說話，他哪有膽子隨意打擾？

容瑾沈著臉找了一圈，隨著時間的流逝，他的臉色越來越難看。

寧汐到底去哪兒了？天這麼晚了，又這麼冷，她一個人亂跑什麼？也不知道好好保重自己，成心讓他著急讓他憂心……

腦海中不自覺地浮現出昨天晚上對峙的那一刻，那張略顯蒼白卻又無比倔強的俏臉。

容瑾暗暗咬牙，這個執拗的丫頭，待會兒找到她，非好好罵她一頓不可！

小安子跑了一大圈，額頭都冒汗了，見容瑾悶不吭聲地還要往前走，忙奉上建言。「少爺，就這麼四處亂找可不是法子。我們容府這麼大，要是少奶奶隨意待在哪兒，可不好找。」要是寧汐四處走動，就更難找了。

這個道理，容瑾豈能不明白。可心裡又急又氣，哪裡還能顧得上這些？要是不親眼看見她安然無恙，他心裡哪能踏實。

這些複雜的心情，容瑾絕不可能訴之於口。他只是淡淡地說了句。「我繼續找，你先回去看看，要是少奶奶還沒回去，你就讓院子裡的丫鬟都幫著出來找。」

小安子還想再說什麼，可一看容瑾冷凝的臉，便沒了勇氣，乖乖地應了。

小安子走了之後，容瑾一個人在原地站了片刻。不知想到了什麼，忽地轉過身子，往容府最僻靜的一處走過去。

那裡有個小院子，是寧汐住過的地方。自從寧汐搬走了之後，就再也沒住過人，只有一個守門的婆子，看守著院子。

或許，寧汐是到這裡來了。

容瑾大步走到院門邊，院門果然沒關。

守門的婆子正在打瞌睡，忽然見了容瑾，被嚇了一跳。

第三百八十九章　鬧騰

「少奶奶是不是在裡面？」容瑾直截了當地問道。

那婆子結結巴巴地應了一聲。

容瑾懸了一個晚上的心，總算稍稍落回原位，取而代之的，卻是莫名的怒火。那個婆子看他臉色陰沈，哪裡還敢再說話，忙退到了一邊。

容瑾深呼吸口氣，邁步走了進去，輕車熟路地走到了寧汐以前的屋子外，遠遠地便看見了站在樹下的纖細身影，不自覺地頓住了腳步。

月光朦朧，樹下的女子靜靜的站在那兒。從容瑾的角度看過去，只能看到她的小半個側臉，長長的睫毛低低地垂著，神情落寞。

容瑾的怒火退了，心隱隱地揪痛。

這是他心愛的女人，是他費盡所有心思才娶回來的心上人，是他發誓要一輩子都傾心相待的愛人。可現在成親不足三個月，他竟然就讓她如此落寞傷心了……

可是，誰又能知道他心裡的痛苦？

她一直有秘密瞞著他。那個秘密和另一個男人有關。即使現在她已經是他的妻子，她也不肯說出那個秘密。她的心裡，一直有另一個男人的影子。

每想到這些，怒火和妒火便交織燃燒，讓他難受得幾乎無法呼吸。

如果她真的愛他，為什麼要苦苦瞞著他？為什麼要在他有所察覺的情況下，還如此倔強的什麼都不肯說？

除非，她還在意那個男人……

樹下的身影似是察覺到了什麼，微微轉頭看了過來。

四目相對，兩人心裡俱是一顫，說不清是什麼滋味在心裡蔓延。酸楚、乾澀、難受、懊惱、心疼，或許還有那麼一絲絲後悔……

誰也沒張口說話，兩人就這麼遠遠的對視著。

不知過了多久，容瑾終於走近了幾步，短短幾步內，他已經將所有的情緒都收斂了起來。

「天這麼冷，妳別著涼了，回去吧！」絕口不提自己心急如焚地找了一個晚上的事實。

寧汐低低地應了一聲。

兩人沈默著一起走了出去，一前一後，一路無言。

寧汐偶爾抬頭看前方的背影一眼，心裡便是一陣酸楚。他肯來找她，可卻不肯放下身段哄她一句。難道，兩個人就要因為此事一直冷戰僵持下去嗎？

容瑾，你如果真的那麼愛我，為什麼這般冷硬的逼著我？

剛一走到院子門口，小安子和翠玉便急急地迎了上來。一個說著「少爺您可總算找到少奶奶了」，一個絮叨著「少奶奶您到底是跑到哪兒去了，可把我們都急死了」。

容瑾平平地說道：「好了，不要囉嗦了，天色不早了，你們也都退下休息去吧！」

小安子和翠玉對視一眼，俱都以為小倆口和好了，心裡暗暗一喜，笑咪咪的退了下去。

容瑾迅速的看了寧汐一眼，旋即將那抹複雜的心思隱沒在眼底，淡淡地說道：「妳先去睡吧，我去書房待會兒。」

寧汐自然懂他的話中之意。書房裡也有床榻，容瑾今晚是不打算再回來睡了。

不知從哪兒來的怒意蹭蹭的往上湧，寧汐硬邦邦地回了句。「好。」然後乾脆俐落地走了。你愛去書房睡就去好了，有本事一直睡下去，別再回來了！

容瑾的唇角抿得緊緊的，面無表情地去了書房。

夫妻冷戰開始升級！

接下來的幾天，容瑾一直睡在書房。夫妻兩人見面也不說話，各自憋著一股惱怒較勁。院子裡的丫鬟小廝們唯恐被波及，說話聲音都小了許多。

容府上下自然很快就傳遍了三少爺三少奶奶嘔氣冷戰的小道消息。

李氏閒閒地看熱鬧，蕭月兒卻不停的勸說寧汐，寧汐聽的時候倒是乖得很，可　轉身便依然故我，固執得令人頭痛。

蕭月兒也沒了法子，便攛掇著容琮去勸容瑾，容琮卻不肯去。

「人家夫妻之間的事情，我們就別摻和了。三弟的脾氣妳又不是不知道，除非自己轉過彎來，別人勸他未必肯聽。」

蕭月兒瞪圓了眼眸。「你試都沒試過，怎麼知道不管用！再說了，我們兩人鬧彆扭的時候，可都是他們來勸和的。」

容琮只得無奈地應了。要是再不肯去，只怕蕭月兒又要和他鬧騰起來了。

容琮剛一出現，容瑾便猜到他的來意了，嘲弄地說道：「是二嫂叫你來的吧！二哥，你現在可成了標準的妻奴了，二嫂讓你做什麼就做什麼。」

容琮被挖苦得哭笑不得。「得了，你就別來譏諷我了，你自己又能好到哪兒去？還不是一天到晚把寧汐捧在手心裡。現在慣出脾氣來了吧，都攆你到書房睡了。」

容瑾暗暗咬牙，瞪了容琮一眼。這哪是來勸他和寧汐和好，根本就是火上澆油的好吧！

容琮在他吃人一般的目光裡咳嗽一聲，很識趣地改口。「好了，言歸正傳。你們兩人鬧了好幾天，也該消停了。你是男人，心胸寬大一些，去給寧汐陪個不是。女人都這樣，哄幾句不就好了。」

容瑾輕哼一聲。「錯的是她，憑什麼我去陪不是。」

容琮一聽這話音，八卦之心頓時熊熊燃起。「你們兩個到底怎麼回事，說來給我聽聽。」他只知道兩人鬧彆扭，卻不知道內情。

容瑾眼皮都沒抬，乾脆俐落地拒絕。「對不起，這屬於夫妻隱私，拒不透露。」

容琮不滿地白了他一眼。「你別這麼沒良心好不好？我可是關心你才來問你……」

「不用了，把你的關心多留點給二嫂吧！」

容瑾薄薄的嘴唇吐出的話，簡直氣死人不償命。容琮額上青筋隱現，好不容易才將心頭的火氣按捺了下去。

他試著委婉的勸道：「夫妻床頭吵架床尾和，有什麼事不能解決的？睡在一起，什麼問題都沒了。你聽我的，晚上別睡書房了，回屋去睡……」

容瑾唇角浮起一絲嘲弄的笑意。「二哥，你和二嫂吵架以後，都用這一招來哄二嫂的嗎？」

容琮氣得咬牙切齒。「喂，我好心來勸你，你這是什麼態度？」

容瑾眼皮都沒抬一下。「多謝你的好意，不過，勸和就不必了。有這閒空，陪二嫂在園子裡轉轉去。好走，不送！」

容琮被氣得快吐血了，回去的時候俊臉都是黑的。

蕭月兒滿心期盼著他的好消息，一見容琮這副樣子，頓時被嚇了一跳。

「你這是怎麼了？」不是去勸架的嗎？怎麼倒像是吵了一架。

容琮沒好氣地說道：「別提了，容瑾那臭小子，張口就沒一句好聽的。他們夫妻兩個就算鬧得再厲害，我也不管了。」容瑾的毒舌，可不是誰都能受得了的。

看容琮氣呼呼的樣子，蕭月兒不免有些心虛。要不是她催容琮去找容瑾，容琮也不會氣成這樣回來了。可要是都不管，難道就任由他們夫妻兩個一直鬧騰下去？

容琮輕哼一聲。「隨他們兩個鬧騰，我倒要看看他們兩人能鬧多久。」

蕭月兒無奈地嘆口氣。

就在此刻，菊香輕快地走了進來，在蕭月兒耳邊低語幾句。

蕭月兒面色微變，神情凝重起來，揮揮手，示意菊香先出去。

容琮見她臉色不豫，忙問是怎麼回事。

蕭月兒蹙著眉頭，低聲說道：「皇兄讓人送了口信過來，說是梅妃身體漸好。父皇很高興，誇了四皇兄好一通，免了四皇兄的處罰。以後，四皇兄就可以正大光明的留在京城了。」

也就是說，大皇子和三皇子雖然暫時聯手，竟也沒能占上風。四皇子果然有些手腕，竟然真的打動了皇上……

容琮皺起了眉頭。「梅妃忽然生了怪病，一眾太醫都束手無策，偏偏妳四皇兄回來不久，她的病就突然轉好。難道皇上沒起疑心嗎？」

蕭月兒苦笑一聲。「父皇看似嚴厲，其實最是心軟。梅妃當時病得就快嚥氣了，他怎麼也不會想到這是四皇兄設的計。」

更何況，四皇子又表現得一副悔過自新的樣子，在皇上面前痛哭流涕悔不當初。口口聲聲說一時糊塗，才會做了錯事，還在皇上面前信誓旦旦的保證永不會覬覦太子之位，從此以後尊敬兩位兄長云云，皇上自然會心軟。

畢竟是親兒子，皇上也捨不得將他真的逐出京城永遠不讓他回來，正好趁著此事下個臺圓個場。

蕭月兒想到這些，也頗覺得頭痛。大皇兄的太子之位本已唾手可得，可再多了四皇兄這個變數，只怕又要起波折……

不行，她要回宮一趟看看。

蕭月兒素來就是個想到做到的急性子，立刻對容琮說道：「我明天回宮一趟，看看父皇，順便探望梅妃。」

容琮有些為難。「可我明天有要事，實在抽不開身來陪妳回宮。」

蕭月兒不以為然地笑道：「我自己一個人回去就行了。」

這怎麼行！容琮不假思索地反對。「不行，妳一個人回去我不放心，至少也得找個人陪妳回宮。」這個人選想都不用想，當然非寧汐莫屬。

蕭月兒想了想，便點頭應了。寧汐這些天一定悶壞了，帶她去宮裡散散心也好。

第三百九十章　入宮

為表誠意，蕭月兒特地親自去找寧汐。

寧汐果然二話不說便點頭應了。

這些天她和容瑾一直冷戰，心裡憋了一肚子的悶氣，出去散散心也好。雖然她對皇宮那個地方毫無好感，不過，能親眼見見梅妃也好。

至於四皇子……她也不用那麼害怕見到他。這一世，她已經用了自己的方式復了仇。四皇子想再捲土重來，也不是容易的事情。

第二天早上，寧汐收拾妥當之後便和蕭月兒一起去了皇宮。

一路上，蕭月兒免不了要問上幾句——

「妳和容瑾怎麼樣了？」

寧汐笑容一頓，旋即若無其事地應道：「沒什麼，還是老樣子。」也就是說，兩人冷戰還在延續。

聽到這個意料中的答案，蕭月兒忍不住扶額嘆息。

「都這麼多天了，怎麼還在鬧騰？」她和容琮嘔氣冷戰最多一、兩天而已，寧汐和容瑾倒好，這都快有七、八天了，竟然還沒和好，兩個人都一樣的強脾氣！

寧汐抿緊了唇角不吭聲。

一開始是各自惱怒，幾天僵持下來，兩人心裡未必沒有悔意，可誰也不肯低頭主動求和，就這麼僵持住了。

蕭月兒見她又是這副表情，只得扯開話題，又說起了梅妃的事情。「……大皇兄派人給我送信，說是梅妃的病情已經有了好轉。也真是奇怪，四皇兄一回來梅妃的身體竟然就好了。」

四皇子從中做了手腳是肯定的。

寧汐思忖片刻，才低低地說道：「待會兒見了梅妃，妳說話留心些。」試探幾句是必然的，不過也不能過分。有些事情心知肚明就好，當面說破反而不美。

蕭月兒點點頭應了，兩人低聲商議了一番。

進了皇宮之後，先覲見了皇上。

寧汐安分地陪在蕭月兒身邊，垂著頭不說話，儘量減少存在感，耳朵卻不自覺地豎得老長，將皇上和蕭月兒的對話一一聽進耳中。

「月兒，這些日子身子可好些了嗎？」威嚴的皇上在最寵愛的女兒面前倒是十分溫和。

蕭月兒乘機嬌嗔。「父皇，我身子早就好了。可那幾個嬤嬤天天盯著我喝補藥，我喝得都快反胃了，以後就別讓我喝了嘛！」

皇上磨不過她，只得笑道：「好好好，都依妳。」接著，又問了些瑣碎的問題。蕭月兒乖乖的答了。這一刻，皇上像天底下所有疼愛女兒的父親一樣慈愛。

寧汐在一旁聽著，忽然分外的想念寧有方。

自從寧有方入宮做了御廚之後，和家人聚少離多，她已經很久沒單獨的和寧有方在一起說過話了。

「父皇，梅妃的病好些了嗎？我想去看看她呢！」趁著皇上心情不錯，蕭月兒笑咪咪的提出要求。

以前她就曾提過類似的請求，皇上擔心她過了病氣一直不肯。現在梅妃病情有了好轉，皇上心意便鬆動了，猶豫片刻，終於點頭應了。「也好，妳去看看就回來，別待得太久。」

蕭月兒精神一振，忙笑著點了頭。

皇上想了想，又吩咐羅公公陪蕭月兒一同前往。皇上只一個眼神，羅公公便心領神會，微微點了頭。

四皇子也在梅妃的寢宮，皇上命他一同前往，是讓他照顧好公主。

梅妃的寢宮不算近，蕭月兒肚子日漸隆起，走路遠不如往日輕便。寧汐細心地攙扶著她的胳膊，刻意放慢了腳步，不時地提醒蕭月兒小心些。

蕭月兒自嘲地笑道：「我這一懷孕，簡直快成廢人了。」

寧汐啞然失笑。其實皇宮處處潔淨，路面光潔，連片落葉都沒有。蕭月兒卻前呼後擁，光是伺候的人就不下七、八個，堪稱浩浩蕩蕩。

羅公公忙湊趣笑道：「公主金枝玉葉，如今又懷著身孕，自然要小心。皇上一直盼著見皇外孫，公主保重身體，就是最大的孝順了。」

蕭月兒被哄得笑了起來。

梅妃的寢宮終於到了，守門的宮女飛速的跑去稟報。片刻之後，四皇子便迎了出來。

羅公公笑著上前給四皇子請安，還沒等跪到地上，四皇子便親切地扶了羅公公起身。兩人你來我往，好一番熱鬧客套。兩人俱是滿臉帶笑，彷彿半年前發生的事情根本沒造成任何隔閡。

羅公公表面不動聲色，心裡卻不由得暗嘆一聲。當日他設局使得四皇子無所遁形，四皇子只怕已經把他恨之入骨。可這次回京之後，四皇子見了他總是客客氣氣的，從未流露過一絲怨恨。這份城府，令人嘆為觀止，也讓人更生警惕之心。

蕭月兒含笑上前。「四皇兄，梅妃娘娘的病好些了嗎？」

四皇子聞言嘆口氣。「還是不能下床，不過總算有了些好轉。」邊說邊引著蕭月兒往裡走，目光迅速地在寧汐的臉上掠過。

寧汐沒有抬頭，也能感受到那道有若實質的銳利目光。

真沒想到，她這輩子最大的情敵竟然會是他！

若不是周圍人太多，寧汐幾乎要自嘲地笑了出來。偶爾一抬頭，便看到一個再熟悉不過的身影靜靜的立在四皇子身邊。依舊一身白衣，溫潤俊美風度翩翩，黑眸正似有似無的看了過來。

寧汐沒心情和他對視，淡淡地移開了目光。她對他再無激烈的愛恨，可想視之為路人也不是容易的事情。竭力淡忘的往昔回憶在不經意間便湧上心頭，心緒一片紛亂。

如果讓容瑾知道她和邵晏又見面了，一定又會大吃飛醋了吧！

蕭月兒似是察覺到寧汐情緒不穩，關切地看了她一眼。寧汐定定神，回以微笑。此時人多口雜不宜多說，蕭月兒握緊了寧汐的手，一起進了梅妃的臥室。

有四皇子這麼大的兒子，梅妃的年齡自然不小了，又纏綿病榻，臉頰消瘦，可五官楚楚動人，有一番病態的美。比起雍容華貴的惠貴妃，梅妃別有一番美麗。

寧汐第一次目睹梅妃真容，心裡暗暗讚嘆。能在惠貴妃寵冠六宮下屹立不倒，梅妃果然也不是普通女子。

梅妃見蕭月兒一行人進了寢室，在宮女的攙扶下坐起了身子，歉然地笑道：「公主駕臨，未能起身相迎，還望見諒。」

蕭月兒忙笑道：「梅妃娘娘身體欠佳，我早就想來探望。父皇今日才准我過來，梅妃娘娘不要見怪才是。」接下來自是一番虛偽的客套。別看蕭月兒平時喜怒形於色，可真正擺出公主的架勢來，倒是像模像樣的。

寧汐暗暗失笑不已，隨意地看了四周一眼，忽地又瞄到一個熟悉的身影，不由得一愣。

邵晏的親娘秦氏，她怎麼也在這兒？

秦氏對寧汐顯然沒什麼印象了。兩人還在幾年前有過一面之緣，時隔這麼久，早已淡忘得差不多了。可寧汐這個名字，她卻是知道的……

秦氏不知想到了什麼，看著寧汐的目光有些不善。

寧汐對她毫無好感，也沒興趣和她大眼瞪小眼的，迅速地收回了目光，又將注意力放在蕭月兒和梅妃的身上。

蕭月兒打量梅妃幾眼，嘆道：「好端端的，娘娘怎麼忽然就生起病來了？這麼多太醫也都不中用，竟沒一個能找出病因的。好在四皇兄及時回來了，不然這麼下去，不僅是父皇著急，我們也都跟著憂心呢！」

這番話裡滿是關切，可細細一品，卻能咂摸出些別的意味。

四皇子唇角似笑非笑，眼底閃過一絲冷意。

梅妃眸光一閃，嘆道：「說起來，都是我的不是。生了這場病，惹得聖上煩心不說，還驚動了這麼多人，我心裡真是過意不去。」

蕭月兒心裡暗暗冷笑，父皇素來心軟，梅妃生病之後，時常來探望，恩寵更勝往日，又能將四皇子弄回京城，簡直是一舉數得！

心裡掠過一連串的念頭，蕭月兒的表情卻越發柔和。「如今四皇兄回來了，妳也該放寬心好生休養。等身子好了，大家才能放心。」句句不離四皇子，分明若有所指。

梅妃的笑容明顯地一頓。

四皇子微微瞇著眼，笑著插嘴道：「多謝皇妹關心。等母妃痊癒了，我一定親自宴請皇妹。」

蕭月兒笑道：「四皇兄說這話真讓我汗顏了，梅妃娘娘病了這麼久，我都沒機會過來探望，心裡一直有愧呢！今後有空，可得多來探望才是。」

今天這一趟可沒白來，從四皇子和梅妃的反應便可以斷定梅妃病情一定有蹊蹺。雖然沒有真憑實據，不過，在父皇面前煽風點火總是沒問題的。

四皇子顯然窺破了蕭月兒的那點小心思，心裡暗暗冷哼一聲，面上卻不動聲色。

正在此刻，有宮女來稟報。「大皇子殿下來了。」

眾人都有些意外。四皇子反應最快，忙笑著起身相迎。

大皇子含笑而入，先迅速的看了蕭月兒一眼，見蕭月兒面色紅潤安然無恙，心裡才略略放了心。顯然是聽說了蕭月兒在梅妃寢宮，便匆匆地趕來了。

蕭月兒也覺得窩心，笑咪咪的起身站到大皇子身邊。

寧汐看著這一幕，不由得暗暗感慨。大皇子縱有再多不好，可對蕭月兒卻是好得沒話說。

第三百九十一章　最疼她的人

蕭月兒本打算稍坐片刻就走，可大皇子來了之後，她又改了主意，一直拖延著到了午飯時分。

四皇子客氣地留了午飯，大皇子和蕭月兒欣然應了。

羅公公忙命小太監去稟報皇上一聲，結果，皇上竟也來了。

這麼一來，寧汐夾在中間便有些尷尬了。這雖然是家宴，可在座的不是皇子就是公主，還有皇上……她哪還有勇氣入席？

蕭月兒渾然不覺寧汐的尷尬無措，笑咪咪的向寧汐招手。「寧汐，快些過來坐我身邊。」

寧汐略一遲疑，然後笑道：「我還不餓，就不入席了。」大皇子虎視眈眈的眼神緊緊地盯著她的臉，還有四皇子陰鷙的目光，她坐下能吃得進去才是怪事。

蕭月兒這才察覺到寧汐的顧慮，倒也不忍拉著她一起入席了，想了想說道：「也好，我讓荷香陪妳到隔壁的小飯廳。」

寧汐含笑點頭，在荷香的陪伴下到了隔壁的小飯廳裡。說是小飯廳，其實並不小。舉目四顧，陳設精緻華美，幾個宮女俐落地上了飯菜，滿滿當當的擺了一桌。

沒了大皇子、四皇子的虎視眈眈，寧汐陡然輕鬆了不少，笑著坐到了梨花木圓桌旁。

「荷香，這裡沒有別人，我們兩個坐下一起吃好了。」

荷香自然不肯，忙笑著推辭。「這可使不得，奴婢先伺候您用午飯吧！」雖然熟稔，可畢竟主僕有別，怎麼能和寧汐一起坐下吃飯，這兒這麼多雙眼睛看著呢！

寧汐見她態度堅決，也不勉強。隨意地挾起一口菜送入口中，熟悉的味道在舌尖瀰漫，寧汐心裡悄然一動。這個味道太熟悉了，她就算閉著眼睛也能嚐得出來。

這是寧有方親手做的！

寧有方身為御廚，平日裡專門負責皇上的飯食，一眾妃嬪的飯菜自有別的御廚動手。今日皇上駕臨梅妃寢宮，掌廚的正是寧有方。因此，寧汐也跟著沾了光，吃到了寧有方親手做的飯菜。

嚐著熟悉的味道，寧汐心裡有些酸酸的，以前習以為常的事情，現在竟成了奢侈。自從寧有方入宮做了御廚之後，她想見寧有方一面都不容易，更別說吃他親手做的飯菜了……

荷香敏感的察覺到寧汐面色不對，忙問道：「三少奶奶怎麼了？是不是飯菜不合您的胃口？奴婢這就去御膳房說一聲……」

「不用了，菜餚很美味，很合我的胃口。」寧汐打起精神，展顏一笑。「這是我爹做的呢！」

荷香一怔，旋即笑道：「少奶奶可真是厲害。」才吃了幾口，竟然能嚐出是寧有方的手藝，這舌頭也太靈敏了吧！

寧汐抿唇一笑，這些天，她和容瑾鬧彆扭嘔氣，吃什麼都沒滋味，可現在忽然胃口大好，津津有味地吃了起來。

待寧汐吃得差不多了，荷香才就著桌邊的飯菜吃了一些。

蕭月兒和大皇子他們在一起，大概一時半會兒也抽不開身。寧汐想了想，低聲問道：「荷香，妳知道御膳房在哪兒嗎？」

荷香何等機靈，頓時聞弦歌而知雅意，低笑道：「御膳房離這兒不算遠，約莫盞茶時分就能到了。少奶奶若是想去見見寧御廚也無妨，早去早回就是了。」

寧汐眼眸一亮。「真的可以去嗎？」皇宮裡能方便四處走動嗎？

荷香輕笑道：「奴婢先去悄悄稟報公主殿下一聲，請少奶奶稍等片刻。」

寧汐笑著點點頭。坐著等了片刻，荷香便回來了，笑咪咪的說道：「公主殿下說了，讓奴婢領著少奶奶在皇宮四處轉轉，一個時辰後再回來。」邊說邊眨眨眼。

寧汐壓抑住心裡的激動和興奮，用力點點頭。

荷香在宮中多年，對皇宮裡的路十分熟悉，領著寧汐向御膳房走去。一路上遇到了許多宮女太監，紛紛上前和荷香寒暄。

荷香是公主身邊最親信的大宮女，性子又溫和，在宮中人緣一直不錯。現在雖然隨著蕭月兒嫁出了宮，可宮裡的小太監宮女們見了還是不敢怠慢，笑得別提多熱情了，荷香只得客氣地笑著一一應對。

寧汐在宮外名氣雖然不小，宮裡認識她的人卻並不多，因此倒無人上前和她攀談，她樂得輕鬆，在一旁閒閒地看著熱鬧。

荷香好不容易抽開身來，歉意地笑道：「讓少奶奶久等了。」

寧汐笑著打趣道：「早就聽說妳人緣好，今日我可大開眼界了。」

荷香不好意思地笑了笑，額角淡淡的傷疤雖不十分顯眼，可在一個娟秀的少女臉龐上，便顯得格格不入。

寧汐暗暗為荷香惋惜不已。荷香也不小了，到了該婚配的年紀，若不是有這道礙眼的傷疤，只怕早就有了如意的歸宿。蕭月兒想為荷香挑個好夫婿，可荷香對此卻表現得十分淡然。

寧汐忍不住多嘴了一句。「荷香，妳有喜歡的人嗎？」

荷香笑容一僵，眼裡閃過一絲慌亂，竟有些心虛。「沒、沒有。」頓了頓，才嗔笑道：「好好的，怎麼忽然問起這個來了？」

寧汐按捺住心裡那一絲怪異的感受，笑道：「我是替二嫂問妳的。二嫂可一直惦記著妳的終身大事呢！」

在蕭月兒的心裡，荷香的地位和別的宮女是不一樣的。尤其是在荷香因為蕭月兒受傷之後，蕭月兒對荷香更多了份責任，一心想著要為荷香找個好歸宿。

荷香淡淡地笑了笑，垂下眼瞼，低低地應道：「奴婢這輩子只想伺候公主，哪兒也不去。」不待寧汐說話，便笑著扯開了話題。「御膳房就在前面，我們快些過去吧！」說著，便加快了腳步。

寧汐笑吟吟的跟了上去，心裡卻升起一絲疑雲。男大當婚女大當嫁，荷香已經不小了，談到婚嫁之事理所當然，可這個反應怎麼有些怪怪的？

御膳房近在眼前，寧汐很自然地將這個問題拋諸腦後，妙目流轉顧盼，急急地搜索著寧有方的身影。

御膳房地方之大令人咋舌，格局和酒樓裡的廚房大致類似，不過更精緻得多，也沒有所謂的小廚房，所有的御廚都在大得離譜的廚房裡忙活。

寧汐一眼便看到了寧有方的身影，脫口而出喊道：「爹！」

她聲音並不大，被迅速地吞沒在了廚房嘈雜的聲音裡。寧有方卻心有靈犀一般轉過頭來，目光落在寧汐的俏臉上，眼睛倏忽一亮。

「汐兒！」寧有方大步走了過來，既興奮又激動地問道：「汐兒，妳怎麼會在這兒？」

寧汐笑著應道：「我陪二嫂去探望梅妃娘娘，剛吃過午飯，沒什麼事就想著過來找您。」

父女兩人已有月餘沒見面，忽然在此時此地碰了面，各自的歡喜就別提了，一時竟不知說什麼是好。

御膳房的御廚們不停的探頭張望，這裡實在不是說話的好地方。寧有方想了想，便領著寧汐到了隔壁的儲藏間裡。這裡專門用來存放乾貨，雖然打掃得乾乾淨淨，還是免不了有些腥氣。這味道不算好聞，卻熟悉得令人安心。

寧有方上下打量寧汐幾眼，忽地皺起了眉頭。「汐兒，妳怎麼瘦了？是不是容瑾欺負妳了？」原本紅潤可人的臉蛋，很明顯的消瘦了一些，下巴尖尖的，讓人看著心憐。

寧汐鼻子一酸，眼淚差點湧了出來，擠出笑容應道：「沒有的事，他對我好得很。」夫妻吵架這種小事，還是別告訴寧有方了，省得他在宮裡還得為自己擔心。

寧有方顯然不相信這個說辭，面容一冷，重重地哼了一聲。「一定是容瑾這臭小子欺負妳，我這就去找他！」怒氣沖沖地就要往外走。

寧汐一急，不假思索地扯住了寧有方的袖子。「爹，您別衝動，容瑾真的沒欺負我。」

寧有方滿眼的怒意。「他沒欺負妳，妳怎麼會瘦了這麼多，臉色也不如往日好看。汐兒，妳別瞞著我，到底是怎麼回事？」素來粗枝大葉的寧有方，這回偏偏細心了起來，竟是一眼便看出了寧汐的心事。

寧汐見瞞不過去，只得含糊地說道：「也沒什麼，就是前幾天兩人鬧了點口角。」

寧有方想也不想地怒道：「肯定是容瑾不對。」

寧汐被逗樂了。「爹，你還不知道具體怎麼回事，怎麼就下這樣的結論了？」

寧有方理所當然地說道：「我女兒這麼善解人意，當然是他不好。」

寧汐聽得又是好笑又是窩心。

天底下大概只有寧有方一個人會如此無原則無條件的包容她寵著她了吧！事實上，這次還真不能都怪容瑾，哪個男人遇到這樣的事都免不了要生氣，更何況驕傲的容瑾……

第三百九十二章 紛擾

「爹，這次其實要怪我。」寧汐咬著嘴唇坦白。「我有些事一直瞞著容瑾，沒告訴他實情，結果被他發現了，他追問不休，我還是不肯說，後來，他才生氣了……」

「那又怎麼樣。」寧有方理直氣壯地說道：「男人就該心胸寬廣些，和女人斤斤計較算怎麼回事，他要是再敢這樣，我就去找他算帳！」說著，寧有方還捋起了袖子，一副要找人算帳的架勢。

寧汐窩心極了，所有的委屈頓時不翼而飛。「好了，爹，我和容瑾已經和好了，您就別操心了。」

「真的和好了？」寧有方不相信地追問了一句。寧汐連連點頭，唯恐寧有方再提起這些，忙將話題扯了開去。「爹，您最近在御膳房怎麼樣？」

寧有方揚眉笑道：「我好得很，妳不用為我操心。」除了上官遠有點鬧心，其他的都很好。

如今張展瑜和上官燕已經正式訂了親，上官遠再不情願再生氣也改變不了這個事實。上官遠懊惱憋悶之餘，不免遷怒到寧有方身上，天天卯足了勁頭和寧有方較勁。

寧汐蹙起了眉頭，擔憂地說道：「爹，您可要小心些，上官遠那個人心胸狹窄得很，您可別吃了他的悶虧。」

寧有方聳聳肩笑道：「他要是有這個本事，儘管來鬧騰好了，我才不怕他！」就算在皇宮裡待得再久，寧有方還是這副脾氣。

寧汐又是好氣又是好笑，正想勸幾句，荷香的聲音在門口響起。「少奶奶，時候不早了，我們也該回去了。」

寧汐只得應了一聲，依依不捨地和寧有方道了別。

寧有方笑著送了寧汐幾步，等寧汐的身影消失在眼前，笑容陡然消失無蹤，眼裡浮起怒意。雖然寧汐說得輕描淡寫，可他豈能不瞭解女兒的性子？如果不是和容瑾鬧得太僵了，怎麼也不會顯露出來被他察覺。

再想到寧汐精心裝扮也掩飾不了的憔悴消瘦，寧有方更是心痛極了。

容瑾這個臭小子，虧他口口聲聲說要對寧汐好。這才成親三個月，就把寧汐欺負成這樣子。哼，他饒不了這個臭小子！

寧有方沈著臉，去找御膳房總管告了假，然後去找容瑾不提。

寧汐自然不知道這些。

心事說出來之後，心情比之前倒是輕鬆了一些。寧汐臉上終於有了一絲真正的笑意，腳步比之前輕快了許多。

荷香瞄了寧汐一眼，試探著笑道：「少奶奶心情似乎不錯呢！」寧汐和容瑾鬧彆扭的事，容府上下人盡皆知，她自然也是知情的。

寧汐笑而不語。雖然和荷香也算熟悉，不過她從沒有向人傾訴心事的習慣。

荷香見她沒接茬兒，非常識趣地扯開了話題。兩人一路說說笑笑，很快便到了梅妃的寢宮，一個意想不到的人攔住了寧汐——

「容三奶奶，如果不介意，借一步說話如何？」

竟然是邵晏的親娘秦氏。

寧汐心平氣和地問道：「妳是誰？」她連邵晏都懶得理，自然更沒興趣和跋扈難纏的秦氏打交道。

秦氏沒料到寧汐如此不客氣，面色微微一變，眼中閃過一絲怒氣，卻勉強著擠了一絲笑容。「老奴姓秦，是邵晏的娘，以前和您有過一面之緣。不過，容三奶奶貴人事多，自然對老奴沒什麼印象了。」

看似恭敬，可話語中的譏諷之意清晰可見。

寧汐唇角勾起一抹嘲弄的弧度。「秦嬤嬤有話不妨直說，不必拐彎抹角。」秦氏的來意，其實她已隱隱的猜到了，肯定和邵晏有關。

前世她不知受了多少秦氏的閒氣，這輩子她可沒這個閒心再理會閒雜人等的羞辱。

秦氏被噎了一下，暗暗咬牙說道：「老奴確實有些話要說，還請容三奶奶借一步說話。」

荷香在一旁聽得一頭霧水。秦氏以前是梅妃的貼身丫鬟，後來又做了四皇子的乳母，在宮裡宮外都有幾分體面。可她和寧汐明明是八竿子打不著的關係，這麼巴巴的來找寧汐是要做什麼？

寧汐的反應也很奇怪，淡淡地說道：「我自問行事光明磊落，秦嬤嬤何必做出如此鬼祟之舉？」寧汐向來寬厚溫和，就算和下人說話也十分客氣，像這般毫不客氣的，實在少見。

荷香心裡暗暗奇怪，忍不住瞄了秦氏一眼。秦氏徐娘半老風韻猶存的臉已經快黑了，寧汐卻絲毫不為所動，氣氛說不出的尷尬凝滯。

荷香只得咳嗽一聲打圓場。「秦嬤嬤，妳有什麼事，就直說好了，公主還在等著三少奶奶呢！」這樣的情況下，自然要站在寧汐這一邊說話。

秦氏眸光一閃，忽地笑道：「既然容三奶奶不介意，那老奴便有話直說了。老奴只有邵晏這麼一個兒子，還指望著他早些成親生子，為邵家開枝散葉。可他不知怎麼的，犯了強勁，說什麼也不肯成親……」

「秦嬤嬤說這話倒是奇怪了。」寧汐閒閒地打斷秦氏的話。「我和邵晏只見過幾面，說話不超過十句，連熟悉也談不上，他成親與否和我一點關係也沒有。妳來找我說這些做什麼？」一派雲淡風輕的口吻。

秦氏氣血翻湧，被氣了個半死，對著那張淺笑的俏臉，憋了半天才擠出幾個字來。「對不起，是老奴僭越了。」

事情真相到底如何，她和寧汐都是心知肚明。可只要寧汐撇清不承認，就什麼都沒有。事實上，大庭廣眾之下，她剛才說的話已經是逾越了。

周圍的宮女太監一個個伸長了耳朵，聽得津津有味，腦中不知演繹出了多少版本的八卦。

寧汐欣賞著秦氏憋屈難看的臉色，心情陡然好了許多，徐徐地笑道：「秦嬤嬤知道自己僭越就好。這樣的錯誤，以後可別再犯第二次了。」既然自己送上門來，她自然無須客氣。

秦氏心裡羞憤不已，面上還得擠出笑容，別提多憋屈了。

寧汐出了這口惡氣，心裡愉快極了，笑著對荷香說道：「二嫂一定等得急了，我們走吧！」

荷香笑著應了，隨著寧汐一起向裡走，順便送了個同情的眼神給秦氏。事實證明，平日裡性情溫柔和善的人，一旦尖酸刻薄起來更凌厲啊！

寧汐的好心情顯而易見，蕭月兒只看一眼，便笑道：「喲，這太陽是打西邊出來了嗎？只出去轉了一圈，怎麼心情就這麼好了？」

寧汐也沒瞞著她，將剛才遇到秦氏的事情說了出來。

蕭月兒挑眉冷哼。「對付這種人就該這樣。仗著是四皇兄的乳母，真當自己是主子了。」竟然還想喊寧汐背地裡說話，擺明了是想質問她幾句。呸！也不照鏡子看看自己是誰！

寧汐扯了扯唇角，不想再討論秦氏的問題，隨意地扯開話題。「時候不早了，我們也該回去了吧！」

蕭月兒想了想，便點頭應了。「好，那我先去找父皇辭行。」

出了皇宮之時，天色還未晚。蕭月兒難得出府一趟，哪裡肯這麼早回去，便又吩咐馬車去公主府。在園子裡轉悠了半天，將一干宮女嬤嬤都支得遠遠的，兩人說起了悄悄話。

「四皇兄這次回來，和以前很不一樣。」蕭月兒蹙著眉頭，面色沈凝。「以前四皇兄性情浮躁，又愛吃喝玩樂，父皇一直不太喜歡他。可現在，他說話做事像變了個人似的……」

中午吃飯的時候，蕭月兒一直在留心觀察他。

態度謙遜，說話沈穩，又常表現出孝順聽話的樣子。皇上縱然對他還有不滿，可態度已經大為緩和。照這樣下去，四皇子恢復以前的地位也不是不可能的事情。雖然目前對其他皇子沒有威脅，可誰知道以後會怎麼樣？

寧汐早知道四皇子不易對付，聞言倒沒有過分驚訝，沈吟片刻說道：「惠貴妃和三皇子就沒什麼動作嗎？」

怎麼可能！蕭月兒嗤笑一聲。「父皇最近去梅妃那兒的次數越來越多，惠貴妃不急才是怪事。」

惠貴妃在宮中獨寵多年，也不是好惹的主兒，在背地裡不知暗暗使了多少絆子。可皇宮裡，皇上的心意才是最要緊的。皇上頻頻去探望梅妃，宮裡上上下下便漸漸轉了風向。

寧汐對皇宮裡爭寵的事情絲毫不感興趣，便將話題又扯到了四皇子的身上。「依妳看，四皇子有沒有做太子的可能？」

蕭月兒輕哼一聲。「他倒是想，也得看看大皇兄樂不樂意。」

這就好！寧汐稍稍放了心。只要四皇子做不了太子，前世的慘劇就不會上演，只要寧家人能安然無恙好好的活下去就好……

正說著話，一個小丫鬟匆匆地跑來了，在荷香耳邊低語了幾句。

荷香略皺起眉頭，疾步走上前來，低聲說道：「公主，小安子來找三少奶奶。」

寧汐一怔，不假思索地追問道：「出了什麼事了？」該不是容瑾出了什麼事吧！

荷香應道：「這倒沒有細說。」

蕭月兒見寧汐著急的樣子，心裡暗暗好笑，故意慢悠悠地說道：「唉呀，別管他了。容瑾有手有腳的大活人，能有什麼事，妳不是正在生他的氣嗎？就別管他了……」

寧汐俏臉微微一紅，白了蕭月兒一眼。

蕭月兒樂不可支，笑嘻嘻地對荷香說道：「好了好了，快讓小安子過來，沒見三少奶奶已經急成這樣子了嗎？」

荷香忍住笑，朝那小丫鬟點點頭。

小丫鬟飛速地跑走了，片刻之後，小安子匆匆地跑過來了。

第三百九十三章　岳父難纏

寧汐表面鎮定，一顆心早已提到了嗓子眼。

小安子行色匆匆，額際隱隱滲出汗珠，在看見寧汐的一剎那，陡然鬆了口氣。「少奶奶，奴才總算找著您了。您快點回去看看吧！」

寧汐心裡一跳，忽地有了不妙的預感。「到底怎麼了？」

小安子咳了咳。「也沒什麼大事，就是寧御廚到容府來了，正在教訓……和少爺說話。」

寧御廚？

寧汐愣了片刻才反應過來，雙眸陡然睜圓了，脫口而出道：「我爹什麼時候到容府的？」明明中午的時候還在皇宮裡，和她談笑風生，怎麼一轉眼的工夫就到容府了？

小安子陪笑道：「具體怎麼回事奴才也不清楚，少奶奶還是快些回去看看吧！寧御廚似乎心情不太好……」

寧有方的耿直脾氣，寧汐自然清楚。他這麼急急地趕出宮特地去找容瑾，肯定是去教訓容瑾為她撐腰去了。

容瑾偏偏又是天生的壞脾氣，就連對著自己的兄長父親都常撂臉子，又正值氣頭上，要是和寧有方對上……

寧汐不假思索地站起身來。「我爹人在哪兒？我現在就回去。」

蕭月兒也忙跟著起身。「我陪妳一起回去。」翁婿大戰啊，想想就興奮，一定要去湊熱鬧才行！

寧汐此刻也沒了心情說笑，胡亂點了點頭。

馬車一路疾行，到了容府大門口之後，寧汐迅速地下了馬車，扔了一句「我先去看看，二嫂妳慢些」就拎著裙襬往裡跑。

蕭月兒正打算仿效，荷香、菊香俱被嚇了一跳，連忙勸阻。「公主，您身子不便，可不能這樣跑。」

蕭月兒無奈地妥協，只得任由兩個貼身宮女攙扶著自己進府。

寧汐一路小跑，速度著實不慢。小安子小跑著追了上來，氣喘吁吁地說道：「少奶奶，您別擔心，少爺脾氣雖然不太好，總不至於和寧御廚吵起來。」畢竟是自己的岳父，容瑾心裡再不痛快也得忍著吧！

這可說不定。寧汐苦笑一聲，腳步依舊未停，很快便到了院子裡，老遠的就聽到寧有方的大嗓門傳了出來——

「……容瑾，我閨女人呢，被你藏哪兒去了？我都來了半天了，她怎麼還不出來見我？別想騙我，我知道她和公主早就出宮了，早該回來了才對……」

容瑾隱忍又無奈地應道：「岳父請息怒，汐兒確實還沒回來，大概是和二嫂在一起。您先消消氣，再等一等。」

寧有方重重地哼了一聲。「我當然要等，今天看不到汐兒，我哪兒也不去。容瑾，我今兒個把話撂在這兒，你別以為把汐兒娶回來了就可以隨意欺負她……」

寧汐聽得哭笑不得，忙小跑著進了屋裡，一眼便看到了滿臉怒容的寧有方和一臉無奈的容瑾。寧有方顯然動了真怒，狠狠的瞪著容瑾，面色十分不好。素來高傲任性脾氣很壞的容瑾，卻委委屈屈的站在那兒挨罵。

這畫面有點違和，讓人看著想笑又想落淚。

「爹！」寧汐定定神，喊了一聲。「您怎麼來了？」

寧有方聽到這熟悉的聲音，頓時精神一振，忙笑著轉過身來。「汐兒，妳總算回來了，我特地告了假，到容府來看妳。」

哪裡是來看她，根本就是來罵人的好吧！

寧汐瞄了一臉憋屈無奈的容瑾一眼，既覺得解氣又有些心疼。照小安子的說法，寧有方已經來了不短時間了，看來容瑾一直在挨罵。

寧有方擲地有聲地說道：「閨女，妳別怕，當著爹的面，今天好好說說妳和容瑾到底是怎麼回事，是不是他欺負妳了？」

容瑾解釋了半天，早已口乾舌燥、渾身無力，聞言簡直想吐血了。岳父大人，哪裡是我欺負你閨女，是她在成心氣我好吧！

寧汐自然懂該怎麼安撫寧有方，忙笑咪咪的湊上前去，嬌嗔著扯著寧有方坐下，又親自倒了杯茶送至寧有方手邊。「爹，您先喝口水潤潤嗓子。」

對著這麼一張花朵般的笑顏，寧有方渾身的火氣頓時飛走了大半，不自覺地接過茶喝了一大口，心情已經平靜了不少。

寧汐乘機笑道：「您也真是的，就會小題大做。我之前就告訴您了，我和容瑾就是鬧了點口角，早就和好了。您非弄出這麼大的動靜來，讓人知道了，又該取笑我了。」

「誰敢取笑妳？」寧有方護短的毛病頓時又發作了，雙眼瞪如銅鈴。「我這就去找他們算帳。」

寧汐忙笑著安撫。「沒有人笑話我，我就是隨口說說而已。您先喝茶，歇一歇。這裡一定有些誤會，說開了就好了。」說著，便朝容瑾使了個眼色。

兩人冷戰多日，還是第一次有這樣親暱的眼神交流。

容瑾顯然有些意外，怔了一怔，才反應過來，心裡陡然浮起一絲喜悅。

陪笑臉這樣的事情，容三少爺可從來沒做過，不過，今天無論如何也要硬著頭皮做上一回。

容瑾走上前來，擠出笑容，恭恭敬敬地說道：「岳父，這次確實是我不好。不該胡亂猜疑，惹汐兒生氣。您教訓得對，我以後絕不會再犯這樣的錯了。還望您大人有大量，饒過小婿這一回。小婿也向您保證，絕不會再有下一次。」

寧汐何曾聽過容瑾這般低聲下氣的和一個人說過話，怔怔地看著容瑾，心裡一陣莫名的酸澀。

寧有方也有些吃驚，可面上卻不露分毫，沈聲說道：「容瑾，你以前在我面前保證過，一輩子都會待汐兒好，絕不會欺負她。可成親才三個月，你看看她瘦成什麼樣子了？」

容瑾不由得抬頭看了寧汐一眼。兩人的目光在空中一觸，心裡各自一顫。

他已經好幾天沒仔細地看過她了……

她果然瘦了一些，臉色也遠不如往日好看，下巴尖尖的，大眼黑幽幽的。一時之間，憐惜、心疼、不捨、自責，種種情緒爭先恐後的浮上心頭，交織在一起，那滋味真是一言難盡。

寧汐也在看著容瑾。

這些天，她固然是茶飯不思，容瑾又何嘗好過？飯菜吃到口中沒滋沒味，空蕩蕩的書房更是冷冰冰的，整夜整夜的睡不著。只是他素來驕傲，不肯在人前流露半分脆弱罷了！

寧有方只看到了寧汐的消瘦憔悴，卻沒看到容瑾的落寞，兀自追問道：「你們兩個到底是為了什麼鬧口角？今天當著我的面，好好說清楚說明白了！」

容瑾絕不可能承認是因為自己吃醋才鬧出這麼多事情，下意識地看了寧汐一眼。

寧汐果然軟言哄道：「爹，沒什麼大事，您就放心好了。哪有夫妻不鬧口角的，您和娘感情這麼好，還時不時的吵幾句呢！何況我和容瑾剛成親沒多久，性格脾氣都需要慢慢磨合溝通，鬧幾句口角也不算什麼。您就別管了，我們以後不會再吵了。」

容瑾也附和著點頭。

寧有方見兩人都不肯直說，略有些悻悻地說道：「好好好，你們不肯說，我也不問了。反正不管為了什麼事，容瑾都不能再欺負妳！」

最後一句話十分霸道無理，卻是一個父親對女兒最真摯最深沈的愛。
寧汐鼻子一酸，眼中淚光點點。「爹，您對我真好。」
寧有方表情一柔，很自然的想揉揉寧汐的髮辮，卻因為寧汐梳著婦人髮髻無從下手，便將手輕輕地落到了她的肩膀上拍了拍。「傻丫頭，我就妳這麼一個閨女，我不疼妳疼誰？要是有人敢對妳不好，我拚了這條命也饒不了他！」邊說邊瞄了容瑾一眼。
很顯然，這個「別人」非容瑾莫屬。
容瑾又是好氣又是好笑又是無奈，只得應道：「岳父請放心，絕不會有下次了。」事實上，他早就開始後悔了，只是磨不開面子低頭。寧有方這麼一鬧騰，倒是給了他一個臺階。
小夫妻默默地對視一眼，然後俱都低了頭。
就在此刻，蕭月兒走了進來，笑吟吟的和寧有方打了個招呼。「寧御廚，你動作倒是麻溜得很，中午還在御膳房，這會兒就到容府了。」
她其實早就到了，躲在門邊看熱鬧看得津津有味，尤其是容瑾被訓得頭都不抬的片段真是精彩極了。她看得過足了癮頭，才施施然走了進來。
寧有方見了蕭月兒，反射性地想起身行禮。
蕭月兒忙笑著說道：「這裡又不是皇宮，別講究這麼多虛禮了。您是長輩，該我給您行禮才對。」
各自客套一番，蕭月兒笑咪咪地說道：「寧御廚難得來容府，今天可得吃了晚飯再走。」

寧有方忙笑道：「不用了，我只告假半天，還得趕著天黑前回去。」

「難得來一趟，哪有不吃飯就走的道理。」蕭月兒笑著接過話頭。「宮裡那邊不用顧慮，要是有人敢吱聲，就說是我留的晚飯好了。對了，三弟，還不快些去吩咐薛大廚一聲？」難得有機會支使容瑾一回，感覺真是好極了。

容瑾瞄了蕭月兒一眼，悶不吭聲地出去了。

第三百九十四章 和好

容瑾一走，屋子裡的氣氛陡然和緩了下來。

寧有方一肚子的怒火也發得差不多了，心情平靜了不少。見寧汐垂著頭不吭聲，還以為她在暗暗惱怒自己多事，咳嗽一聲說道：「汐兒，妳怎麼不說話了，是不是在生爹的氣？」

現在想想，他剛才對容瑾似乎確實有那麼一點點過分……

寧汐抬起頭來，眼角有些濕潤。「爹，您是心疼我才會這麼做，我怎麼可能生您的氣。」雖然方式太直接略顯粗魯，可一片拳拳父愛之心卻明明白白的擺在了眼前，她怎麼可能生氣？

寧有方鬆了口氣，咧嘴笑道：「妳不生氣就好，妳爹就是個粗人，一輩子直來直往慣了，不會那些彎彎繞繞的說話。要是容瑾再敢欺負妳，下次來我就不只罵人了。」順便晃了晃拳頭。

蕭月兒忍俊不禁地笑了起來。

寧有方這才想起公主也在，訕訕地笑了笑。「我這個人說話粗魯，讓公主見笑了。」

蕭月兒笑吟吟地說道：「寧御廚可別這麼說，我是羨慕寧汐有這麼一個疼她的爹呢！」

「妳還不是一樣。」寧汐搶著應了一句。上次蕭月兒不過是輕輕摔了一跤，皇上便緊張得不得了，派人送了那麼多補品過來，又讓嬤嬤時常回宮覆命。若論疼愛女兒的心，絲毫不比寧有方差。

蕭月兒想想果然如此，和寧汐對視一笑。

過了一會兒，容玨等人也陸續過來了。寧有方身分雖然不高，可畢竟是容瑾的岳父，又是宮中當紅的御廚，自然不能輕慢。

容玨和容琮輪番敬酒，寧有方幾乎來者不拒，很快便有了幾分酒意。

容瑾酒量極好，可今天卻喝得不多。

寧汐忍不住偷偷瞄他一眼，被容瑾的目光逮了個正著。雙目對視的一剎那，容瑾薄唇微微勾起，眼底閃過一絲笑意。

寧汐心裡一跳，竟覺得耳際隱隱發熱，在心裡暗暗啐了自己一口，真是沒出息，都是夫妻了，怎麼被這麼看上一眼就耳熱心跳的？

容玨對之前發生的一幕心知肚明，可面上卻裝著什麼也不知道。一個勁兒的勸酒，寧有方又是個豪爽的性子，很快便喝高了，話也開始多了起來——

「……我就汐兒這麼一個閨女，不瞞你們說，我這輩子最疼的就是她。如果誰敢欺負她了，我一定饒不了他……」

眾人都在忍笑，紛紛朝容瑾看了過去。其中又以容琮的感慨最深，眼神中充滿了同情。有這麼護短又厲害的丈人，兄弟兩個可都夠命苦的！

寧汐歉然地看了容瑾一眼，容瑾的脾氣她很清楚，能忍到現在真是不容易。

容瑾確實很鬱悶很懊惱，可面上卻擺出泰然自若的樣子來。

等酒宴散了，已經子時左右了。寧有方喝得醉醺醺的，自然不能就這麼回皇宮。容瑾吩咐小安子備了馬車，打算親自送寧有方回去。

寧汐忙跟了上去，低聲說道：「我也跟你一起去。」

容瑾瞄了寧汐一眼，點點頭應了。剛走沒兩步，一隻軟軟的小手忽地伸了過來，拉住了他的手。容瑾心裡一蕩，反手握住寧汐的手。

之前的隔閡和冷漠，在雙手交握的這一刻，悄然散去。

「閨女！」就在他們兩人都心蕩神馳之際，醉醺醺的寧有方忽地大聲嚷了一句。「我閨女呢？」

寧汐被嚇了一跳，不假思索地抽回了手。好在燈籠的光十分朦朧，臉頰的嫣紅被暗夜遮掩了過去。「爹，我在這兒呢！」邊說邊湊過去，攙扶著寧有方的胳膊。

寧有方頭腦暈乎乎的，一團漿糊，愣愣地看了寧汐一會兒，才笑道：「閨女，容瑾要是再敢欺負妳，妳就告訴爹，爹一定來揍他！」

容瑾的臉都黑了。

一旁的下人都低頭拚命忍住笑。不出意外的話，最多明天，這一幕便會在容府上下傳得人盡皆知了。

寧汐也覺得好笑，忙柔聲安撫道：「爹，容瑾對我好得很，他不會欺負我的，您放心好了。快些上馬車吧！」也不知寧有方有沒有聽懂，總之乖乖地上了馬車。

寧汐稍稍鬆了口氣，小心翼翼地看了容瑾一眼，低聲說道：「我爹喝多了，他說的話你別放心上。」

容瑾挑了挑眉，卻什麼也沒說，簡單地應道：「時候不早了，先送岳父回去休息。」

馬車平穩快捷，寧有方很快便睡著了。等到了寧家小院的時候，怎麼也叫不醒。容瑾只得和小安子一起將寧有方扶著下了馬車。

阮氏來開門的時候，驚訝不已，也顧不上多問，先將寧有方扶回屋子裡睡下，這才有空問道：「汐兒，妳爹這是怎麼回事？」這麼晚了，怎麼會醉成這個樣子，又被容瑾和寧汐一起送了回來？

寧汐咳嗽一聲，迅速地將此事的緣由說了一遍。

阮氏先是皺著眉頭，待聽到後來，便是又好氣又好笑，恨恨地埋怨道：「妳爹也真是的，這麼多年也改不了這個臭脾氣。」說著，又朝容瑾歉意地笑了笑。「容瑾，真是對不住了，你別把他的話放在心上。」

雖然也心疼寧汐，可阮氏比寧有方要理智多了。再心疼閨女，也得顧忌些女婿的感受吧！

容瑾笑了笑。「岳父也是為了我們好，我沒有生氣，也請岳母放心，我以後不會讓汐兒傷心了。」他從不輕易許諾，不過，說出這句話的時候十分鄭重。

阮氏動容了，連連點頭。

寧汐心裡一熱，眼淚差點湧了出來。

回去的路上，寧汐很沈默，低著頭不知在想些什麼。容瑾幾番想張口，可不知怎麼的，又忍了回去。

待回到寢室裡，已經夜深了。容瑾揮揮手，讓所有人都退了下去，屋裡只剩下夫妻兩人。

寧汐默然片刻，忽地走過去吹滅了燭臺，屋裡頓時一片黑暗。

呃？她這是要做什麼？難道是想要色誘他？

容瑾心裡騷動了一下，呼吸有些急促。兩人冷戰了這麼多天，他天天睡在書房裡，已經很久很久沒好好的抱過她了……

寧汐輕輕地走到他面前，微微仰起頭，靜靜地說道：「容瑾，我有些事情要告訴你。」

這個時候還說什麼話……

高漲的情慾被潑了盆冷水，容瑾有些不滿，想也沒想地俯頭吻上寧汐的紅唇。兩具身子剛接觸的一剎那，同時顫抖了一下。

容瑾近乎粗魯的撬開寧汐的紅唇，靈活的舌頭在她的唇內四處游移，汲取她口中的甜蜜與柔軟。

寧汐嚶嚀一聲，軟軟地躺在他的懷中，伸出細長的胳膊摟住他的脖子，熱情地回應。

這份熱情，立刻點燃了容瑾心裡的火焰。貪婪的嘴唇緊緊的吮吸著她的紅唇，大手攀上胸前的柔軟豐盈，用力地握住其中一只揉捏，另一隻手撫上她翹挺圓潤的臀部。

寧汐敏感地察覺到他身體的變化，用力掙扎了幾下，總算躲開了他的嘴唇，呼吸紊亂不穩。「你、你別鬧，我有話要和你說……」

現在還有什麼事比親熱更重要？

容瑾胳膊用力的牢牢的圈住懷中的嬌軀，灼燙的嘴唇在她白嫩的臉頰上游移，然後又落在她的耳後和脖頸，濕熱的吻如同一把火，撩撥起了一片火焰。

寧汐徒勞地推了推他，卻惹來了容瑾更激烈的回應。寧汐被吻得幾乎透不過氣來，腦子裡一片空白。

算了，還是等會兒再說話吧……

容瑾迅速地脫去彼此的衣物，赤裸的身子貼在一起，滾燙得不可思議。

寧汐只覺得心底一陣躁熱，羞人的慾望在身體裡流竄。她顧不得羞澀，低聲呢喃。「容瑾，我想要……」

簡單的幾個字，效果卻十分驚人。容瑾打橫抱起寧汐赤裸的身子，剛一放到床上，便迫不及待地挺動身子，深深地進入了她。

近乎粗暴的結合，卻帶來不可思議的快感。

寧汐低低的呻吟，光潔修長的大腿盤上容瑾瘦削結實的腰身。容瑾難耐地低喘一聲，猛地退出，又狠狠地衝刺進入。

寧汐的呻吟破碎而迷亂，容瑾的喘息低沈而急促，結實的木床輕輕搖動著，淺色的紗帳也在不停地晃動著。

久未滿足的慾望，很快便堆積到了頂點。在一記快而有力的衝刺中，兩人一起達到了高潮。

兩人相擁在一起，久久沒有動彈。

良久，寧汐嬌軟的聲音在黑暗裡響起。「你別壓著我了，好重……」

容瑾低低地笑了，從她的體內退出來，稍稍側過身子，還是將大半重量放到了她的身上，大手不老實地四處游移。

寧汐被他摸得渾身發軟，低聲抱怨道：「喂，你別亂來好不好，我有話要和你說呢！」之前就要說的，都怪他，急成什麼似地就將她抱上床了。

容瑾饜足得像隻吃足了魚的貓，慵懶地應道：「這怎麼是亂來，夫妻交歡，是天經地義的事情。」他都憋了這麼多天了好吧！

寧汐嬌嗔地白了他一眼，不知想到了什麼，忽地又長長的嘆了口氣。

容瑾隱隱猜到了她要說什麼，停住了手中的動作，凝視著近在咫尺的嬌顏。

第三百九十五章　坦白

屋內一片黑暗，只有窗外依稀閃爍的星光透了些進來。寧汐黑亮的眸子在暗夜裡閃著光芒，比寶石更璀璨。

「我以前確實愛過邵晏。」寧汐的聲音很低，像是無意識的囈語，一字一字地鑽入容瑾的耳中。「那個時候，我全心全意的愛著他，不管他做了什麼對不起我的事情，我都捨不得離開他。後來，他瞞著我和另一個女子相好，還打算娶她為正妻。我又生氣又傷心，和他大吵了一架。可即使如此，我還是在他的苦苦哀求下原諒了他。那個時候的我真傻，不管他說什麼，我都深信不疑。直到後來……」

寧汐忽地沈默了，咬著嘴唇，眼裡閃爍著水光。

容瑾深幽的眸子眨也不眨的盯著寧汐的臉，心裡的疑雲越升越高。

認識寧汐的時候，她還只是個十二歲的少女，就在那個時候，她才認識了邵晏。在之後的幾次接觸中，他大部分都在場，自然很清楚寧汐對邵晏的冷淡和疏遠。

那麼，寧汐口中的這一切又是怎麼回事？

寧汐深呼吸口氣，將眼角的淚意生生地壓了回去。「你是不是覺得很奇怪？我明明和他沒什麼接觸，為什麼還有這麼多的過去？」

容瑾的心漏跳了一拍，直覺地感覺到她接下來說的話一定很匪夷所思。

「事情其實很簡單。」寧汐輕輕的張口。「因為這一切都真真實實地發生過。包括我爹入宮做御廚，後來被四皇子利用最後慘死，寧家家破人亡，還有四皇子登基做了皇上。這一切的一切都是真的，不是夢境。」

這一串話如此真實，卻又如此的荒謬！

容瑾曾經猜想過無數次事情的真相，唯獨沒猜到實情竟然是這樣。原來，寧汐所謂的夢境，其實都是真實發生過的事情，

容瑾不自覺地握緊了寧汐的手。「汐兒，妳說的都是真的嗎？」

寧汐既然決心坦白一切，便也不再隱瞞，將前世種種和重生的事情原原本本的說了出來——

「……公主在西山遇險，意外身亡。皇上傷心過度，重病了一場。三皇子也因此事和皇上產生了隔閡。後來，四皇子又在獵場設計陷害大皇子。不到幾年，四皇子就做了太子，又暗暗指使我爹在御膳中做了手腳，皇上便歸了天。四皇子登基之後，第一件事就是將我爹和我哥哥關入天牢嚴刑逼問。最後，我們寧家滿門被斬，我哥哥在天牢中服毒身亡，我娘懸樑自盡，我爹被處以凌遲極刑，最後只剩下我一個人……」

說到這兒，寧汐的聲音早已哽咽了。前世的傷痛是那般的刻骨銘心，隔了這麼久提起，還是那樣的痛徹心腑。

容瑾心裡一痛，忍不住緊緊摟住了寧汐。

怪不得當初在太白樓遇到四皇子的時候她那麼反常。那個時候的寧汐，不惜冒著開罪四

皇子的風險，也要阻止寧有方到京城來，原來背後竟有這麼一個驚天的秘密！

這麼一個嬌弱的女子，卻獨自默默地承受了這樣的痛苦回憶。這麼多年，她到底是怎麼熬過來的？

寧汐不想哭，可淚水卻靜靜的從眼角滑落。

「我爹被行刑的時候，我就在人群裡，我看著他受盡痛苦慢慢死去。那個時候，我真恨我自己。如果不是因為我，我爹怎麼會那麼相信邵晏，怎麼可能甘心被四皇子利用做出大逆不道的事情，都怪我，都怪我……」她再也說不下去，淚水肆意奔湧出來。

冰涼的淚水流在容瑾的胸膛上。

容瑾心裡惻然，悶悶地難受極了，胳膊越發用力，低低地安撫道：「一切都過去了，現在有我呢，別傷心了……」

寧汐哭了許久，才稍稍平靜了下來，聲音有些沙啞。「我恨四皇子，更恨邵晏。可我什麼也做不了，只能用一把匕首了結了自己的性命。沒想到，一睜眼我就又活過來了。我不敢想報仇，只想家人都平平安安的活下去，這輩子都離京城遠遠地最好。可沒想到，兜兜轉轉還是來了。」

說到這個，始作俑者難得的有一絲心虛，不動聲色地扯開了話題。「妳和四妹一直不對盤，也是因為邵晏嗎？」

寧汐默認。

前世，她和容瑤水火不容，容瑤視她為眼中釘，明裡暗裡不知為難過她多少次。這一生雖然沒了情愛的糾葛，可她和容瑤就是不對盤。哪怕兩人已經成了姑嫂，這一點也無法改變。

容瑾竭力壓抑住心底濃濃的酸意，故作平靜地說道：「原來是這麼回事，妳早些告訴我不就行了。我又不是那種斤斤計較的男人，過去的事情已經過去了，我不會吃這個醋的。」

不吃醋才有鬼！一想到寧汐曾那樣傻傻的愛著邵晏，他的心裡就像打翻了醋罈了一般，酸意四處瀰漫，恨不得現在就將邵晏拍成碎片……

寧汐的眼睫毛動了動，那雙迷濛的淚眼楚楚可憐的看著容瑾。「真的嗎？你真的不會介意嗎？」

容瑾狠心點了點頭。「嗯，我不會介意……」

話音未落，柔嫩的紅唇便迎了上來，封住了他的薄唇，靈活的小舌在他的唇上緩緩地滑過，細長的胳膊緊緊的摟住了他的胳膊。

這樣明顯的邀請，容瑾能抵擋得住才是怪事，粗喘了一聲，便深深地吻了下去。

打開了心結，寧汐比平日要熱情主動得多。容瑾更是用盡了全身所有的力氣，像是要將寧汐揉進身體裡一般，狠狠地衝刺著。結實的木床發出吱呀吱呀的聲響，呻吟喘息聲從層層幔帳中傳了出來。

激烈的交歡過後，寧汐沈沈地睡著了。

容瑾身體很疲倦，可卻沒什麼睡意。摟著寧汐，眼睛無意識地看著帳頂，腦中想的，卻是寧汐剛才說的那番話。

怪不得寧汐對邵晏的態度總是有些怪怪的，甚至有些刻意的淡漠疏遠，每次見邵晏，她的心情一定很複雜很難受。

那邵晏呢，他又是怎麼想的？他對前世的事情懵懂不知，卻依舊深深的被寧汐吸引。如果不是有自己出現，寧汐會不會再一次愛上邵晏？

容瑾的眼眸裡一片冷意。

不，寧汐的人和心都是自己的，邵晏既已錯過，這輩子再也沒機會了！

這一夜，容瑾輾轉難眠，寧汐卻睡得異常香甜。

獨自守著秘密這麼久，她早已身心俱疲。不知多少次想張口對家人傾訴，都生生地忍了回來。現在總算有人為她分擔了這個秘密，她如釋重負，在睡夢裡都翹著唇角。

清晨第一縷陽光透過窗櫺灑了進來。

寧汐早早地便醒了，靜靜地看著容瑾的睡顏。狹長的眸子閉著，俊臉比平日柔和了許多，在晨曦中俊美得不可思議。

寧汐忍不住伸出細長的手指，在他的臉上輕輕的撫摸游移，口中不自覺地喃喃低語。「容瑾，我有沒有告訴你，我很愛你。」

手指下是寬闊的額頭，飛揚的劍眉，挺直的鼻梁，還有薄薄的嘴唇……

近在咫尺的嘴唇忽地動了，猛地含住了她的手指。

寧汐嚇了一跳，慌亂地抽回手指。再看容瑾，正睜著眼壞笑不已，肯定是早就醒了，故意裝睡逗她呢！

寧汐想起自己剛才說的話，俏臉頓時嫣紅一片，恨恨地瞪了他一眼。「已經醒了，還裝什麼睡。」

容瑾一副無辜的樣子。「我之前確實睡得很熟，可被妳這麼一摸，怎麼可能不醒。」還聽到了他最想聽到的一句話，現在只覺得全身都舒暢極了。

寧汐的臉更紅了，故意將頭扭到了一邊不理他，殊不知脖頸的優美曲線更惹人憐愛，還有露在被褥外面的一小截白嫩的胸脯……

光線雖不甚清晰，可足夠讓容瑾看清眼前的美景了。

容瑾心癢難耐，湊了過去，在她的脖子上不輕不重地咬了一口，然後用力地吮吸，種了一顆鮮豔的「草莓」才甘休。

寧汐累得全身痠軟不堪，連連告饒。「你別鬧了，我全身一點力氣都沒有，再……我今天就下不了床了。」

容瑾挑眉，壞壞地一笑。「夫人多慮了，相公我昨天晚上已經被妳榨乾了，現在哪還有力氣再來一次。」

下流！寧汐紅著臉狠狠地啐了他一口。

已經好多天沒有這樣柔情密意的晨景了，容瑾心裡軟成了一池春水，蕩漾著溫暖的情潮。他故意使壞壓了上去，正在鬧得不可開交、即將擦槍走火之際，門外響起了聲音——

「少爺，時候不早了，該起身上朝了。」小安子站得老遠，幾乎扯著嗓子喊了一句。

容瑾以前就不喜歡丫鬟靠近他的寢室，近身伺候的事情一直是小安子做的。成親之後，就更沒人有勇氣早上來叫主子起床了。靠得近了，萬一聽到什麼不該聽的動靜多尷尬！因此，小安子非常識趣地站得老遠。

只可惜，今天他還是惹到容瑾了。

容瑾冷冽陰沈的聲音從屋裡傳了出來。「小安子，你皮癢了是吧！等我起床了再收拾你！」

不好，又打擾到少爺和少奶奶了……

小安子暗道不妙，迅速地腳底抹油閃人。

第三百九十六章　正妻和小妾

送走了容瑾，寧汐的臉頰一直熱辣辣的。剛才真是太丟人了！

被小安子打擾了不說，後來容瑾竟又命人去找了小安子過來，嚴詞訓斥了一頓。訓斥的內容就不必細說了。總之，院子裡所有的丫鬟小廝都低頭忍笑。

寧汐沒勇氣看任何人的表情，隨意扯了個藉口就出了院子。

翠玉很識趣，跟得並不緊，也沒多嘴。

胡亂走了一會兒，寧汐臉上的熱度總算退了下去，開始有心情顧盼四周。

微風輕柔地拂過長長的柳枝，粉嫩的杏花怯生生的綻開了花蕾，一片春意盎然的美景。

這些天心情一直鬱結，也沒心情欣賞這些春景。昨天晚上她終於將心底所有的秘密說了出來，坦白了一切，整個人都輕鬆起來。再看園子裡的花草樹木，都異常的美。

這樣的美景，自然是和人共賞更好。

寧汐想了想，便轉了個彎，去找蕭月兒。

蕭月兒剛吃了早飯，正百無聊賴，見寧汐來了，頓時笑嘻嘻地湊了過來。「怎麼樣，和容瑾和好了沒有？」昨天寧有方鬧的動靜實在不小，容瑾卻連半分脾氣都不敢有，想想就覺得有趣。

寧汐臉頰微紅，點了點頭。

蕭月兒促狹地眨了眨眼。「我就隨便問一句，妳怎麼就臉紅了。」

寧汐不自在地轉移話題。「今天天氣很好，園子裡的杏花開了，我們一起去轉轉如何？」

蕭月兒欣然應了。她一出行，後面總要跟著浩浩蕩蕩的一群宮女嬤嬤，寧汐早已習慣了，蕭月兒卻不滿地抱怨了幾句。「天天一堆人跟著我，不准我這個不准我那個，煩死了。」

寧汐啞然失笑，耐著性子哄了她幾句。聽說懷了身孕的女人性情多變，蕭月兒一定是個中翹楚。前一刻還笑盈盈的，下一刻就會因為一點點雞毛蒜皮的小事發脾氣，可憐的容琮……

蕭月兒發了幾句牢騷之後，心情又好了起來，拉著寧汐的手往前走，口中嘰嘰喳喳說個不停。寧汐含笑傾聽，心情就像這春日一般暖融融的。

蕭月兒眼睛骨碌碌轉了轉，壓低了聲音問道：「寧汐，妳真的把邵晏的事情都告訴容瑾了嗎？」

寧汐輕輕地嗯了一聲。

「容瑾沒吃醋嗎？」蕭月兒興致勃勃地追問。

寧汐笑了笑。「他說不會介意。」至於這句話到底有幾分可信，那就很值得商榷了。

蕭月兒對容瑾的性子也有幾分瞭解，聞言頓時樂了。

「別看他嘴上說得大方，心裡不知喝了幾缸子陳醋了。妳以後可得留意些，最好別和邵晏再見面了。」免得容瑾打翻醋罈子。
寧汐抿了抿唇角，眼中掠過一絲溫柔。
邵晏早已成了過去，她很清楚自己現在愛的人是誰。既然把這一切都說了出來，她自然會更顧慮容瑾的感受。以後，或許再也不會和邵晏見面了吧！
在園子裡胡亂轉了片刻，蕭月兒便有些倦了。
寧汐笑著說道：「那邊有個亭子，我們過去坐著歇會兒吧！」
蕭月兒打起精神點頭應了，忍不住又發了幾句牢騷。「我以前逛上半天也不累，現在才走了這幾步就累了。老天造人真是不公平，懷孕生子這樣的事情都留給女人。男人多好，什麼苦頭也不用吃就等著抱孩子了……」
寧汐心裡直想笑，面上還得做出義憤填膺的樣子來，陪蕭月兒一起大發感慨。等蕭月兒這一波的小脾氣鬧騰完了，兩人才在亭子裡坐了下來。
說來也巧，剛坐下沒多久，李氏一行人便走了過來。
寧汐笑吟吟地起身。「真是湊巧，沒想到大嫂今日也來逛園子。早知道妳有這個雅興，我和二嫂就去叫妳一聲了。」
李氏半真半假地開起了玩笑。「妳們兩個天天在一起說話，哪裡肯來找我？」
妯娌關係最是微妙難處，可蕭月兒和寧汐卻是例外中的例外，大概親姊妹也沒她們兩個這麼要好，相較之下，和李氏就要疏遠多了。雖然李氏並不十分介意此事，可每每看見她們兩個親熱的說笑，心裡不免有幾分酸意。

寧汐也笑嘻嘻地打趣回去。「大嫂說這話可冤枉我們了，妳天天這麼忙，我們哪裡忍心去打擾妳。」

笑鬧了幾句，李氏順理成章地也坐了下來。

丫鬟婆子們都站到了亭子外，只有幾個大丫鬟有資格站在一旁伺候。在這樣的情況下，站在李氏身旁的美貌女子便顯得分外惹眼。

那個女子年約二十，相貌十分標緻，眉心處一點紅痣，更添了幾分妖嬈。這個女子，就是容珏的小妾挽虹，她懷孕時日尚短，肚子尚不明顯。

寧汐對她談不上熟悉，平日的接觸更是少之又少，不過，有些事情她也有所耳聞。

聽說這個挽虹本是青樓歌姬，被容珏看中了納進府，這兩年裡頗得容珏的歡心。李氏自恃身分，不好明著和她較勁，暗地裡卻沒少動手腳。沒想到在這樣的情況下，挽虹竟還是懷上了身孕，看來也是個厲害角色啊……

挽虹低眉順眼的站著，一副安分老實的樣子。

李氏親切地問起蕭月兒的身體情況，蕭月兒逮到機會便大吐苦水。「別提了，天天被看得太緊了，想伸個懶腰都有一堆人管著。還總讓我喝補藥，一喝就是一大碗，難喝得要命……」

李氏笑吟吟地聽著，眼底迅速地閃過一絲羨慕，口中卻笑道：「妳懷的是容府的嫡長子，更是皇上的親外孫，自然矜貴得很。」說到最後一句話，有意無意地瞄了挽虹一眼。

挽虹低著頭，眼底的笑容淡了下來。李氏這分明是在旁敲側擊讓她不痛快。蕭月兒身分矜貴，懷的孩子便也矜貴。而她只是個小妾，不管生男生女都是庶出，和蕭月兒腹中的孩子自然無法相提並論。

挽虹能聽出來的，寧汐和蕭月兒自然也能聽得出來，對視一眼，俱都看到彼此眼底的一絲唏噓。

容琮的身邊只有蕭月兒，容瑾更是只有寧汐，只有容玨，坐擁嬌妻美妾。而且，這個小妾還有了身孕，一直沒有所出的李氏心裡能痛快才是怪事。在這件事上，不消說兩人也是站在李氏這邊的。

蕭月兒咳嗽一聲問道：「大嫂，挽虹的身孕也有兩個月了吧！」

李氏漫不經心地點了點頭，瞄了挽虹一眼。「嗯，兩個多月了。」頓了頓，忽地笑道：「說起來倒也奇怪，妳當時懷孕的時候孕吐特別厲害，挽虹卻一直好好地，幾乎沒吐過。看來，孕婦和孕婦也不一樣。」

蕭月兒一時也不知該怎麼接話，乾巴巴的笑了笑，便住了嘴。

寧汐只得岔開話題。「大嫂，這些日子府裡的雜務還能忙得來嗎？若是需要我幫忙的，只管吩咐。」

她只是隨口說一句，沒想到李氏飛快地說道：「我止想請妳幫忙呢！妳也知道，府裡上上下下這麼多事情要打理，我一忙起來，總有些遺漏疏忽的地方。妳要是有空閒的話，以後廚房的事情就交給妳打理吧！」

奇怪，今天怎麼這麼熱情客氣？

寧汐心裡暗暗嘀咕著，面上不免要笑著客套兩句。「就怕我年輕沒經驗，會管不好呢！」

李氏笑道：「弟妹可別客氣。今年過年的時候，妳不是管過幾日廚房嗎？當時公爹都誇過妳呢！妳要是誠心為我分憂，就別推辭了。」

話說到這分上，寧汐也不好再拒絕，只得笑著應了，心裡卻總覺得有些怪怪的。李氏素來好強，又當家理事慣了，從不肯將這些事假手旁人，今天怎麼會忽然邀請她幫忙？

蕭月兒顯然也有同感，當著李氏的面卻也不好說什麼。

李氏心情似乎挺好，一坐就是半天，東拉西扯地說了好久。蕭月兒和寧汐倒是無所謂，畢竟都坐著，聽多久都不累。可一旁站著的挽虹卻顯然吃不消了，柳眉微蹙，俏臉隱隱的有些蒼白。

懷孕初期的女子總是特別容易疲倦，這麼長時間的站著自然不舒服。李氏未必不知道，卻看也不看挽虹一眼，兀自談笑風生說個不停。

寧汐生出了些許惻隱之心，悄悄朝蕭月兒使了個眼色。

蕭月兒和她極有默契，一個眼神便心領神會，立刻裝模作樣的皺起了眉頭。

李氏果然緊張地追問道：「弟妹，妳怎麼了？是不是不太舒服？」

蕭月兒歉然一笑。「出來這麼久了，確實有些累了。」

李氏忙道：「那妳快些回去歇著吧！」

自從蕭月兒上次胎動事件過後，容府上下有志一同的決定，在蕭月兒平安的生下腹中的孩子之前，凡事多順著她一點比較好。免得蕭月兒一個不高興又動了胎氣，惹得容府上下都不安寧。

蕭月兒一起身，寧汐便也順勢站了起來，攙著蕭月兒的手往外走。

李氏忙叮囑一句。「三弟妹，廚房的事打明兒個起就交給妳了，妳可別忘了。」

寧汐回眸一笑。「放心好了，我不會忘的。」

李氏笑了笑，待寧汐走遠了，眼中閃過一絲冷然的笑意。

第三百九十七章　意欲何為

確定走遠了說話不會被李氏聽見，蕭月兒才咕噥了一句。「好好地，大嫂怎麼忽然想起讓妳去掌管廚房？」

寧汐也想不出所以然來，笑道：「或許是她真的忙不過來了，才請我幫忙的。妳懷著身孕，不能做事。府裡就我這麼一個閒人，不找我還能找誰。」整天無所事事也太無聊了，做事打發時間也不錯。再說了，廚房裡的事情她也曾接手過一段日子，還算熟悉，也不至於應付不來。

蕭月兒想了想，便也不吭聲了。或許，是她多心了吧！

當天晚上，容瑾回來之後，寧汐便告訴了他這件事。

容瑾反射性的皺起了眉頭。「大嫂怎麼忽然會請妳幫忙？」之前一點徵兆都沒有，忽然就提出這個要求來，該不是起了什麼不好的念頭吧？

寧汐隨意地笑道：「大嫂素來好強，今天既然特意張口了，我也不好拒絕。再說了，我天天閒著也沒事，找點事情打發時間也好。」

容瑾嗯了一聲，不知想到了什麼，忽地不懷好意地笑著瞄了寧汐一眼。

寧汐被看得渾身發毛，一臉戒備。「喂，你想到什麼了，怎麼笑得這麼猥瑣？」

容瑾義正辭嚴地反駁。「妳相公生得玉樹臨風瀟灑倜儻，怎麼可能笑得猥瑣。」

寧汐扮了個鬼臉，作勢欲吐，孰料這個舉動竟惹得容瑾哈哈大笑起來。

看著容瑾笑得毫無形象的樣子，寧汐也忍不住跟著笑了起來。

「喂，你今天到底是怎麼了，怎麼老是笑？」容瑾最吝嗇笑容，就算和她在一起，也不是時時刻刻都有笑臉的，像今天這般開懷大笑的，更是少之又少。

容瑾好不容易忍住笑，一本正經地說道：「我們兩個果然心有靈犀，我剛才還在想著，等妳以後懷了身孕了，就不會覺得整天閒著無聊，沒想到妳居然就開始有孕吐反應了。」

寧汐這才反應過來，俏臉紅若雲霞，狠狠地啐了容瑾一口，心裡卻蕩起一圈圈的漣漪。她和容瑾也該有個孩子了，最好長得像她又像他，一定是世上最最漂亮最最可愛的孩子……

容瑾不以為意地哈哈一笑，也不顧忌旁邊還有丫鬟在場，摟過寧汐在她滑膩膩的臉蛋上親了一口。

寧汐的耳根都紅透了，狠狠地瞪了他一眼，只可惜某人臉皮實在太厚，根本不當回事。

心底最大的結終於解開了，不僅是寧汐覺得輕鬆，容瑾更有種前所未有的滿足感。只覺得寧汐到了此刻才對他真正敞開了心扉，再無一絲隱瞞。這一天，容瑾的心情都好極了。

摟著寧汐膩歪了一會兒，容瑾才正色叮囑道：「大嫂這個人心計比較深，我總覺得她今天的舉動有些反常，妳還是小心些為妙。去廚房的時候，把小安子和翠玉都帶上，有什麼事就讓小安子去給我送信。」

寧汐想了想，便點頭應了。

相處時日還不算長，可李氏深沈精明的個性已經初顯端倪，她可得留心些才是。

第二天一大早，寧汐便去了李氏的院子。

李氏顯然起得更早，早已吃過了早飯，正聽管事們彙報。

妯娌天天見面，也無須多客套。李氏笑了笑，招手示意寧汐坐下。

寧汐卻之不恭，坐下旁聽。不聽不知道，這幾個大管事稟報的事情十分繁瑣，上自容府田莊鋪子裡的經營，下至丫鬟們的春季製衣等等，一件一件聽得她頭暈眼花。

李氏看似漫不經心的聽著，時不時地插嘴問上一、兩句，那些管事的神情便越來越慎重。聽完了稟報之後，李氏便隨口吩咐幾句。那些管事得了命令領了對牌去庫房領銀子做事，這一通忙碌下來，便有大半個時辰。

寧汐雖然對李氏沒多少好感，此時也忍不住佩服起李氏來，當家主母可不是那麼容易做的。

偌大的容府，主子雖然沒幾個，可丫鬟婆子小廝加起來足足有上百個，再加上田莊和鋪子裡的人手，至少也幾百。李氏事事都要過問，確實也夠忙碌的，怪不得會請她接手廚房了……

「真是對不住，讓妳一個人坐了這麼久。」李氏歉意地笑道。

寧汐忙笑著應道：「大嫂說這話可真是見外了。妳才是真的辛苦，我不過是坐在這兒旁聽，有什麼累的。」

李氏順勢訴起苦來。「別人都以為當家是件美差，只有親眼見識到了，才知道每天的雜事多得令人頭痛。這才是第一撥，待會兒還會有幾個管事嬤嬤過來呢！每天我什麼也不做，光是聽這些管事稟報就得坐上半天。」

寧汐由衷地嘆道：「大嫂真是厲害，要是換了我和二嫂，可都做不來。」

李氏眼中閃過一絲得意，口中卻謙虛地笑道：「這算什麼厲害，換了妳也一樣行。」兩人妳來我往的互相恭維幾句，氣氛倒是分外融洽。

吳嬤嬤笑吟吟地插嘴道：「大少奶奶，時候也不早了，也該去廚房了，不然午飯的飯點可就被耽擱了。」

民以食為天，不管是誰，都得先顧好肚皮再說。容府所有的主子下人的伙食，都出自大廚房。有小廚房的，以前只有容瑾，現在又多了個蕭月兒。

李氏欣然點頭，起身先行，邊對寧汐說道：「小廚房不用多管，需要什麼就讓人送過去。大廚房裡的事務妳也接觸過，也不算太忙，只要一日三餐安排妥當就好。各個院子的飯菜做好了之後，自有人去大廚房領，寧汐只要督促廚子們按時做事就好。」

寧汐邊聽邊點頭，這比起過年時候可要輕鬆多了。過年的時候，容府客人源源不斷，每天中午晚上幾乎都要宴席，廚房裡的幾個廚子忙得團團轉，平日裡就沒那麼忙碌了。

李氏見寧汐如此上心，心裡也覺得滿意。眼角餘光瞄到翠玉和小安子，唇邊閃過一絲了然的笑意。容瑾對寧汐還真是夠上心的，翠玉一個人來還不夠，又特地將小安子也派了過來……

李氏眸光一閃，忽地笑道：「翠環已經由她爹娘作主許配人家了，再過一個月就要出嫁了。」

翠環？寧汐淡淡地應道：「哦？這倒是好事一樁。」隨口吩咐小安子。「記得讓人送些賀禮過去，不能太寒酸了，畢竟伺候了少爺這麼多年，沒有功勞也有苦勞。」

小安子機靈地應了。

李氏意味深長地笑道：「這事還是別告訴三弟了吧！」再怎麼說，翠環也伺候了他幾年。人人都以為必然會被收房的，誰能想到會以這樣慘澹的結局收場。

寧汐挑了挑秀氣的眉毛，似笑非笑的神情竟和容瑾有五分相似。「怎麼就不能告訴他了？他若是捨不得，當日也不會主動攆翠環走了。如今翠環有了歸宿，他自然也會高興的。」

李氏笑容微微一頓，旋即若無其事地說道：「不介意便好。」

寧汐心裡暗暗冷笑。李氏就是見不得她和容瑾過得太好，三不五時地便挑唆幾句。只可惜，翠環這樣的，實在造不成任何的威脅。現在最令人擔心的，反而是四皇子……

剛想到這兒，就聽李氏壓低了聲音問道：「這些天，四皇子沒再找三弟的麻煩吧？」

哪壺不開提哪壺！寧汐簡單地應道：「沒有。」四皇子正忙著伺候梅妃討好皇上拉攏朝中大臣鞏固地位，暫時沒時間來騷擾容瑾。

李氏笑了笑，便也住了嘴。

很快便到了廚房，管事們早已得了消息，老老實實的排成了一排，恭恭敬敬地聽吳嬤嬤訓話。吳嬤嬤身為李氏的陪嫁嬤嬤，在府中專管人事，頗有幾分威嚴，說話的時候竟無人敢插嘴。

「從今兒個起，這廚房裡的事情就歸三少奶奶打理。你們幾個都小心些做事，誰敢不聽少奶奶的吩咐，仔細一頓板子伺候。」吳嬤嬤沈著臉，先來了通訓話。

那幾個管事爭先恐後的拍胸脯表決心，比起過年那一次可要精神多了。

寧汐含笑立在一旁，心裡玩味不已。過年時李氏裝病不肯管事，她來接手廚房也是無奈之舉，當時可沒這麼一齣。這一次可算是領教了李氏的厲害，就連身邊的管事嬤嬤都如此威風。

吳嬤嬤說了幾句之後，便陪著笑說道：「三少奶奶，老奴一時多嘴說了幾句，還望您別見怪。」

先前剛逞過一通威風，現在再說這些未免有些假惺惺了吧！

寧汐笑盈盈地應了回去。「吳嬤嬤說得正合我心意呢！少了我一番口舌，我謝還來不及呢！」

吳嬤嬤人老而精，焉能聽不出寧汐話語中的一絲譏諷之意，只好厚顏一笑，只當著什麼也沒聽出來罷了。

李氏咳嗽一聲笑道：「我還有事要忙，就先回去了，這兒就交給弟妹了。」

寧汐含笑點頭，待李氏和吳嬤嬤走了之後，簡單地說了幾句，便讓管事們各自去做事。

至於幾個廚子，在年初那段日子裡，早已對寧汐服服貼貼，倒也不用再多說什麼。

第三百九十八章　心思

從這一天起，寧汐便正式接管廚房，做起了高級管事。每天只要將廚房裡稍微重要一些的事情例如廚具採買、蔬菜肉類採買之類的告訴李氏就行，負責一天三餐，外加主子們的宵夜點心即可，說起來真不算累。

比起以前天天在廚房揮汗如雨的日子，可真是輕鬆多了。

偶爾興致一來，寧汐便親自下廚做幾道菜，讓人送給蕭月兒解饞，李氏也跟著沾光。

李氏常笑著讚道：「弟妹這麼好的手藝，整天待在後宅裡可真是浪費了。」話語中竟有幾分真誠之意。

寧汐聽著自然舒心，和李氏的關係倒是比之前緩和了不少。

容瑾一開始天天過問，後來見寧汐總是笑吟吟的說不累，也沒出什麼岔子，也漸漸放了心。不過回家吃飯的次數卻是越來越多，能推掉的應酬堅決全部推掉。

當然，每次他在府裡，總是寧汐親自下廚。

寧汐將自己拿手的菜餚做上滿滿一桌子，看著容瑾吃得香甜，她心便像喝了蜜一般甜。

經過了前些天的冷戰，這半個月的生活溫馨而甜蜜。

蕭月兒看在眼裡，別提多羨慕了，長吁短嘆道：「容瑾對妳可真好，要是容琮也能這麼對我就好了。」

寧汐斜睨她一眼，不客氣地笑道：「二哥對妳哪裡不好了，整天就看到妳使小性子，二哥盡是讓著妳。」

蕭月兒撇撇嘴。「那還不是因為我懷著身孕，等肚子裡的孩子一生出來，他對我就不會那麼百依百順的了。」敢情是在吃孩子的醋呢！

寧汐被逗得開懷一笑。瞄了蕭月兒高高隆起的肚子一眼，腦子裡忽地生出一個念頭來，湊到蕭月兒耳邊低語了幾句。

蕭月兒先還笑咪咪的，待聽到後來，俏臉紅得像個熟透了的桃子，半羞半惱地捶了寧汐兩把。「妳胡說什麼呢！我懷著身孕呢，哪裡能……能那樣……」

孕婦惱羞成怒起來，力氣著實不小。寧汐揉了揉被捶痛的胳膊，促狹地說道：「妳可得小心些，男人哪能熬得住這麼久。」

容琮正值年輕力壯，卻得獨守空房，這可不是什麼好受的滋味，千萬別一時衝動出去拈花惹草才好。

蕭月兒被她這麼一說，也有些不踏實了。她懷孕已六個多月了，兩人便一直沒有同房，哪個男人能忍這麼久？更何況，容琮連個小妾通房都沒有……

荷香一直站在旁邊伺候著，兩人的對話她自然聽得清清楚楚。她默默地退開幾步，垂下了頭，眼神有些複雜。

寧汐沒留意到荷香的異樣，蕭月兒也沒上心，隨口便吩咐道：「荷香，去門房那兒問問駙馬回來了沒有。」

荷香應了一聲，便出去了。

寧汐隨口問了一句。「妳不是打算給荷香找個好夫婿嗎？怎麼樣，有人選了嗎？」

一提到這個，蕭月兒便又嘆口氣。「倒是有幾個好人選，可她就是不肯點頭，總說要留在我身邊伺候我一輩子。」

這怎麼可能，女人總得嫁人生子的吧！就算要留在蕭月兒身邊，和出嫁也沒太大的關係吧！

一個模糊的念頭陡然閃過腦海。

寧汐笑容微微一頓，旋即若無其事地試探道：「妳可以私下問問荷香，到底中意什麼樣的男子，說不定她早就有意中人了呢！」

蕭月兒咕噥道：「妳以為我沒問過嗎？可不管我怎麼追問，她就是不吭聲，妳讓我有什麼法子。」

就是不吭聲……

寧汐心裡一動，之前那個模糊的念頭慢慢清晰起來。難道，荷香其實已經有中意的人了？而那個意中人就是……

「妳在想什麼呢？」蕭月兒見她不吭聲，笑咪咪地湊過來。

寧汐定定神，隨口笑道：「沒什麼，我就是在琢磨待會兒去廚房做點好吃的給妳送過來。」事態還不明朗，一切都是她的猜測，還是先別告訴蕭月兒了，再觀察一陣子再說。

「好好好，我要吃糖醋排骨、油燜對蝦……」蕭月兒一聽到吃的，頓時雙眸放光，興致勃勃地點了一長串的菜單。

寧汐啞然失笑，只得專心記下菜譜。

希望一切都是她多心，不然，若是荷香真的有這份心思，蕭月兒該怎麼辦？寧汐在心裡輕嘆口氣。

當天晚上，容琮回來的時候，飯廳早已擺滿了一桌子美味佳餚。蕭月兒笑盈盈的起身相迎，她身子嬌小，肚子卻不小，每次見到她挺著肚子走路，容琮總有點心驚肉跳的感覺，忙上前扶住蕭月兒的胳膊。「快些坐下。」

蕭月兒窩心極了，甜甜一笑，坐了下來。

荷香、菊香在一旁伺候碗筷布菜斟酒，容琮只吃了一口，便笑了起來。「這又是寧汐親自下廚做的吧！」廚房裡的幾個廚子可沒這等手藝。

蕭月兒笑著點點頭，親自挾了油燜對蝦放進容琮的碗裡。

容琮見她如此賢慧溫婉，心頭微微一熱，忍不住抬頭看了蕭月兒一眼。蕭月兒生得俏麗可愛，懷了身孕之後，整個人胖了一圈。眉眼自然不如往日秀氣，卻多了少婦的風韻，胸部也比以前豐滿得多……

容琮將一絲綺念硬生生壓了下來，藉著低頭喝酒的舉動，掩飾俊臉的暗紅。

蕭月兒一個下午都在琢磨寧汐說的那幾句話，本打算委婉的試探幾句。可她天生是個直性子，從不會拐彎抹角那一套，到了嘴邊就變成了——「相公，你有沒有出去喝過花酒？」

容琮冷不防地聽到這麼一句，被口中的酒嗆到了。

荷香離得最近，不假思索地拿了毛巾過來要替容琮擦拭嘴角。

容琮很自然地接過毛巾，自己擦了擦，然後無奈地笑道：「月兒，妳怎麼問起這個來了？」也不知她這個小腦袋瓜裡天天琢磨些什麼。

蕭月兒略有些心虛地說道：「我就是隨口問問。」絕不能承認自己胡思亂想猜疑了一個下午的事情！

容琮對她的性子再熟悉不過，焉能看不出她眼底的心虛，又是好氣又是好笑。「妳就別亂猜了，誰都知道我是駙馬，誰敢拉著我去喝花酒。」要是傳到護短的皇上耳朵裡，可都沒好果子吃。

蕭月兒先是一笑，可仔細琢磨這兩句話，便又覺得不是滋味。也就是說，容琮不是不想去，而是不敢去。

這種鬱悶的心情，一直延續到了晚上。容琮陪著她說了會兒話，就去書房睡了。

蕭月兒一個人悶悶地坐在床邊，喊了荷香陪自己說話。先是東拉西扯的說了半天閒話，才慢慢扯入正題。「……荷香，妳說我是不是該給駙馬安排一個通房丫鬟？」

荷香一怔，半晌沒有吭聲。

蕭月兒絮絮叨叨地繼續說道：「我懷著身孕，不能和他同房。還有幾個月才能生，再加上坐月子，他總一個人在書房睡也不好。要是有個知冷知熱的伺候，他總不會想著出去拈花惹草的吧……」

荷香的手顫了顫，旋即若無其事地笑道：「公主多慮了，駙馬不是那種人。」

沒人比她更瞭解蕭月兒的性子，別看她現在說得通情達理的，可真的要到這一步了，蕭月兒能下得了決心才是怪事。

哪一個女子能忍受得了丈夫的身邊有別的女人？

蕭月兒對容琮一往情深，眼裡根本容不下一粒砂子。更何況，蕭月兒貴為公主，完全有這個資格獨占容琮。別說容琮沒這份心思，就算容琮想納妾納通房，也得看蕭月兒樂意不樂意。

再說了，皇上和大皇子都那麼疼蕭月兒，要是知道容琮趁著蕭月兒懷孕的時候納通房，不找容琮算帳才是怪事！

荷香能想到的，蕭月兒自然也很清楚。愣了半天，果然又開始猶豫起來。

荷香定定神，又婉言勸道：「時候不早了，您還是早些歇著吧！這些話可別跟駙馬提，不然，駙馬又該生氣了。」

蕭月兒倒是肯聽荷香的話，聞言點點頭，睡下了。

荷香默默地坐在床邊，看著蕭月兒熟睡的容顏，眼裡閃過一連串複雜的情緒，不自覺地摸了摸額角那道淡淡的傷疤，最終只化作了一聲長長的嘆息。

熟睡的蕭月兒壓根兒不知荷香心中的千迴百轉，睡得很香很甜。

她作了一個美夢。

夢中，她生了個白白胖胖的兒子，容琮歡喜的抱著孩子，她在一旁看著，幸福極了。就在這一刻，一個看不清面容的女人忽地走了過來。容琮見了這個女人，竟將孩子塞給了她，直直地向那個女人走過去，當著她的面，將那個女人緊緊地摟在懷裡……

不，把我的相公還給我！

蕭月兒在睡夢中蹙起了眉頭，無意識地囈語。

「公主，您怎麼了？作噩夢了嗎？」一隻溫暖的手探了過來，擦去她額際的汗珠。那溫柔和緩的聲音，熟悉極了，是荷香。

蕭月兒睜開迷濛的睡眼，半晌沒有回過神來。

荷香見她這副模樣，心裡一急，忙扶著她坐了起來，將被子掖好。「昨天晚上還好好的呢，到底是作了什麼噩夢了？」

「荷香，」蕭月兒委屈地張了口。「我夢到有女人來搶我的駙馬了。」

第三百九十九章 鬧劇

荷香的笑容一僵，聲音乾巴巴的。「您又胡思亂想了，這不過是個夢。」

「可是，我覺得好真實。」蕭月兒沒有抬頭看荷香，兀自沈浸在自己的夢裡。「我看不清那個女人的臉，可是我又覺得這個女人好熟悉。怎麼辦，要是她真的來搶駙馬怎麼辦？」

孕婦的心情本就陰晴不定，蕭月兒更是個中翹楚。剛一提到這個，便又垮了臉。

荷香打起精神安慰了一通，總算把蕭月兒哄得心情平和了一些。

寧汐自然沒料到隨口一番話，竟惹得蕭月兒這麼大反應。她此時正忙著應付容瑾呢！每到晨起的時候，容瑾的「興致」總是特別高昂，總纏著寧汐不讓她出門。

以前倒也罷了，隨他鬧騰也無所謂，可現在她得早起去廚房，實在沒時間陪他胡鬧，七手八腳地推開他。

「別鬧了，我得去廚房。」

沒吃到嫩豆腐的容瑾不滿的抿緊了嘴唇，就像個沒吃到糖的孩子似的。

寧汐看得又好氣又好笑又心軟，湊過去在他的唇角吻了一口，哄道：「時候不早了，你該去上朝了。」又殷勤地為他整理衣服，一副賢慧小妻子的模樣。在晨曦中，那抹溫柔的笑意如斯動人。

容瑾心裡陡然一軟，輕輕地摟住寧汐的纖腰。「汐兒，我們要個孩子吧！」

孩子是血脈的延續，更是愛情的結晶。以前他也沒有特別想要孩子的慾望，可最近腦海裡總晃動著白白胖胖、咿咿呀呀的小嬰兒。

寧汐笑得嬌羞動人，點了點頭。

容瑾頓時激動起來，抱起寧汐轉了一圈。

寧汐被晃得有些頭暈，心裡卻像開出了一片燦爛的春花般柔軟爛漫。

待容瑾走後，寧汐又特地將衣服頭髮整理了一遍，才匆匆地去了廚房。按慣例地詢問指點幾句，便也沒什麼事了。

寧汐想了想，打算去李氏的院子裡待會兒。剛走到園子裡，一個人影忽地從旁邊閃了出來，攔住了寧汐的去路。

寧汐看向來人，心裡暗暗一驚。竟然是翠環！

不過才短短幾個月，翠環竟變得如此消瘦憔悴，面色十分難看，哪有半分待嫁女子的嬌羞美麗？

翠環的眼裡閃著恨意，聲音硬邦邦的。「奴婢見過三少奶奶。」語氣絲毫不見恭敬，也沒行禮。

翠玉皺了皺眉頭，搶上前去。「翠環姊姊，妳今日怎麼會在這兒？聽說妳要出嫁了，還沒來得及恭喜妳呢！」有意無意地將寧汐護在了身後。

翠環冷冷一笑，看向翠玉的眼神滿是冷然和不屑。「我在和少奶奶說話，妳來插什麼嘴，給我閃一邊去。」

以前的翠玉，哪裡敢這樣對她說話，現在她一走，翠玉竟然爬到了大丫鬟的位置。這讓她又恨又嫉又惱，說話越發刻薄。

翠玉臉色一變，正要反駁，就聽寧汐清甜的聲音慢悠悠地響起——

「好了，翠玉，妳先退下，我倒要看看翠環姑娘有什麼話要對我說。」

翠玉只得怏怏地退開。

寧汐緩步上前，在離翠環三步之遙的地方站定，淡淡地笑道：「妳有什麼話要說，只管說吧！」竟絲毫沒有動怒，那安閒若定的氣度，生生地將滿臉怨氣的翠環比得暗淡無光。

翠環眼裡閃過濃濃的妒色。幾年前那個有幾分姿色的小丫頭，現在卻出落得風華奪人，將少爺迷得團團轉，眼裡再也容不下別的女人……

「妳不是有話要說嗎？怎麼又不吭聲了？」寧汐不必刻意端出主子的架勢，也足夠讓翠環相形見絀了。

是啊，她要說什麼？

翠環死死地咬著嘴唇，心裡的不甘和怨恨匯聚在一起，化成眼眸中的兩團怒火，像兩道利箭射向寧汐。

寧汐卻十分鎮靜，顯然沒把翠環的怒氣放在眼底。

「少奶奶，奴婢不甘心，只想來問妳一句。」翠環終於張了口。「就算妳攆了奴婢離開少爺身邊，以後就沒有別的人嗎？少爺這個時候對妳百依百順，可妳能保證他一輩子都這麼對妳嗎？」

寧汐絲毫不為所動，淡淡笑道：「這個就不用妳操心了，就算容瑾以後會有別的女人，那個女人也不可能會是妳。」

最後這句話，徹底擊中了翠環的痛處。

翠環的俏臉有些扭曲，衝動地上前兩步，不假思索地推了寧汐一把。

寧汐早有防備，利索地閃身。

翠環用力過猛，猛地摔倒在地上，她顧不得疼痛，掙扎著爬了起來，髮絲凌亂，滿眼恨意，狀若瘋狂。

翠玉見勢不妙，忙和另一個丫鬟一左一右地拉住了翠環的胳膊。「翠環，妳要幹什麼？」

「放開我，」翠環的聲音嘶啞，眼中滿是恨意。「我要和她同歸於盡。」

雖然不喜歡翠環，可看到翠環這副癲狂的樣子，翠玉心裡也不是個滋味。手下用力握緊了翠環的胳膊，低聲急促道：「妳瘋了嗎？這裡是什麼地方？妳怎麼跑到這兒來撒野？要是被少爺知道了，妳這條小命還要不要了？」

翠環又哭又叫。「少爺早就不要我了，還打發我嫁給別人，我活著還有什麼意思，我早就不想活了……」

寧汐眉頭一皺，也動了真怒。

人最要緊的就是有自知之明，只可惜翠環最欠奉的就是這個。容瑾從沒許諾過要將她收房，不過是她一廂情願自作多情而已。現在又已經許配了人家，不日即將出嫁，要是聰明的，就該將這些都放下，安安心心地待嫁。

現在她這麼胡亂叫嚷一通，簡直就是丟人現眼。

寧汐沈聲吩咐。「翠玉，妳放手，隨她鬧騰，我看她今天到底要鬧成什麼樣子。」想死還不容易，旁邊就有水池，跳進去就行了。真想死，還鬧得這麼沸沸揚揚的做什麼？

翠玉哪裡敢放手。

翠環碰著磕著倒無所謂，萬一不小心碰到寧汐出了點岔子，在場的人都吃不了兜著走。這麼一來，她手下反而越發用力，將翠環摟得緊緊的。

這麼大的動靜，早已惹來了附近的丫鬟婆子，早有機靈的飛奔著去稟報了李氏。

翠環見圍觀的人越來越多，越發有撒潑開了鬧騰的架勢，若不是翠玉咬牙摟緊了她，只怕早就衝到寧汐面前了。

寧汐看似平和近人，其實固執倔強比起容瑾只多不少。見翠環鬧得如此不堪，寧汐也真的發火了。冷笑著走近，猛地甩了翠環一個耳光，只聽一聲脆響，翠環的左臉頓時紅腫一片。

這一耳光，幾乎用盡了寧汐所有的力氣。

翠環被打懵了，捂著臉愣愣的看著寧汐，竟連呼痛都忘了，翠玉不自覺地鬆了手。

寧汐的眼眸異常明亮，一字一頓，鏗鏘有力。「這一巴掌，是我替妳爹娘打的。妳在這兒尋死覓活地鬧騰，有沒有想過他們？妳讓他們丟盡了臉，以後在容府還怎麼做人？」

翠環的身子顫了顫，死死地咬著嘴唇，眼前閃過爹娘的面孔。

是啊，爹是鋪子裡有頭臉的管事，娘也是管著田莊的，雖然不在容府長住，卻是時常出入。今天便是因為兩人一起來見李氏，才將她也帶了出來散心。她一時無聊，便在園子裡四處轉悠，沒想到竟然碰到了寧汐。

見到寧汐的一剎那，新仇舊恨一起湧了上來。她頭腦一熱，便攔住了寧汐的去路，本來只想說上幾句難聽話罷了。怎麼也沒想到脾氣一上來，根本控制不住自己……

「身體髮膚，受之父母，豈能為了一個男人就輕言生死！」寧汐冷冷地看著翠環。「妳要是真的有這個念頭，我也不攔著妳，妳大可以從這個水池邊跳下去，保准沒人敢下去救妳！當然也沒人會為妳的死傷心，除了妳爹娘！」

圍觀的丫鬟婆子都在竊竊私語地看熱鬧，卻沒人站出來為翠環說話。翠環人緣實在不怎麼樣，再說了，眼前這事明擺著就是翠環在無理取鬧，誰也不會來蹚這個渾水。

甚至有些刻薄的在一旁幸災樂禍。「是啊，翠環，妳想跳就快些。」

翠環咬咬牙，心裡萬念俱灰，竟真的往水池邊走去。

翠玉一驚，正待上前阻攔，就聽寧汐輕聲說道：「別管她，等她真的跳下去了，再找人救她也不遲。」如果這次不徹底將翠環治得服貼了，只怕以後還要鬧出亂子來。

看來，少奶奶今天是鐵了心要治翠環一次了。

翠玉低聲應了。

水池不算太大，卻足有六尺多深，養了不少名貴的魚，是容府裡景致最好的地方之一，翠環在容府待了這麼久，對這裡自然很熟悉。站到水池邊，被冷風一吹，發熱的頭腦稍微冷靜了一些，開始生出悔意。

可背後的嗤笑聲嘲笑聲卻不斷，還有寧汐那雙冷笑的眼眸，彷佛在嘲笑著她的懦弱和膽怯，她騎虎難下……

翠環狠狠心閉上眼，縱身一跳，落水的剎那，只聽到兩聲熟悉的嘶喊——

「翠環——」

那是爹娘的聲音。

對不起，爹！對不起，娘！女兒不孝，先走一步了……

第四百章　自古艱難唯一死

李氏正匆匆地趕來，正好親眼見了這一幕，眉頭微微一皺。身旁的中年男子和婦人卻哭喊著衝了出去，不假思索地跳入池中救人。

這兩個人，自然是翠環的爹娘。

寧汐也指揮著兩個識水性的小廝跳進池中救人，場面一團混亂。

翠環被救起來之際，足足喝了一肚子的水，被按著拍了半天，嗆著吐了不少。人雖然被救了回來，可精神卻極端萎靡，俏臉蒼白如紙，一絲血色也沒有。

翠環的爹還好些，強忍著沒有當眾哭出聲來，可翠環的娘卻哭得上氣不接下氣。「妳這個沒良心的東西，我們養妳這麼大，妳說跳就跳進去了。妳死了，讓我和妳爹怎麼辦……」

翠環閉上眼睛，淚水從眼角不停地滑落。

李氏咳嗽一聲，沈聲吩咐。「所有人都退下吧！」一旁看熱鬧的丫鬟婆子看足了熱鬧，識趣地都退開了。留在這兒的，便只有翠環一家三口，還有李氏和寧汐寥寥幾人。

李氏先問寧汐。「妳沒事吧？」

寧汐搖搖頭。「我沒事。」頓了頓，看向撿回性命萎靡不振的翠環。「翠環，妳現在還想死嗎？」

翠環自然不回答。

千古艱難唯一死，沒經歷過的根本不知道死亡即將來臨的滋味是多麼可怕。黑暗冰冷無助，眼前什麼都沒有，只有無邊無際的恐懼……

寧汐凝視著翠環，淡淡地說了下去。「妳想恨我只管恨，我並不在乎。不過，妳這條性命不只是妳一個人的，希望妳以後好自為之，不要做這種傻事。收起不該有的心思，回去好好嫁人過日子吧！」

翠環的爹忍住悲慟，跪下給寧汐磕頭。「多謝三少奶奶。」

翠環這麼不顧顏面地鬧騰，如果換了心狠手辣的主子，只怕今天就順水推舟地讓翠環真的香消玉殞在這個水池裡了。

翠環的娘擦了眼淚，也掙扎著起身要磕頭謝恩，被寧汐制止了。

她對翠環不假辭色，對他們兩個倒是頗為客氣。「好了，你們不用磕頭謝恩了。還是先帶翠環回去好好休養吧！我沒記錯的話，還有十天她就該出嫁了。今天發生的事情，最好別讓人家知道了。」不然，翠環嫁過去也沒好日子過。

翠環爹娘唯唯諾諾地應了，忙將翠環攙扶著站起來往外走。翠環自始至終沒有睜眼，更沒看寧汐一眼。

看來，翠環以後不會再出現在她面前了。

寧汐的心裡也不如表面那般平靜。翠環剛才那副淒慘的樣子，勾起了她心底不堪的回憶，她心裡也有些亂糟糟的，只是在李氏面前不想表露出來罷了。

寧汐定定神，歉意地笑道：「大嫂，我又給妳添麻煩了。」

李氏嘆道：「這怎麼能怪妳，都是翠環那丫頭不好，已經許了人家還不安分。」不過，鬧過這麼一趟之後，估計翠環也就徹底老實了。

事實上，今天寧汐的表現也令人震驚，平日裡言笑晏晏、溫溫柔柔的一個人，一旦硬起心腸冷起臉來，竟也十分有威懾力！

寧汐沒心情多說，和李氏草草地說了兩句，便各自散了。

蕭月兒很快知道了水池邊發生的這一幕鬧劇，忿忿的來找寧汐。

「……這個叫翠環的，簡直欺人太甚，不把主子放在眼底了。要是我當時也在，非讓人按著她將一池的水都喝光不可。」說著，還嫌不解氣，又是捲袖子又是跺腳，也不知道到底是氣翠環，還是在氣自己沒趕上湊熱鬧。

寧汐哭笑不得，忙安撫道：「妳別生氣了，翠環已經被她爹娘領走了，以後絕不敢再到府裡來了。」

蕭月兒這才稍稍平了心氣，不免又遷怒容瑾幾句。「都怪容瑾，長得這麼好幹麼，勾得人家死心塌地的，都要嫁人了，還要死要活的鬧到妳面前。」說到容瑾，自然又聯想到容琮。一想到容琮，又想到昨晚的夢境，蕭月兒頓時擰起了眉頭。

寧汐一看就知道不對勁，低聲問道：「怎麼了，妳心情不太好嗎？」

蕭月兒在她面前也沒什麼可瞞的，將昨夜作的噩夢一五一十地說了出來。「……我看不清那個女人的臉，可總覺得那個女人好熟悉。」

寧汐忍不住瞄了荷香一眼。

荷香垂著眼瞼，安安分分地站在一旁，乍看和平日無異，可細細留意，她的身子卻微微顫了一顫，雙手不自覺地藏到了身後。

寧汐的心直直的往下沈，一個人的眼神和表情可能會騙人，可身體不自覺的反應卻最直接。

荷香……竟然真的對容琮有意！

到底是從什麼時候開始的事情？是從蕭月兒嫁過來開始，還是最近才生出的心思，抑或是更早以前？

蕭月兒沈浸在自己的思緒裡，渾然不察身邊兩人異樣的沈默。「我到底該怎麼辦？寧汐、寧汐，妳怎麼一直不說話？」

寧汐回過神來，笑著應道：「沒什麼，我剛才在想妳說的話呢！二嫂，妳真心實意地告訴我一句，妳到底想不想給二哥納個通房？」如果蕭月兒肯與人分享丈夫，與其便宜了別人，倒不如便宜荷香了……

「當然不想！」蕭月兒想也不想地脫口而出。「這天底下，有哪個女人願意丈夫去碰別的女人。」一容玨身邊有個挽虹，李氏心裡就像多了根肉刺一般。如果換了她自己，肯定做不到李氏這份門面功夫。

果然是這個答案。

寧汐忍不住又瞄了荷香一眼。

荷香顯然比寧汐更清楚蕭月兒的性子，依舊溫溫婉婉的笑著，眼神卻微微一黯。

她得找個機會和荷香好好談談……

寧汐不動聲色地想著，隨意地扯開了話題。

天色將晚，容瑾回來了，他沈著臉，顯然心情很不好。幾個丫鬟小廝都是伶俐識趣的，一見這架勢都躲得遠遠的，只有苦命的小安子硬著頭皮迎了上去，陪笑道：「少爺，您回來了。」

容瑾俊目一掃，沒見到寧汐的身影，眉頭一皺。「少奶奶人呢？」

小安子忙道：「下午陪著公主說話，剛才又去了廚房，估摸著現在人在飯廳那邊。少爺過去就能見到少奶奶了。」

翠環跳進水池的事情，鬧得連門房都知道了。容瑾肯定已經得知了這件事，臉色才會這麼難看。識趣的，還是別隨意提翠環了。

只可惜，容瑾卻直截了當地問起了此事。「今天上午到底怎麼回事？翠環不是要出嫁了嗎？怎麼會鬧到容府裡來？少奶奶受驚了沒有？還有，你當時人去哪兒了？」

一連串的詰問，讓小安子的額頭冒出了冷汗，忙陪笑道：「少爺請息怒，待奴才一一向您道來……」

「有話快說，別文謅謅的。」容瑾不悅地瞪了小安子一眼。他剛一回府，就從門房那裡得知了上午發生的一幕。心裡一急，便忙著趕了回來。

小安子不敢再耍嘴皮，老老實實地將上午發生的事情說了一遍。

「……奴才當時在院子裡，等聽說的時候趕過去，翠環已經被她爹娘領走了。聽翠玉說，少奶奶當時大發神威，將翠環罵得連頭都不敢抬。」身心受創的，絕不可能是寧汐。

容瑾的臉色果然和緩了不少。

小安子又陪笑著說道：「少爺您就放心吧，別看少奶奶平時嬌嬌柔柔的，其實厲害得很，誰也欺負不了她！」

容瑾的唇角浮起一絲笑意。「那是當然。」語氣裡頗有幾分驕傲和自豪。不要說別人了，就連他自己在寧汐凌厲的口舌前也討不了好。

小安子見容瑾有了笑容，暗暗鬆口氣。

到了飯廳，寧汐果然在。飯桌已經佈置好，八個冷盤色彩紛呈，杯盤碗碟擺得整整齊齊。李氏、蕭月兒、寧汐各自隨意的坐下閒聊，容玨也在，倒是容琮還沒回來。

寧汐笑盈盈的起身相迎。

容瑾滿腹的疑問便嚥了回去，有什麼事回去再問也不遲。

等了一炷香工夫，容琮還是沒回來。

容玨正打算派人去門房問問，就有丫鬟來稟報——

「二少爺派人回來說了，今天晚上有應酬，就不回來吃飯了。」

蕭月兒嘴上沒說什麼，眼裡卻閃過一絲不快和委屈。

寧汐忙握住蕭月兒的手，安撫地看了她一眼。人在官場，有些應酬也是難免的，更何況容琮是當朝駙馬，想巴結的大有人在，總不可能次次都拒絕，有些場合總要應付的。

蕭月兒擠出一絲笑容。

她不是不懂這些道理。可懂歸懂，一旦遇到這些事，心裡總是不舒坦。容琮一出去就是一整天，再有應酬，只怕得半夜才能回來了。

不出所料，一直到子時，容琮都沒回來。

平日這個時辰，蕭月兒早該睡了，可今天卻一直硬撐著要等容琮回來。

荷香勸了幾次，見蕭月兒不肯聽，有些著急了。「公主，您就別等了，已經這麼晚了，您要是再不休息，明天又該沒精神了。」

蕭月兒執拗地應道：「他不回來，我今晚就不睡了。」

身邊的人都急得團團轉，卻也沒人敢再多勸。

就在此時，滿身酒氣的容琮回來了。

第四百零一章 大吵一架

容琮顯然喝了不少的酒，遠不如往日清醒。竟沒留意蕭月兒難看的臉色，隨口說了一句。「怎麼還沒睡啊！」就要往書房去。

蕭月兒湊過去，忽地聞到濃濃酒氣中的脂粉香氣，憋足了一個晚上的怒氣，徹底爆發出來了。

「容琮！你給我站住！」

自成親過後，蕭月兒喜歡親暱的喊一聲相公，或是戲謔一聲駙馬，像這般直呼其名的絕無僅有。容琮喝得再高，也被這一聲驚得清醒了幾分。凝神看去，不由得被蕭月兒臉上的怒意嚇了一跳。

「怎麼了，有誰惹妳生氣了？」

裝什麼傻！蕭月兒忿忿地瞪著容琮。「你今天晚上去了哪兒喝酒？」身上怎麼會有別的女人的味道？

容琮一時沒反應過來，隨口應道：「被同僚拉著去酒樓喝酒了。」

「是不是招了那些不正經的青樓女子陪酒了？」蕭月兒越想越是生氣，語氣硬邦邦的。

容琮當然知道她的小心眼，很自然地敷衍道：「沒有的事，妳別胡思亂想，快些去睡……」

到這時候居然還狡辯！蕭月兒哇地一聲哭了起來。「你這個大騙子，明明就是去喝花酒了，身上的脂粉香氣這麼重，到底是哪個女人在你身上留下的……」

容琮的酒意被這麼一鬧騰，頓時散開了大半，低頭一聞，便也嗅到了身上的脂粉香氣，又是無奈又是委屈的辯解。「他們招了幾個歌伎來陪酒，硬塞了一個坐在我身邊，這才沾惹了一點脂粉香氣，就這個也值得妳又哭又鬧的。」

蕭月兒哪能聽得進去這些話，這兩天她一直忐忑難安，再遇上容琮晚歸醉酒回來，不起疑心才是怪事。

她邊哭邊嚷：「我在家裡苦苦等你，你竟然在外面喝花酒，我要去告訴皇兄，我要去告訴父皇，你欺負我……」

容琮本打算低下身段哄蕭月兒幾句，一聽這話俊臉頓時冷了下來。

荷香見勢不妙，忙上前安撫。「公主，天這麼晚了，有什麼話明天再說吧！駙馬也累了……」

蕭月兒哭得興起，根本不肯撒手。「不行，有話今晚就說清楚。容琮，你是不是想去找別的女人了？我告訴你，只要我不點頭，哪個女人也別想進容府的門。你想享齊人之福，絕不可能！」

容琮也在氣頭上，聽到這些話氣得七竅生煙，俊臉鐵青著抽回手，冷冷地說道：「公主放心，有妳皇兄和父皇給妳撐腰，我怎麼敢去招惹別的女人。這一輩子我都會老老實實的待在妳身邊做條狗，隨妳召之即來揮之即去。」說完，也不看蕭月兒是什麼反應，轉身拂袖而去。

蕭月兒愣愣地站在原地，眼淚凝結在眼角，神色一片茫然。

明明是他的錯，他晚歸他喝花酒他還撒謊，可他為什麼比她還要生氣，說了這麼多難聽話？

「荷香，」蕭月兒哽咽著喊了一聲，可憐兮兮地仰頭說道：「妳聽見沒有，他竟然那樣說我……」長這麼大，還從沒人對她說過這樣難聽的話。

荷香看著蕭月兒淚眼迷濛的臉頰，心裡也不是個滋味。好不容易才將紛亂的心緒都壓了下來，哄著蕭月兒去休息。

可蕭月兒怎麼可能睡得著？

在床上翻來覆去半晌，蕭月兒終於忍不住了。「荷香，妳讓人去找一找他。」

荷香輕聲應了，輕巧地出了屋子，吩咐了幾個丫鬟小廝分頭去找。可找了一圈，也沒找到容琮的身影，倒是把府中各人都驚動了。

寧汐和容瑾正在屋子裡說起翠環的事情，當說到翠環不管不顧要跳水池的那一段，寧汐的心情顯然有些波動，語氣不太平穩。

容瑾自然能猜到寧汐聯想到了前世的情景，默默地握住寧汐的手。

溫暖有力的大手讓寧汐的心安定下來，頓了頓又繼續說道：「經過這一回，翠環以後應該會老實多了。」

容瑾輕哼一聲。「簡直不可理喻，我連看都沒正眼看過她。」要死要活的給誰看？

寧汐似笑非笑地瞄了他一眼。「我也就奇怪了，你也沒正眼看過人家，人家怎麼會對你這麼死心塌地的？」

容瑾立刻鄭重聲明。「我絕對沒招惹過她。大概是因為我長得太英俊了，魅力太大，嗯，這也是沒辦法的事情……」

寧汐噗哧一聲笑了起來，用手指親暱的刮了刮容瑾的鼻子。「自賣自誇，也不知道害臊！」

容瑾咧嘴一笑，就在此刻，翠玉忽地敲門進來了。「少爺、少奶奶，二少奶奶派人來了。」

寧汐一愣，這麼晚了，蕭月兒派人來做什麼？

小丫鬟進來之後，稟明來意。

雖然小丫鬟說得含含糊糊，可寧汐一聽就猜出是怎麼回事了。看來，又是蕭月兒因為容琮晚歸鬧騰，把容琮氣跑了。

容琮沒來，那小丫鬟匆匆地跑回去覆命。

寧汐皺起了眉頭。

「妳就別為他們兩個操心了。」容瑾倒是沒當一回事。「他們兩個三天一小吵五天一大吵，哪天要是不鬧了才不習慣。」再說了，容琮是個有手有腳的大男人，心情不好隨意找個地方都能待一晚。怎麼找？

寧汐不滿地看了他一眼。「你說得倒是輕巧，二嫂這兩天心情本來就不好，再這麼生氣上火的，要是動了胎氣可怎麼得了。」

容瑾嗤笑一聲。「就因為你們都這麼想，才慣得二嫂脾氣越來越大越來越難伺候。要我說，二哥就該硬氣一點不理她，保准她乖乖的不鬧騰。」

女人啊，就是不能太寵，寵出這麼多脾氣來，哪個男人受得了！

寧汐涼涼地接了一句。「哦？這麼說，等以後我懷身孕的時候，你就打算這麼對我了？」

「那當然……」容瑾接得很順口，待幾個字出口了才覺得不對勁，硬生生地轉了個彎。「當然不可能！我對妳的心意妳還不瞭解嗎？保證都聽妳的，妳說什麼就是什麼。」

寧汐懶得和他鬥嘴，白了他一眼，便又將話題轉了回來。「要不，我們也派人幫著找找二哥吧！這麼晚了，他又喝了不少酒，萬一躺在樹下或是角落裡睡著了，肯定會受涼呢！」

容瑾點點頭，揚聲吩咐小安子帶人出去找。

那一邊，容玨也派了人出來找容琮。

丫鬟小廝們提著明晃晃的燈籠將容府上下都找了個遍，可就是沒找到容琮的身影。再到門房那裡一問，卻說二少爺回來之後就沒出去過。

眾人也沒法子了，只得各自睡下不提。

這一夜，蕭月兒輾轉難眠，也不知暗暗流了多少眼淚，兩隻眼睛又紅又腫，像兩個桃子似的。

寧汐早早的便來了，見蕭月兒一副萎靡不振的頹喪樣子，又是心疼又是嘆氣。「妳也真是的，怎麼總是那麼愛生氣能折騰，瞧瞧妳的眼睛，都紅腫成什麼樣子了。」

蕭月兒委屈極了。「我也不是成心想哭想鬧，可昨天晚上，他又出去喝花酒，回來還騙我……」她怎麼可能忍得住。

寧汐說道：「男人在外總少不了應酬，我相信二哥的為人，他絕不會特意去招歌伎陪酒。要是每一次妳都這麼鬧，二哥哪能受得了。」

蕭月兒也不嘴硬了，委委屈屈地閉了嘴。

寧汐又道：「我勸過妳多少次了，不能總這麼小心眼疑神疑鬼的，要相信他。要想管住一個男人，下下之策是管住他的人，上上之舉是管住他的心。只要他的心在妳身上，就算有再美的女人撲到他身邊，他也不會要。要是他成心拈花惹草，妳能管得住他一世嗎？」

這番話，寧汐不是第一回說，卻是說得最直白最透澈的一回。

蕭月兒低著頭不吭聲了。

是啊，寧汐說得對。她昨天晚上似乎真的有些過分了，連個解釋的機會也沒給他，就對著他大叫大嚷，還說了好多過分的話。他是標準的大男人，哪能受得了這些，一氣之下不知跑到哪兒待了一夜沒回來……

「妳懷著身孕，大家都順著妳的心意，哄妳高興，二哥對妳也夠好了。」寧汐耐心地勸慰道：「妳可得拿捏點分寸，說話要注意些，別傷了二哥的自尊心。」

可她已經說了……

蕭月兒囁嚅著將昨天晚上吵架的內容說了出來，聽得寧汐撫額嘆息，吐血的心都有了。

「我的好二嫂，妳以後說話也多想想再說好吧！就妳這麼說，哪個男人能受得了。」

蕭月兒眼圈紅了，豆大的淚滴在眼眶裡不停的轉動。「我當時一時生氣，想也沒想就那麼說了……」

好吧，說也說了，現在計較這些也沒意思。

寧汐想了想，說道：「這次是妳不對，等二哥回來了，妳軟言軟語的向他陪個不是。」夫妻沒有隔夜仇，說開也就好了。

蕭月兒乖乖地點頭。

就在此時，菊香匆匆地跑來稟報。「二少爺回來了。」

蕭月兒眼睛一亮，不假思索地站了起來。

寧汐本該避開，可一想到蕭月兒衝動任性的直脾氣，又實在放心不下，索性厚著臉皮也留下來了。

第四百零二章　公主脾氣

容琮身上還穿著昨晚的衣服，也不知在哪兒和衣睡了一夜，縐巴巴的，渾身又散發著酒氣，根本不能出去見人。事實上，容琮回來就是為了換衣服。

蕭月兒興沖沖地迎上去，容琮卻看都沒看她一眼，逕自走了過去。

蕭月兒的笑容凝結在了唇邊，尷尬又無措地看了寧汐一眼，心裡別提多委屈了。她都笑臉迎人了，容琮怎麼還在生氣不理人？

寧汐也暗暗咋舌。看來，這回容琮被氣得不輕啊！懷柔這一招都不管用了……

「待會兒留二哥吃早飯。」寧汐迅速地出了主意。「我現在就去廚房做點好吃的來。」容琮再生氣，也不至於一點情面都不給吧！

「有勞妳了。」蕭月兒感激地看了寧汐一眼。

寧汐匆匆地跑去了廚房。

蕭月兒耐心地等了小半個時辰，容琮才洗了澡換了乾淨的衣服出來了，依舊不肯正眼看蕭月兒，淡淡地說道：「我先走了。」

蕭月兒忙說道：「吃了早飯再走吧！」

容琮腳步一頓，卻沒回頭。「不用了。」

「寧汐特地去下廚做早飯，」蕭月兒的聲音裡有一絲委屈。「你吃了早飯再走不行嗎？」

容琮默然片刻，似乎嘆了口氣，終於轉過身來。

可蕭月兒實在高興不起來，夫妻兩個相對坐著，卻連一句話都沒有。容琮的視線飄忽不定，就是不肯看她一眼，往日就算生氣，他也從沒這麼冷硬過……

蕭月兒咬著嘴唇，乾巴巴地問道：「昨晚你在哪兒睡的？」問完之後便後悔了，這簡直就是哪壺不開提哪壺嘛！

容琮面無表情的應道：「隨意找了間客房睡了。」

「可是，這麼多人找你都沒找到。」話剛一出口，蕭月兒恨不得咬掉自己的舌頭，怎麼句句都是錯……

容琮沒有回答這個問題。他不想被人打擾，總有不被打擾的辦法。

蕭月兒也不擅長伏低做小這一套，見容琮繃著臉不肯理人，也不知該說些什麼，夫妻兩個相對無言，氣氛既尷尬又冷凝。

過了片刻，寧汐和容瑾連袂來了。

容琮心情再差，也不好不理人，朝兩人點了點頭。

容瑾無視他的冷臉，笑著說道：「正好都沒吃早飯，大家一起也熱鬧些。」他其實不想來，更懶得摻和人家夫妻吵架的事情，可寧汐非讓他來，他也只好厚著臉皮過來。

容琮無可無不可地點頭應了。

丫鬟們早已將飯桌擺好，將早點一一布好。

為了活躍氣氛，寧汐故意東拉西扯地和蕭月兒攀談。蕭月兒心情低落，有一句沒一句地應著，容琮的話就更少了。總而言之，這頓早飯氣氛之沈悶，令人嘆為觀止。

剛一擱了筷子，容琮便簡單地說了句。「我還有事，先走了。」

「二哥，我和你一起走。」容瑾長身而起，和容琮一起走了。

蕭月兒沒精打采地低頭數著碗中的米粒，攪和了半天也沒吃一口。

寧汐也有些詞窮了，乾巴巴地安慰道：「二哥還在氣頭上，或許到晚上就好了。」

但願如此吧！蕭月兒無力地笑了笑。

從本質上來看，容氏三兄弟的脾氣有頗多相似之處。容瑾的脾氣最形於外，容琮內斂多了，可絕不代表他沒脾氣。事實上，越是沈默少言的人發起火來越厲害。

一連三天，容琮夜夜晚歸。每天都喝得醉醺醺的，然後一個人到書房裡睡下。這三天裡，別提說話了，蕭月兒就連見他一面都不容易。

蕭月兒心裡十分委屈，常常一個人悄悄落淚哭泣，吃飯也沒了胃口，就連寧汐精心下廚做的飯菜也吃不下。短短三天，蕭月兒瘦了一圈不說，面色也遠不如往日好看。

寧汐看在眼底，急在心底，苦口婆心地勸了不知多少回。

蕭月兒口中答應得好好的，可只要寧汐一走，她就一個人坐著垂淚。

李氏先還抱著看好戲的心情，並沒過問，可一看這架勢，也有些坐不住了。夫妻兩口子吵架嘔氣無所謂，可動靜鬧得太大就不好了。萬一驚動了大皇子或是皇上，還怎麼收場？

李氏特地來找蕭月兒，耐心地開解了一通。「……弟妹，按理來說，這些話不該由我來說。不過，我畢竟是長嫂，這事我就厚著臉皮多嘴一回。妳心裡再不痛快，也不能折騰自己的身子。妳這樣天天不肯吃東西，心情又鬱結，對肚子裡的孩子可不好。」

蕭月兒情緒不穩，十分脆弱，被李氏幾句一說，眼圈已經紅了。

「大嫂，我也知道這樣不好，可我就是忍不住……」吃也吃不下，睡也睡不好，一想到容琮那張冷凝的臉，一顆心都狠狠地抽痛起來。

李氏笑了笑。「二弟不過是出去喝了頓花酒，妳就氣成這樣。要是像他大哥那樣納個美貌的小妾回來，那妳的日子要怎麼過？」那笑容裡有一絲苦澀和自嘲。

「他敢！」蕭月兒脫口而出，旋即歉意地說道：「對不起，大嫂，我不是那個意思……」

李氏打起精神笑道：「沒關係，這本來也是事實，我早已習慣了。」

容家三兄弟裡，容琮性情剛毅沈穩，不愛近女色。容瑾生了張桃花臉，卻最是專情。容珏卻是風流倜儻，小妾絕不止一個，挽虹只是其中最得寵的一個而已。

蕭月兒自知失言，不好意思地笑了笑。

李氏自己倒是看開了，淡淡地笑道：「男人其實都這樣，都是喜新厭舊的。要是看開些，索性隨他們所願。他心裡一愧疚，在妳面前反而低了一頭，以後想怎麼拿捏還不隨妳。」

這麼明顯的言外之意，蕭月兒不可能聽不出來。「大嫂，妳的意思是……」

李氏眸光一閃，笑著說道：「我就是隨口說說而已，到底怎麼做，還得看妳的心意。」

如果是前些天聽到這樣的話，蕭月兒一定會覺得十分刺耳。可這幾天，她整日心神惶惶不安，竟覺得李氏的話頗有幾分道理。或許，她也該做些讓步了……

李氏走後，蕭月兒坐在窗子邊發了半天呆，也不知在想些什麼，眉頭蹙得緊緊的，像是有什麼事難以決斷一般。

荷香、菊香站在一旁，既著急又無可奈何，眉來眼去交流了片刻，荷香才小心翼翼地問道：「公主，若是覺得悶，奴婢陪您去園子裡轉轉吧！」

蕭月兒搖搖頭，繼續發呆。

菊香也湊過去問道：「公主，您中午沒吃幾口，肚子一定餓了，奴婢去廚房給您熬一碗紅棗蓮子湯吧！」

蕭月兒繼續搖頭。

兩人對視一眼，俱都看到彼此眼中的無奈。荷香想了想，朝菊香使了個眼色。菊香心領神會，輕輕點了點頭。趁著這片刻工夫，荷香悄悄退了出來。

蕭月兒再這樣下去可不行，一定得找個人勸勸她才行。這個人選，當然非寧汐莫屬。這個時辰，寧汐應該在廚房安排晚飯才對。荷香匆匆地到了廚房，老遠的便聽到寧汐熟悉的聲音，稍稍鬆了口氣。

寧汐見荷香來找自己，不用想也知道是為什麼，忙湊過來問道：「二嫂怎麼了？」

荷香壓低了聲音說道：「下午大少奶奶來過一趟，也不知她和公主說了什麼，等她走了之後，公主便一直坐在窗子邊，整整一個下午，都沒動彈過。」李氏和蕭月兒說話的時候，她正好有事走開了，因此也弄不清楚李氏到底說了些什麼。

一提到李氏，寧汐下意識地蹙起了眉頭，旋即長長的嘆了口氣。「二嫂這脾氣，還像個孩子似的。」一高興的時候固然歡天喜地的，難過傷心的時候也弄得人盡皆知。李氏稍微說上幾句，她就折騰自己一下午，這也太傷身子了。

荷香也嘆道：「誰說不是呢！奴婢伺候公主也有些年頭了，她就是這個脾氣，怎麼也是改不了了。若是三少奶奶有空，還是去勸勸她吧，我們都很擔心她呢！」

寧汐點點頭，又去叮囑了廚子們幾句，便和荷香離開了。

一路上，荷香憂心忡忡無心說話，寧汐卻連連瞄了荷香幾眼，目光中不無探尋之意。

荷香也是個敏感細心的性子，察覺到寧汐的頻頻注目之後，心裡悄然一動，腳步不自覺的慢了下來，輕聲問道：「少奶奶是不是有話要問奴婢？」

好個聰明的女孩子！

寧汐停住了腳步，朝身後的翠玉等人使了個眼色。

待眾人都退開了，寧汐才緩緩地張口問道：「荷香，我有件事一直想問妳。這件事可能是妳的秘密，妳未必想說。但是，我希望妳能如實回答我。」

荷香驚詫地抬頭看了寧汐一眼。

那雙清澈美麗的眸子宛如一汪清泉，靜靜的倒映著自己的身影，彷彿早已窺破她心底最深的秘密。

難道，寧汐已經察覺到了什麼？

荷香面色微微一變，力持鎮定。「少奶奶有話只管問，奴婢一定知無不言言無不盡。」

寧汐直直的看入荷香的眼底。「好，那我問妳，妳是不是一直喜歡容琮？」

荷香雖然有了心理準備，可在聽到這句話的一剎那，頭腦頓時轟地一聲，一片空白。

第四百零三章 情不由己

寧汐也不逼問，只靜靜地看著荷香。

不用再多問，荷香的反應已經說明了一切。她的心裡，一直悄悄地喜歡著容琮。所以，她不肯嫁人，只想留在蕭月兒的身邊……

不知過了多久，荷香才澀澀地找回了自己的聲音。「少奶奶說什麼，奴婢不懂。」

寧汐心平氣和地說道：「荷香，我們認識這麼久了，我從沒把妳當成下人。按理來說，這些話不該由我來說，可為了妳著想，我非說不可。二嫂貴為公主，可一直把妳當成最親近的姊妹一般對待。如果她知道妳有這份心思，妳說她會怎麼想？」

荷香死死地咬著嘴唇，眼裡流露出複雜和痛苦的神色。

寧汐凝視著荷香，輕輕地說道：「妳伺候她這麼多年，她什麼性子妳該比我更清楚。她喜歡一個人便是全心全意的喜歡和信任，如果她知道最信任的人生出這等不該有的心思，一定非常傷心難過。」

到時候，荷香又該怎麼自處？

先不說容琮的反應，單從蕭月兒的性格來推斷，如果荷香的心思被她察覺，只怕她絕不會再留荷香在身邊了。

荷香眼裡閃過一絲水光，深呼吸口氣，終於張口說道：「多謝少奶奶提點，荷香從沒生出過不該有的奢望，只是……情之一事，身不由己。」

當年西山遇險，在危急關頭，她奮不顧身地推開蕭月兒。那個宛如天神一般出現的俊朗青年在那一刻大展神威，毫不遲疑地接住了蕭月兒，她卻隨著馬車滾落山坡。那時候，她以為自己必死無疑，留戀的回眸，最後一眼看到的卻是那個冷峻的青年男子。

從那一刻開始，這個身影便牢牢的鐫刻在她的心底。

知道公主安然無恙，知道公主許配給了那個青年男子，她心裡只有高興和歡喜。因為她知道，公主對他一見鍾情，能嫁給這樣偉岸的男子，公主的終身也有了依靠。

至於她自己，能陪伴在公主的身邊一起嫁到容府，已經是最大的幸運了。她已經破了相，也不打算再嫁給任何男人，只要能一直陪伴在公主和他身邊就已經知足了……

荷香垂下眼瞼，清秀的臉龐滿是落寞和哀傷。

寧汐的心狠狠顫動了一下，卻又不得不狠下心腸。「不管妳怎麼想，總之，這事不能讓二嫂知道。不然，她一定會很失望很難過。」頓了頓，又嘆道：「荷香，對不起，今天是我唐突冒犯了。」

荷香確實是個好姑娘，可在荷香和蕭月兒之間，她只能選擇站在蕭月兒這邊，她不希望任何人傷害蕭月兒。

荷香抬起頭，眼裡的水光已經隱沒不見，取而代之的，卻是堅毅的微笑。

「少奶奶一番苦心，荷香感激不盡。您放心，我說話行事都很小心，絕不會讓公主看出蛛絲馬跡的。」

事實上，荷香一直都以為自己將這份心思隱藏得極好。蕭月兒固然一無所知，就連菊香等人也沒察覺出不對勁來，只是沒想到，這個秘密會被寧汐看穿……

接下來，一路無言。兩人各懷心思，一起沈默。

見了蕭月兒，寧汐和荷香各自打起精神來，佯裝若無其事的和她說話。

蕭月兒滿腹心事，壓根兒沒察覺最親近的兩個人都懷著沈甸甸的心思。

寧汐一如既往的勸慰了一番，蕭月兒稍稍振作起來，笑著應道：「好了，妳們別為我擔心，我好好的呢！對了，我肚子餓了，現在有沒有吃的？」

菊香等人聞言俱是大喜，忙伺候茶點。這幾天，蕭月兒一直懨懨的沒有精神，這還是第一次喊餓呢！

寧汐見她吃得津津有味，稍稍放了心，不自覺地瞄了荷香一眼。

荷香站得直直的，唇畔含笑，看不出絲毫異樣。之前和寧汐的那番對話，似乎早已被她拋諸腦後，沒有掀起任何的波瀾。

寧汐也不知心裡是什麼滋味，最終，只能化為一聲未出口的嘆息。

這一天晚上，容琮又醉酒晚歸。

蕭月兒一直等到他回來，卻沒去書房探望，反而隨口吩咐道：「荷香，妳去煮碗醒酒湯，給駙馬送過去。」

這樣的吩咐實在稀鬆平常，若放在往日，荷香必然暗暗歡喜著又有了和容琮接近的機會，可今天……

荷香歉然地笑道：「奴婢覺得有些累了呢，還是請菊香跑一趟吧！」自從和寧汐說過那一番話之後，她便暗下決心，從今天起就和容琮保持距離。

蕭月兒不疑有他，點了點頭。

待菊香走後，其他丫鬟婆子也都一一退下了。荷香細心的為蕭月兒掖好被子，然後坐在床頭，做起了繡活。

蕭月兒幽幽的聲音響起。「荷香，我想了一個下午，其實，大嫂說得挺對的，駙馬對我夠好了，我不該一直獨占著他。」

荷香心裡一跳，不自覺地停住了手中的動作，竟不敢直視蕭月兒落寞的眼眸。「公主，您可千萬別這麼想，駙馬之前出去喝酒只是同僚間的應酬，並不是成心要喝花酒。更不是對您有什麼不滿，您可別犯糊塗。」

「我在想，該挑誰開臉做通房丫鬟。」蕭月兒一個字都聽不進去，兀自喃喃低語。

荷香接下來的話被噎在了嗓眼裡，明知不應該，可一顆心卻怦怦亂跳個不停，繡花針戳中了手指都沒察覺。

蕭月兒習慣了她的少言，不以為意地繼續低喃。「我從宮裡帶出來的人也不少，倒是有一、兩個姿色不錯的，還有駙馬院子的丫鬟裡，也有兩個相貌過人的，不知道駙馬中意哪一個。若是他都不滿意，想從府外納一個進來，我也不會不同意……」

荷香回過神來，不由得自嘲地笑了笑。

蕭月兒在她面前說這些，根本沒什麼試探的心思。而是像往日一樣，每當有什麼煩心事了，就喜歡和她傾訴罷了。她比蕭月兒大了一、兩歲，又破了相，怎麼也不可能是通房丫鬟的理想人選。

「荷香，妳覺得怎麼樣？」蕭月兒抬頭看了過來。

荷香哪裡知道她之前說了什麼，含糊地應道：「這事暫且別急，總得先看看駙馬的意思。」容琮並不是沈溺女色的男人，也從未流露出要納妾納通房的心意。

蕭月兒長長地嘆了口氣，不知過了多久，才迷迷糊糊地睡著了。

荷香怔怔地坐在床邊，靜靜地凝視著在睡夢中蹙眉的蕭月兒，心裡五味雜陳，也不知是個什麼滋味。

蕭月兒下定了決心之後，便想和容琮好好談一談。

第二天一大早，蕭月兒早早的起床去了書房。

容琮剛穿戴整齊，一轉身便見到蕭月兒站在門口，那一晚的爭吵陡然浮上了腦海，那幾句刺耳的話言猶在耳……

容琮暗暗握拳，臉上的神情冷然，一絲笑意也沒有。

「怎麼這麼早就起床了？」孕婦就該多休息，瞧瞧她的臉色，都難看成什麼樣子了。

蕭月兒將心底的酸澀都壓了下去，擠出笑容說道：「相公，你有空嗎？我有些事情要和你商議。」

容琮淡淡地應道：「有什麼事等晚上回來再說吧！」擺明了不想多說。

蕭月兒咬著嘴唇，上前兩步。「就一會兒，不會耽誤你太多時間的。」眼裡不自覺地流露出一絲乞求之色。

容琮心裡一軟，面上卻並不顯露，只隨意地嗯了一聲。「也好，那妳就快些說。」

只這麼一個小小的讓步，蕭月兒已經很高興了，展顏笑道：「我已經讓人把早飯都準備好了，正好一邊吃早飯一邊說。」

一旁的荷香自然清楚蕭月兒要說的是什麼，垂下眼瞼，掩去眼底的一絲落寞。

夫妻兩人各自坐下，蕭月兒忙著給容琮盛粥。

容琮見她那副歡喜不已的模樣，心裡莫名的嘆了口氣。

如果蕭月兒沒那麼顯赫的身世，沒有那麼驕縱的公主脾氣，一直都像現在這麼溫柔可人，那該有多好！或許，他們也會是一對很恩愛的夫妻，而不是像現在這般，親近中帶著一絲戒備和疏離。

「相公，多吃些。」蕭月兒今日心情似乎不錯，一直笑吟吟的。

容琮面冷心軟，生了幾天的悶氣，其實也散得差不多了。再被蕭月兒這麼笑臉相迎，也不再一直繃著臉，神情緩和了不少。

只可惜，這份好心情沒維持多久，在聽到蕭月兒接下來的一番話之後，容琮唇角的笑意還沒來得及綻放便僵住了。

「相公，我現在身子越來越笨重，也沒精力照顧你的衣食起居，你一個人天天睡書房，我實在於心不安。不如給你挑個通房丫鬟吧！這樣也有知冷知熱的照顧你……」

天知道蕭月兒費了多少力氣，才能維持臉上的笑意，擠出這麼一番話來。更沒人知道，她的心裡痛得如同刀割一般，鮮血淋漓。

容琮身子僵直，半晌，才從牙縫中擠出幾個字來。「蕭月兒，妳把剛才的話再說一遍。」

第四百零四章　後悔不迭

他這是什麼反應？

蕭月兒愣愣地看著容琮難看的臉色，心裡別提多委屈了。享齊人之福，不是所有男人都夢寐以求的好事嗎？她已經百般退讓，他為什麼還是不高興？

「相公，你是不是擔心我挑的人你會不合意？要不這樣吧，你看中了哪一個丫鬟，只管直說。不管是我身邊的，還是你以前的丫鬟……」

「蕭月兒！」容琮的臉徹底黑了，話語冷颼颼的。「妳這麼說是什麼意思？我什麼時候說過我要女人了？妳是不是等著我點頭納了通房，再去妳皇兄和父皇那兒告狀？」

趁著公主懷孕的時候納通房丫鬟，這樣的駙馬還有何臉面見皇上和大皇子？

「我不是這個意思……」蕭月兒委屈地辯解。

「不是這個意思是什麼意思？」容琮冷笑著挑眉。「還是說，妳現在徹底想開了，要做一個賢良淑德的妻子？以後不會拈酸吃醋不會大吵大鬧？」出去喝酒都鬧成這樣，要是真的納了別的女人，就以蕭月兒的小心眼，能容得下才是怪事。

蕭月兒急急地辯解。「相公，你別誤會，我是真的這麼想，以後我不會隨意吃醋發脾氣了，你相信我……」

容琮也不知心底哪兒來的怒火，熊熊燃燒令人分外煩躁不安，一連串難聽話不假思索地傾洩而出——

「妳說的話鬼才相信！蕭月兒，我算是看清楚妳的為人了，妳別仗著自己是公主，就想將我拿捏在掌心裡，把我當成麵團愛怎麼揉就怎麼揉。還假裝賢慧大度，假惺惺地要給我納通房，我告訴妳，我絕不會上妳這個當……」

蕭月兒百口莫辯，又急又氣又惱，眼前一黑，身子微微晃了晃。

容琮沈溺在怒火之中，根本沒留意。

一旁的荷香卻面色一白，不假思索地撲上前去，扶住蕭月兒的身子。

蕭月兒面色蒼白，身子一軟，倒在荷香的懷中。

荷香心裡一慌，忙喊道：「駙馬，公主昏過去了。」

容琮在氣頭上，以為蕭月兒是在裝暈，冷冷一笑。「公主身體果然嬌貴，只說幾句話就昏過去了。」根本就是心虛了吧！

「駙馬！」荷香霍然抬頭，素來溫柔的雙眸閃著凜冽的光芒。「您再生氣，也不該拿公主的身子開玩笑。要是公主被氣出個好歹來，您心裡就舒坦了嗎？」

容琮被噎了一下，不自覺地看了暈厥的蕭月兒一眼，這才發現蕭月兒臉色蒼白難看極了，面色不由得一變。不假思索地喊道：「菊香，快去請太醫過來。」

菊香急匆匆地跑著去了。

幾個嬤嬤見勢不妙，早已圍攏了上來，又是掐人中，又是揉虎口，容琮反倒擠不進去了，站在不遠處，眉頭緊鎖，拳頭握得極緊，心裡的懊惱幾乎要將他淹沒。

就算再不高興，也不該這麼氣她。她本就嬌生慣養沒受過半點閒氣，這次竟被他氣得暈倒過去……

不一會兒，太醫匆匆地跑來了。見蕭月兒昏厥不醒，太醫也有些緊張，先搭脈，又仔細問了幾句。

荷香也顧不得容琮顏面好不好看了，簡單地將事情的原委道來。

年紀已經不小的林太醫不贊成地看了容琮一眼，面色凝重地說道：「公主殿下連著幾日憂思過度，又一時氣血攻心，這才暈倒了，看胎象似乎也有些不穩。待老朽先施針，等公主殿下醒了之後再去宮裡回稟一聲。」

說著，便拿過針灸用的器具，拈起一根細細長長的針，那針尖在陽光下閃閃發亮，看得人心顫巍巍的。

「等等！」容琮情不自禁脫口而出。「這個針戳到身上是不是很疼？」

林太醫似笑非笑地瞄了他一眼。「駙馬是信不過老朽嗎？」現在倒知道心疼公主了，也不知道剛才把公主氣得暈過去的人是誰！

容琮在林太醫了然的眼神中有些狼狽，更多的卻是自責和羞愧，默默地站到了蕭月兒的身邊。

那根細細長長的銀針戳在蕭月兒身上時，他心裡隱隱作痛，彷彿那根銀針戳的是自己的胸口。

幾根針下去，蕭月兒才悠悠醒轉。一睜眼，看到的就是容琮複雜的眼眸，之前爭吵的一幕又在眼前浮現，容琮那幾句傷人的話語在耳邊不斷的迴響。

她生平第一次知道，原來，一個人的話語比利箭更傷人……

蕭月兒沒力氣說話，只閉上了雙眸，淚珠從眼角邊悄然滑落。

荷香心裡一酸，眼眶也濕潤了，一旁的菊香等人俱都心酸不已，默然不語。

林太醫嘆口氣勸道：「公主殿下，您的身子骨本就虛弱，胎象又不穩，再這樣傷心，只怕會傷到肚子裡的孩子，還請公主殿下保重身體要緊。」

蕭月兒吸了吸鼻子，點了點頭，眼睛紅得像兔子一般。

寧汐和李氏幾乎同時得到消息趕來了，見蕭月兒這副樣子，俱都嚇了一跳，不約而同地看向容琮，眼裡滿是不贊同。

不用問也知道，蕭月兒的暈倒一定和他有關。

容琮早悔得腸子都青了，可他一貫不擅言辭，臉上並沒顯露出多少。在眾人眼中看來，倒有些無動於衷的感覺。

李氏嗔怪地數落了他幾句。「二弟，你也真是的，公主懷著身孕，不能動氣，你凡事多讓著她一些就是了，怎麼把她氣成這樣？」萬一有個好歹的，容府怎麼向皇上交代？

「大嫂說得是，都怪我不好。」容琮聲音有些沙啞。

我以後絕不惹她生氣了。容琮在心裡默默地補充了一句。

李氏嘆口氣，也不好再多說什麼，又去勸慰蕭月兒。「夫妻兩個鬧幾句口角不算什麼，妳別太放在心上了，先將身子養好再說。」

蕭月兒說不出話來，只是點頭。

寧汐看著心裡難受極了，坐到蕭月兒身邊，握起蕭月兒冰涼的手，將掌心的溫度小心地傳遞到蕭月兒的手上，低低地說道：「二嫂，振作些，別難過了，二哥心裡也不好受的。」

別看容琮站得筆直像沒事人似的，細細留意，就會發現他眼底的自責和內疚了。聰明人就該利用這樣的好機會，將之前的心結一併抹平。男人在內疚的時候，可比平時要好拿捏多了。

蕭月兒自然能聽出寧汐的言外之意，可她此刻心情煩亂至極，哪裡還能做到這些，忍不住苦笑一聲，幽幽地嘆了口氣。

林太醫開了安胎的藥方，其中有幾味藥十分珍貴，只有宮裡才有，只得派了宮裡來的嬤嬤回宮去領。

那個年齡稍大的嬤嬤忙應了一聲，轉身要走，就聽蕭月兒虛弱的聲音傳了過來。「今天的事情，不准告訴任何人，要是父皇和大皇兄知道了，我就唯妳是問！」

那個嬤嬤愣了一愣，陪笑道：「公主殿下，您這可是為難老奴了。老奴回宮拿藥，總得交代一聲……」皇上特地派她們幾個過來，就是為了及時知道公主的身體情況，要是知情不報，她們幾個可都吃不了兜著走。

蕭月兒淡淡地看了她一眼，那眼神雖不凌厲，卻將上位者的威嚴表露無遺。「妳只怕父皇不高興，難道就不怕我不高興嗎？」

那嬤嬤只得無奈地應了，備馬車去皇宮不提。

寧汐和李氏一起陪著蕭月兒說話，容琮反倒沒了說話的機會。他也不吭聲，就這麼不遠不近地站著，靜靜地看著蕭月兒。

蕭月兒明知容琮在看著自己，卻硬是不肯朝他看一眼，故意東拉西扯地和寧汐說話。

寧汐對這一切心知肚明，口中隨意的和蕭月兒閒聊，心裡卻迅速地盤算著該怎麼將這夫妻拉攏到一起說話。

李氏忽地咳嗽一聲。「時候也不早了，我先回去了，等下午再過來陪弟妹。」

寧汐順勢笑著起身。「大嫂等一等，我也一起回去。」邊說邊朝蕭月兒眨眨眼。閒雜人等一概退散，接下來的時間留著夫妻談心和好。

蕭月兒卻不配合，一臉倦容地說道：「我也累了，先回去睡會兒，就不送妳們了。」

寧汐暗暗為容琮嘆口氣，走到容琮面前時，忍不住停住了腳步。「二哥，借一步說話如何？」

容琮默然片刻，點了點頭。

兩人向外走了幾步，在院子裡的一棵桃樹下停了下來。

丫鬟們都識趣地站得遠遠的，這樣既不會打擾到主子說話，又不會造成瓜田李下之嫌。

寧汐也不拐彎抹角，直截了當地問道：「二哥，你和二嫂為了什麼吵起來？」

容琮抿緊了唇角，不情願地擠出一句。「沒什麼。」

寧汐眉頭微蹙。「二哥，都到這時候了，你還只顧著你的顏面和心情嗎？二嫂被氣成這樣，又動了胎氣，不知要養多久才能好。你要是心疼她，就該多順著她一些，別總惹她不高興。夫妻之間能有什麼大不了的事情？說開自然就都好了。我在二嫂面前還能說得上話，要是你想讓二嫂好得快些，不妨把實情都告訴我，我也能替你們想想法子。」

第四百零五章 男人的心妳不懂

也不知這一番長篇大論裡，有哪一句打動了容琮，他終於張了口。「她……說要替我納通房丫鬟，我一生氣，就說了她幾句。」

什麼？寧汐倏忽瞪圓了雙眸，嘴巴張得老大，久久沒有合上。

打死她也不相信蕭月兒真的會說這些，可容琮一臉嚴肅正經，根本不像是在開玩笑，也就是說，蕭月兒真的有這個打算。

老天，這都是誰給她出的餿主意！

寧汐的腦海中陡然掠過一張面孔，肯定是李氏。

容琮低沈的聲音中有一絲悔意。「我當時在氣頭上，說話不中聽，沒想到她會被氣成這樣。」

寧汐定定神，直直地看入容琮的眼底。「你這麼生氣，到底是因為什麼？就算你不想納通房，也可以和二嫂直說，她總不可能強迫著你要別的女人。你為什麼會發這麼大的火？」

你生氣，到底是因為蕭月兒的身分使你特別敏感，還是你生氣她要將你推給別的女人？

容琮也是個聰明人，自然能聽出寧汐的言外之意，頓時沈默了。是啊，不過是幾句話，他大可以搖頭拒絕，為什麼會這麼生氣……

「二哥，你和二嫂之間的事情，我本不該多嘴。可你有沒有想過，二嫂為什麼總和你吵總和你鬧騰？」寧汐凝視著容琮的眼睛，淡淡地說道：「相處這麼久，你總該瞭解二嫂的脾氣，她雖然任性些，可並不是那種愛無理取鬧的女子。」

容琮啞然。誠如寧汐所說，蕭月兒自小便受盡眾人寵愛，性情有些嬌蠻在所難免。可嫁給他之後，她一直在努力做一個好妻子。不知從什麼時候開始，她的性情漸漸急躁，常為了些許小事和他鬧騰……

寧汐的眸子清澈如水，語氣平和而寧靜。「其實，你心底很清楚，二嫂為了什麼才會變得這樣患得患失。你可以給她的，明明可以更多，可你計較的東西太多，反而忽略了最重要的一樣東西，那就是感情！」

容琮默然不語，眼神複雜。

既已開了頭，寧汐索性將一直埋在心底的話一股腦兒的說了出來。「她對你一見鍾情，用一個女人的心來愛你。你娶她，卻不全是因為感情，更多的是責任和義務。可既然已經娶了她，你就該對她好一些，讓她有安全感，讓她感受到一個做妻子的幸福。在你面前，她不想做一個公主，她只想做一個平平凡凡的女人。她要的不是表面的謙讓和順從，更不是帶著疏離戒備的親近。這個，你真的不懂嗎？」

容琮嘴唇抿得緊緊的，臉色隱隱發白。

這些，他當然隱隱約約地察覺到了，只是，他也有他的自尊和驕傲。每當親近她幾分，他便不由自主地想起她的身分，然後，邁出去的步子便又悄然縮了回來……

「這次的事情，你真不該生氣。」

寧汐想起蕭月兒無聲流淚的樣子，心裡酸酸的難受極了，聲音也跟著低沈了下來。

「二嫂那天和你吵架之後，後悔極了。這幾天心情一直不好，吃也吃不下，睡也睡不好，一直想著要和你和好，也不知道該怎麼做你才會不生氣，這才聽了大嫂的話，決心為你納一個通房丫鬟。你只顧著你的感受，你有沒有想過，說出這些話的時候她心裡會怎麼樣的難受？可她為了讓你高興，還是這麼說了。你不領情也就罷了，還狠狠地羞辱了她　頓，她這次是真的被你傷了心了。」

容琮雙拳悄然握緊，竟再也沒有勇氣看著寧汐明亮的雙眸。

寧汐悄然嘆口氣。「該說的，我也都說了，到底要怎麼做，還得看你的心意。」頓了頓，又補了幾句。「我希望你是真的想開了，再去找她。你別再傷她的心了，好好的待她吧！」

說完，寧汐再也沒看容琮一眼，轉身離開。

容琮站在樹下，久久沒有動彈。

一陣微風吹過，吹落了滿樹的桃花瓣，飄飄灑灑地落在了容琮的身上。容琮默然站著，腦中想起的，卻是當年初遇蕭月兒的情景。

危機時刻救人是他的本能，當時大展神威救蕭月兒的那一刻，他根本沒有一絲別的念頭，只在摟著嬌軟的身軀時，心裡蕩起了一圈淡淡的漣漪，只覺得那個嬌怯的少女眼睛很美很美。

後來，皇上賜婚。他面上顯得不情不願，心底卻有一絲不為人知的驚喜。洞房花燭夜，掀起紅蓋頭的那一刻，他心裡的激動和歡喜，只有他自己知道。
她對他的遷就，他其實很清楚。可出於男人的尊嚴和驕傲，他從不肯真正承認自己心底的情意。再到後來，不知從什麼時候開始，她總為了一些小事和他爭吵，他們之間便越發的疏離。
雖然她懷著他的骨肉，可他對她，卻根本沒盡到一個做丈夫的責任和義務，更沒做到像個普通男人愛一個普通女人一般的愛她……
容琮閉上雙眸，將眼角邊的濕意逼了回去，深深地呼吸一口氣，然後緩緩地走向蕭月兒的寢室裡。
剛一進屋子，荷香雙眼紅紅的攔住了他，低低地說道：「公主今日心情波動太過厲害，駙馬若是有話要說，還是等一等吧！」
容琮淡淡地看了她一眼。「妳們都退下。」
荷香一驚，猛然抬頭，和容琮的視線對了個正著。那雙沈穩平靜內斂的雙眸，此時流露的情緒卻太多太多了，多得讓人一看就知道這是個為情所苦的男人！
荷香的心狠狠的一顫，心裡流淌過的苦澀難以形容，不自覺地讓了開來。
容琮卻不再看她，邁步走了進去。
見容琮這副架勢，眾人都識趣地退了下去。
菊香在經過荷香身邊時，悄悄地扯了扯荷香的衣袖，低語道：「別發呆了，快走吧！」
夫妻兩個已經吵鬧這麼多天了，說不定今天就能和好，她們在這兒太多餘了。

荷香回過神來，默然點頭，退出去，將門輕輕關好。

屋裡，只剩蕭月兒和容琮。

蕭月兒閉著雙眼躺在床上，似是睡著了，圓潤的俏臉沒了往日的血色，一片蒼白，憔悴得令人心憐。

容琮心裡一陣絞痛，走上前坐在床邊，輕輕地喊了一聲。「月兒。」

那聲久違的呼喚溫柔極了……蕭月兒的眼睫毛動了動，卻沒睜開眼，也沒說話。

「月兒，都是我不好。」容琮低沈的聲音裡滿是歉意和自責。「我不該一氣之下，就說那麼多難聽的話，千錯萬錯都是我的錯，妳別生氣了好不好？」

蕭月兒終於睜開眼，卻沒看容琮，自嘲地說道：「你不用向我道歉，是我脾氣不好，擅作主張，你生氣也是應該的。你也不用擔心，我以後絕不會回宮告狀了，娶了我這個公主，讓你受委屈了。」

她臉上的自憐自棄，讓人實在心痛極了。

容琮握住蕭月兒的手，急急地解釋。「不是的，月兒，我從沒這麼想過……」

蕭月兒靜靜地抽回了手，垂下眼瞼。「我今天很累，想睡會兒，你先出去好不好。」

容琮自然不肯走。「不，我不出去，我要把心裡的話都告訴妳……」

「你不用說了。」蕭月兒低低地說道：「你想說什麼，我都知道。」每次都是這樣，吵架之後，他被眾人逼著來向她道歉求和。她看似風光勝利了，其實是徹頭徹尾的失敗者。

她喜歡他，逼著他娶了她，現在終於遭到報應了。因為她再怎麼努力，他也不會愛她……

臉頰邊的濕意如此明顯，她又哭了。

他一定很討厭她這樣的女人吧！除了尊貴的身分外一無所有，她既不會管家，也不擅長下廚，就連做件衣服也不會。只會拈酸吃醋，和他嘔氣，還會大吵大鬧惹人討厭……

蕭月兒顫抖著擦拭淚珠，眼淚卻越流越多。

容琮又是心疼又是難過，可他實在不擅長哄人，只好張開手臂，牢牢地將蕭月兒摟進懷裡，灼熱的雙唇落在她的臉上，吻去她滾燙的淚水。

蕭月兒被他的舉動嚇到了，停止了哭泣，怔怔地看著他。

他從不愛做這些親暱的舉動，就算是同房時，也是循規蹈矩一板一眼的，像這般近乎安撫的親暱舉止，簡直是前所未有……

「閉上眼。」容琮的聲音有些低啞。她眼睛睜得這麼大，讓他還怎麼繼續？

蕭月兒懵住了，乖乖地閉上眼，然後便感覺到溫熱的唇在自己的臉上游移，覆蓋在她乾澀的紅唇上。小心翼翼地用舌尖溫暖她的唇瓣，然後慢慢地探入她的唇內，和她的舌尖密密的糾纏共舞。

那樣的溫柔，那樣的細心，那樣的溫存，是她在夢中奢求了無數次的親暱……

蕭月兒被吻得懵住了，頭腦一片漿糊。

他們不是剛大吵了一架正在生氣嗎？為什麼忽然又摟著吻到了一起？

容琮稍稍抬起頭，黑眸裡燃燒著幽暗的火焰，聲音低啞極了。「月兒，剛才妳說了這麼多，現在聽我說好不好？」

蕭月兒不自覺地點了點頭。

第四百零六章　心聲

「對不起！」容琮緩緩吐出三個字。

蕭月兒神志稍稍清醒了一些，心底竟掠過一絲失望，旋即暗暗自嘲地笑了笑。之前的溫柔，不過是容琮用來安撫她激烈的情緒罷了。她在奢望什麼？容琮怎麼可能忽然就懂了她的心思，忽然就愛上她？

可接下來的話，卻像從天外飄來的一般，晃晃悠悠地鑽進她的耳中。

「月兒，都是我不好，我不該因為可憐的自尊故意對妳冷淡，更不該讓妳傷心。其實，我……我一直都很喜歡妳。」容琮有些不自在，俊朗的面孔浮起一絲可疑的暗紅。

蕭月兒早聽得愣住了，呆呆地看著容琮，像是看著一個陌生人似的。

這個深情款款的男人，真的是那個不解風情又木訥的容琮嗎？

開了頭之後，接下來的話倒是順溜多了，容琮凝視著她的眼睛，溫柔地說了下去。

「剛才我那麼生氣還說了許多混帳話，不是因為妳擅作主張，而是因為我生氣妳竟然要將我推給別的女人。月兒，娶到妳是我這輩子最大的幸運，我有了妳已經很知足了，我從沒想過要享齊人之福。妳以後別胡思亂想了，我們好好的過日子，好嗎？」

蕭月兒傻乎乎地繼續看著容琮，半天都沒吭聲。

容琮也不著急，耐心的等著她消化完這番話。

果然，再過了一會兒，蕭月兒開始有反應了。先是抿了抿嘴唇，然後鼻子皺了皺，隨之兩行晶瑩的淚珠簌簌地落了下來。

容琮看了又心疼又好笑，愛憐地為她擦去眼淚。「說得好好的，妳怎麼又哭了？」真是太愛哭了。

蕭月兒不管不顧地撲到他的懷裡，哭了起來，絲毫不注意儀態美感，將眼淚鼻涕一股腦兒地都抹到了容琮的身上。

想想還是不解氣，又捶了容琮幾下，又怕捶得重了，拳頭越來越輕，口中不停地哭著說著。「你這個大壞蛋，就是會欺負我。明明喜歡我，也不告訴我……還成心氣我，你知不知道我這些天多難受……你以為我想讓你親近別的女人嗎？我還不是想讓你高興……」

越哭越委屈，越說越難過，眼淚像斷了線的珠子一般不停的往下落，不一會兒就將容琮的胸前弄濕了一大片。

容琮無奈又溫柔的嘆口氣，小心翼翼地將她摟緊，嘴角揚起淺淺的弧度，耐心地哄道：「是是是，都是我不好，我以後一定都改。這麼哭費力氣傷身體，妳休息會兒再哭好不好？」

蕭月兒的哭聲頓了頓，旋即哭得更凶了。

容琮徹底沒法子了。「又是怎麼了？」他一直好言好語地哄著，她怎麼反倒越哭越起勁了？

「我好高興……」蕭月兒只擠出了這幾個字，便又哭開了。

自從遇見他的那天起，她就幻想著會有這麼一天。可出嫁之後，夫妻生活卻和她想像的不太一樣，她再努力的討好他對他好，他都是那副不冷不熱的樣子。再有這些日子的冷戰和爭吵，她幾乎要絕望了。

沒想到，容琮的態度竟然有如此大的轉變。如果早知道會有這個結果，她真該幾個月前就天天昏倒，嗚嗚嗚……

容琮哭笑不得，只得溫柔地摟著她，一隻大手輕拍她的後背，安撫她激動的情緒。

屋內的動靜這麼大，站在門口的荷香自然聽見了不少。她既覺得欣慰，又為蕭月兒高興，可心底那一絲淡淡的苦澀，卻也悄然瀰散開來，揮之不去。

偷偷愛著一個不該愛上的男人，這種滋味實在不好受啊……或許，她也該真正的清醒了……

菊香躡手躡腳地湊了過來，在荷香耳邊低語道：「駙馬進去這麼長時間了也沒出來，到底怎麼樣了？該不會又吵起來了吧？」裡面隱隱約約的哭泣聲，分明是蕭月兒的。

荷香定定神，笑道：「妳放心吧，公主和駙馬和好了，以後不會再吵了。」

蕭月兒一直使小性子，無非是想博得容琮的關注，就像一個想討大人注意力的孩子似的鬧騰。可現在容琮已經吐露心聲，蕭月兒這是喜極而泣，怎麼可能再吵架。

或許，容府以後又會多一對恩愛夫妻了！

菊香見荷香滿臉笑意，也跟著高興起來。蕭月兒的委屈和酸楚她們都看在眼底，卻都無可奈何。夫妻之間的事情，別人再著急也插不上手。現在駙馬總算想開了，真是太好了！

這一天，容琮一直陪在蕭月兒的身邊。

寧汐中間來了一趟，見屋門緊緊地關著，不由得一怔。

荷香笑吟吟地在她耳邊低語幾句，寧汐啞然失笑，輕手輕腳地又走了。

他們兩個現在最需要的就是獨處談心，她還是別來打擾他們了。

寧汐想了想，索性直接去了廚房，挽起袖子開始準備起晚上的菜餚。廚子們早已習慣了她時不時的下廚，很識趣地沒探頭張望。

正忙得興起，一個熟悉的聲音在身後響起——

「汐兒，妳果然又在這兒！」聲音裡頗有點無可奈何。他特地推掉了應酬，急急地往回趕，就是想回來陪陪她。她倒是挺悠閒自得，在廚房裡揮汗如雨不亦樂乎呢！

寧汐笑咪咪的轉頭和他打了個招呼。「你回來啦，別急，等會兒就忙完了。」

容瑾懶懶地挑眉，不置可否地聳聳肩。案板上放了一大堆食材，不知道要忙到什麼時候才能完。

「要不，你就別在這兒等了，先回去待著歇會兒。」寧汐專注著忙碌，實在沒精力陪他說話。

「不用了，我在這兒陪妳。」容瑾找了個不礙事的地方站著，欣賞起寧汐認真做事的樣子來。

她這副專心致志的樣子，他不知看過了多少次，每看一次，就更喜歡一點。

白皙的俏臉弧度柔美，眼神是那樣的專注，一縷調皮的髮絲在她的臉頰邊晃悠，她沒空整理，隨意地掠在耳際。旺盛的爐火旁溫度極高，她的額頭很快滲出了一些汗珠。可在他眼底，就連那汗珠都散發著異樣的晶瑩和美麗……

寧汐偶爾一回頭，便迎上了容瑾深沈專注的眼神，心裡怦然一跳，臉竟然有些紅了。什麼親暱的事情都做過了，她竟然還會因為他的一個眼神而臉紅，真是太丟臉了！

寧汐果斷地回頭，藉著忙碌掩飾那一絲羞澀和慌亂。

容瑾全副心神都放在她的身上，豈能察覺不出她的些微異常，心裡一蕩，唇角微微勾起。

「妳今天心情這麼好，是不是二哥和二嫂和好了？」

說到這個，他也有些不滿，人家夫妻的事情，寧汐也太上心了。蕭月兒和容琮嘔氣這幾天，寧汐也跟著憂心忡忡的，口中總念叨著他們那點事情。

「你可真厲害，一猜就中。」寧汐俏皮地笑了笑。

這還有什麼難猜的。容瑾挑眉笑道：「二哥那個死腦筋，怎麼又轉過彎來了？」

容琮的脾氣說好聽點叫木訥，不好聽的就是塊不解風情的木頭。任蕭月兒一腔柔情似水，容琮愣是沒什麼回應，也怪不得蕭月兒心裡苦悶，天天憋著一股怨氣折騰。

寧汐不想居功，淡淡地說道：「大概是他想開了。」

容瑾眼眸微眯。「該不是妳跟他說了什麼吧？」

呃，這個也能猜到？寧汐略有些心虛地笑了笑。「也沒說什麼，隨便聊了幾句罷了。」

容瑾的醋勁可不是一般的大，她和男子單獨說話，他心裡準不高興，哪怕那個男人是他的親二哥……

果然，就聽容瑾輕哼一聲。「他們的事情，妳以後少煩點心。有這份心思，還不如多用一點在妳相公我的身上。」

這酸意濃得，十里外都能聞到了。

寧汐一本正經地調侃道：「你前輩子到底是做什麼的，該不是專門釀醋的吧！」說話一股子酸味。

夫妻鬥嘴自有樂趣，容瑾懶懶地應道：「被妳猜中了。」

寧汐噗哧一聲樂了。

雖然中間稍微有些分神，不過，寧汐的廚藝卻無可挑剔。到了晚上，八個冷盤八道熱炒外加六道燒菜，整整齊齊的擺了一桌，色澤鮮豔，香氣撲鼻，令人垂涎欲滴。

蕭月兒看著一桌子菜餚，簡直快流口水了。她這幾天心情不好，根本沒什麼胃口，可現在心結一去，心情大好，胃口也隨之大開。

容琮寵溺地看了她一眼，為她挾了滿滿冒尖的一碗。

蕭月兒歡喜的埋頭猛吃，那副饞相讓眾人都看樂了。

寧汐笑著打趣。「二嫂，早知道妳這麼能吃，我剛才在廚房真該再做一席，讓妳一個人單獨坐在旁邊吃，省得妳擔心有人跟妳搶。」

在場的人都樂得哈哈大笑。

蕭月兒也不生氣，嘻嘻一笑，繼續低頭吃。

容琮也顧不上自己吃了，不停地忙著給她挾菜。那細心體貼的樣子，看得人直冒酸水。當然，這個冒酸水的絕不可能是寧汐。

李氏看著眼前這一幕，笑容漸漸淡了下來，眼裡閃過一絲陰霾。同是容府的兒媳，為什麼人家都恩恩愛愛的，只有她一個人備受冷落？

李氏垂下眼瞼，暗暗握緊了拳頭。

第四百零七章 不同

一桌家宴上，大家都吃得熱鬧開心，也沒人留意李氏的些許異樣。

容玨照慣例和兩個弟弟喝酒，很少看李氏。

蕭月兒和容琮甜甜蜜蜜，容瑾和寧汐眉來眼去，明明周圍這麼熱鬧，可李氏卻覺得分外的孤獨寂寞。

吃了晚飯之後，眾人坐在一起喝茶閒聊片刻，便各自散去休息。

容琮今天剛開了竅，對蕭月兒呵護備至，就差沒直接抱著她回去了。

容瑾則毫無顧忌地拉著寧汐的手，親親熱熱地往外走。

最後，便剩下李氏和容玨了。

「時候不早了，也該回去歇著了。」李氏笑吟吟的起身看向容玨，眼神溫柔極了。

容玨猶豫片刻，笑著說道：「妳先回去吧！聽說挽虹這兩天身子不太舒服，我待會兒去挽虹那裡看看。」這一去，自然是不會再回了。

李氏笑容未減。「也好，那妾身就先回去了。」語畢，姿容端莊的離開，從頭至尾都沒流露出半絲不滿。

沒人知道，她的心在那一刻變得冰冷。

挽虹、挽虹……這個名字，簡直是她的眼中釘肉中刺。從她出現的那一天開始，容玨的目光便被分去了一半，現在又有了身孕……

李氏的眼底閃過一絲寒意，看似隨意地問了句。「吳嬤嬤，挽虹那裡一切都還好吧？」

吳嬤嬤低聲應道：「一切都很好，請少奶奶儘管放心。」

李氏點點頭，沒有再說話，只是背挺得更直了。沈沈夜色中，那一抹僵直的背影漸漸遠去。

接下來的幾日，一切安然無恙。

蕭月兒和容琮和好之後，心情格外的好，能吃能喝，雖然還在床上養胎，可面色卻一日一日紅潤好看。

她雖然竭力瞞著自己動了胎氣的事情，可宮裡卻還是很快得了消息。這一次來探望蕭月兒的，卻是大皇子妃莫氏。

蕭月兒和莫氏的關係雖然不算特別好，可因為大皇子的關係，也常有來往。莫氏帶了一堆名貴的補品過來，打量蕭月兒幾眼，嘆道：「駙馬也真是的，妳如今身子不便利，脾氣難免浮躁些，他也不讓著妳一些。」

聽這話音，顯然對事情的來龍去脈已經知道得八九不離十了，也不知道是哪個長舌的，將當日的事情都告訴了大皇兄他們。

蕭月兒心裡暗暗不悅，面上卻擠出笑容來。「這次的事情可不怪駙馬，都是我小心眼，因為他回來得晚了一些，就胡亂發脾氣，這才動了胎氣。」

莫氏眸光一閃，掩嘴笑道：「妳倒是一心護著駙馬。放心好了，我不過是隨口說說。等妳大皇兄來了，妳再好好為駙馬說情吧！」

一聽說大皇兄要來，蕭月兒頓時頭痛了，推辭不迭。「皇兄這麼忙，就不用來看我了，我現在身子好得很。」

容琮生平最厭惡的，莫過於被人責問是否苛待了蕭月兒。就拿上一次來說，大皇子來過之後，容琮背地裡不知憋足了多少悶氣。

莫氏笑道：「我也這麼勸過他了，不過，他說再忙也得抽出時間來看妳。」頓了頓，又補了一句。「對了，父皇也知道妳動了胎氣的事情，大概很快就要派人送補品過來了。」

老天！

蕭月兒連嘆氣的勁都快沒了。被他們這麼一折騰，她和容琮剛有些起色的夫妻情路，大概又要被冷凍了……

莫氏來過之後，皇上便派羅公公送了一大堆補品來。另外還有一道口諭，是給容琮的。容琮正待跪下聆聽口諭，羅公公忙笑道：「駙馬不必跪下，站著聽即可。奴才斗膽，皇上親口說的話，奴才便學上一遍。如有不敬之處，還請駙馬包涵。」

一聽這話音，蕭月兒頭皮都有些發麻了，小心翼翼地看向容琮。

容琮倒是很鎮靜，束手聆聽。

羅公公咳了咳，張口道：「容琮，朕的女兒交給你，你不能讓她受半點委屈。要是下次再讓朕聽到月兒動了胎氣，朕就唯你是問。」不愧是皇上的心腹親信，就連語氣中的霸道和威嚴都像足了八分。

容琮恭恭敬敬地點頭應了。

羅公公面容一改，又露出親切的笑意。「皇上也是愛女心切，還請駙馬不要見怪。」

容琮連道不敢，親自送了羅公公出府。

蕭月兒捂著臉哀嘆，連看容琮的勇氣也沒了。他這麼驕傲的男人，被岳父這樣不客氣的指責訓斥，心裡不惱火才是怪事，一定連她也氣上了……

「月兒，妳這是幹什麼？」容琮溫和的聲音響了起來，竟然異常的心平氣和，一點也沒有生氣的跡象。

蕭月兒驚訝的抬頭，吶吶地問道：「你、你沒生氣嗎？」

那副怯生生的小媳婦樣子，讓人看了憐惜又心痛。他以前到底有多混帳，竟讓她如此患得患失？

容琮的心顫了顫，溫柔地摟住蕭月兒。「傻丫頭，我怎麼會生氣，父皇說的話一點都沒錯，都是我不好，總讓妳生氣，以後我不會了。」

結果就是，蕭月兒感動得嗚嗚哭了半天。

寧汐知道此事之後，樂了半天。她和容瑾吵架的時候，寧有方大鬧容府，她被蕭月兒取笑了好久。現在好了，輪到她看熱鬧了，皇上護短的心一點都不比寧有方差嘛！

又隔了兩天，大皇子也來了。

容琮早有心理準備，不等大皇子張口，便誠心道歉賠禮。「這次是我不對，惹得月兒動了胎氣。皇兄儘管怪罪，我絕無二話。」

他這麼一表態，大皇子反而不好說什麼了，笑著拍了拍容琮的肩膀。「月兒素來任性，你多包涵才是。」兩人你來我往的客套一番，倒是出乎意料的融洽。

蕭月兒原本擔心兩人會發生爭執，見狀心裡自然歡喜，嬌嗔地說道：「皇兄，你怎麼就空手來了，也沒帶點禮物給我。」

大皇子呵呵笑道：「就知道妳會這麼說，瞧瞧我給妳帶什麼來了。」

竟從身上取出一個精緻的木匣子，打開之後，光華大盛，整個屋子都亮了起來。細細看去，竟是一顆圓潤至極的夜明珠。那夜明珠碩大光潤，散發著瑩潤的光暈，顯然不是凡品。

蕭月兒見慣了奇珍異寶，也忍不住驚嘆一聲。「好漂亮的夜明珠。」

大皇子挑眉一笑，將匣子合上，遞給蕭月兒。「喜歡就好。聽說這顆夜明珠有安定心神的功效，對孕婦極好，以後放在屋子裡，留著照明好了。」一顆價值連城的夜明珠，就被安排了這麼一個用途。

寧汐在一旁暗暗咋舌，蕭月兒倒是不以為意，笑吟吟地謝過大皇子，隨手就將匣子給了荷香。

容瑾見寧汐一直留意著那個木匣子，以為她很喜歡那顆夜明珠，湊到她耳邊低語道：「以後我去買一顆更大更好的給妳。」

寧汐啞然失笑，低低地應道：「你還不如去買本食譜給我。」

容瑾笑了，眼神溫柔纏綿。

大皇子一不小心瞄到容瑾和寧汐的互動，心裡掠過一絲酸意。故意笑道：「今晚在貴府叨擾，可要辛苦寧汐了。」

容瑾的眼神微微一冷，寧汐如今可不是鼎香樓的廚子，偶爾下廚給他做幾道菜餚也就罷了，大皇子這麼指名道姓是什麼意思？

容瑾正要說什麼，寧汐忙搶過話頭。「只要殿下不嫌棄我手藝微薄就好。」順便扯了扯容瑾的衣袖。

容瑾只得將到了嘴邊的譏諷又嚥了回去，心裡重重地冷哼一聲，臉色自然不算好看。

大皇子視若無睹，蕭月兒卻有些愧疚，歉然地看了寧汐一眼。

寧汐微微一笑，表示自己不介意。

大皇子那點心思，其實並不難猜。無非是看容瑾不順眼，故意給他添堵而已。反過來想，大皇子除了做這些，還能做什麼？她和容瑾的夫妻關係已經是板上釘釘的事實，不管是誰，也不可能分開他們兩個了。

寧汐安撫地看了容瑾一眼，便逕自去了廚房忙碌。

這樣的家宴，菜餚不需要過分名貴講究，精緻可口就好，寧汐拿出壓箱底的本事，精心做了一桌菜餚。

容氏三兄弟陪著大皇子在飯廳喝酒聊天，李氏和寧汐則陪著蕭月兒在她這兒吃。

裝著夜明珠的匣子已經打開，瑩白圓潤的光芒照亮了整個屋子。

李氏也忍不住多看了幾眼，笑著讚道：「夜明珠我也見過不少，可像這麼大這麼亮的，卻著實罕見。」也不知大皇子是從哪兒弄來這麼一顆，對蕭月兒真是好得沒話說。

蕭月兒甜甜地一笑，渾身散發著被寵溺的女子才會有的嬌憨和天真。

寧汐看著夜明珠，想起的卻是當年寧暉用全身所有的銀錢換來的那本食譜。她和蕭月兒身分雖然截然不同，可有一點，她絲毫不輸給蕭月兒，疼愛自己的父親和哥哥……

蕭月兒似是猜到她在想什麼，朝她眨眨眼，兩人有默契地對視一笑。

第四百零八章　疑竇

當晚，大皇子很晚才走。也不知幾人在一起喝酒的時候都說了什麼，總之容瑾回來的時候，神情有些怪怪的。

寧汐關切地問道：「大皇子說什麼了？」

容瑾也沒瞞著她。「聽說梅妃的病已經好得差不多了，皇上對梅妃寵愛有加，特地為她換了寢宮。」

寧汐微微一驚。梅妃之前住的寢宮也不錯，就是離皇上的寢宮遠了一些。不過，妃嬪的寢宮可以隨意換的嗎？除非是……

容瑾接下來的話證實了寧汐的猜想。「梅妃被晉為貴妃。」現在該叫梅貴妃了。

寧汐頓時動容。

她對後宮妃嬪制度並不瞭解，卻也知道皇后之下便是貴妃。皇后去世多年，后位空懸。宮中一直以惠貴妃為尊，梅妃雖然也是妃子，可身分地位都比惠貴妃差得遠了。沒想到，一場重病，竟使梅妃重獲皇上歡心，成了梅貴妃。

正所謂水漲船高，梅貴妃的得寵，便意味著四皇子得勢啊……

「聽大皇子說，皇上近來時常召見四皇子。」容瑾提到四皇子的時候，眸色深沈，面無表情。「而且，皇上還打算讓四皇子重新入朝堂。」

寧汐蹙起了眉頭。

四皇子果然很有手腕，竟在短短時間內就扳回劣勢。照這樣下去，只怕太子之位還有變數。

容瑾眸光一閃，語氣中不知是譏諷還是真心的讚許。「四皇子確實有些能耐，現在竟和三皇子走得很近。」之前的隱憂成了事實，四皇子雖然暫時沒機會爭取太子之位，可在裡面興風作浪還是可以的。這麼一來，大皇子原本的些許優勢也蕩然無存。

「那該怎麼辦才好？」寧汐對這些陰謀鬥爭實在不擅長，聽著雖然著急，可也想不出什麼法子來。

容瑾意味深長的笑了笑。「妳放心，總有法子對付四皇子和梅貴妃的。」

寧汐再追問，他卻顧左右而言他不肯細說了，只說道：「這事年代久遠，還在慢慢查證。大皇子正暗中命人調查，我也知道得不多，等以後有了確切的消息了，妳自然會知道了。」

寧汐只好不再刨根問底，心裡的疑竇卻越來越大。

容瑾說得神神秘秘的，到底會是什麼事情，能一下子就扳倒梅貴妃和四皇子？前世的時候，四皇子韜光蓄銳，後來一路風光。她對他的事情知道得並不多，現在就算想破了腦袋，也想不出會是什麼……

沈默片刻，容瑾笑著扯開話題。「二嫂那顆夜明珠妳喜歡嗎？」

寧汐回過神來，笑著應道：「喜歡倒是挺喜歡的，可也沒多少實在的用處。這麼珍貴的夜明珠就用來照明，也真是浪費了，你可別費心思去找這樣的東西。」

容瑾失笑。「真沒見過不愛珠寶的女人。好吧，我派人去給妳買些食譜回來。」

寧汐笑咪咪的點頭，隨口問了句。「對了，以前你送過我兩本食譜，也是請人買回來的嗎？」當年還沒定情的時候，容瑾曾送過她兩本食譜，寧汐從中可學到了不少呢！

容瑾咳了咳，含糊地應了一聲。

寧汐頓時察覺出不對勁來。「真的是買的嗎？你可別騙我。」那兩本食譜上記錄的東西聞所未聞見所未見，容瑾是從哪個廚子的手裡買來的？

容瑾見瞞不過去，只得說了實話。「那兩本食譜，其實是我寫的。」

什麼？寧汐倏忽睜圓了眼睛，嘴巴張得老大。「你、你寫的？」他竟然對廚藝如此精通？

她這副樣子實在太可愛了！容瑾心癢難耐，低頭親了親寧汐的臉蛋。「我上輩子特別喜歡美食，認識不少名廚，也嚐過不少美味佳餚。雖然沒親自動過手，不過，理論知識我可懂得不少。」

當年看到寧汐精心鑽研廚藝，他不知怎麼的就生出了這個念頭。一時衝動之下，熬了幾晚將腦海中記的東西一一寫了下來。寧汐果然沒讓他失望，竟然在無人指點的情況下，全數的融會貫通，廚藝突飛猛進。

沒有人知道，當她聲名鵲起成為京城名廚的那一刻，他是多麼的驕傲和欣喜。

事情的真相竟然是這樣！

寧汐咬著嘴唇，眼裡閃動著水光。忽地伸出胳膊，用力地撲進容瑾的懷裡，緊緊地摟住了他。

「容瑾，你怎麼對我這麼好……」說到最後幾個字，聲音已經哽咽了。

容瑾愛憐的聲音傳入她的耳中。「傻丫頭，我早就認定妳是我的女人，我不對妳好對誰好。」

這句話十分樸實，甚至算不上甜言蜜語，可寧汐卻覺得這是世上最動人的情話。幸福喜悅的淚水奪眶而出，迅速模糊了視線。

容瑾不擅哄人，笨拙地為她拭去眼淚。「好了，別哭了，再哭成大花貓了。」

寧汐卻哭得更起勁了。

容瑾乾脆俯頭，吻住她的紅唇，將她細微的啜泣聲都吞入口中。

安撫的親吻漸漸變得火熱，寧汐仰頭承受他的熱情，容瑾心頭一熱，迅速地褪去彼此的衣物，赤裸的身子緊緊相擁互相占有，身心交融的幸福在彼此的心頭流淌。

第二天，寧汐破天荒地起得遲了。

一夜貪歡，渾身痠軟無力，連腳步都軟綿綿的。可恨的容瑾還在一旁露出得意的笑容，寧汐又羞又惱地連連瞪了他幾眼。

等容瑾走後，寧汐忙去了廚房。此時各個院子裡的早飯已經都送了出去，一切和平時無異，只有一個管事笑著上前來稟報。

「虹姨娘身邊的丫鬟剛才來吩咐，說是虹姨娘想吃些燕窩粥，小的剛才已經讓廚子熬好送過去了。」

寧汐笑著點點頭。

此時燕窩十分昂貴，平日裡只有蕭月兒和李氏愛吃，寧汐自己反而不愛吃這些。挽虹只是個小妾，按理來說不該隨意提出這樣的要求，不過，誰讓人家現在有了身孕呢？想吃點好東西補補身子也是理所當然，她也不必要在這些小事上為難人家。

事實上，自從寧汐接管廚房之後，對挽虹院子裡的伙食非常寬鬆，只要挽虹派丫鬟來說了，她從不拒絕。

那個管事見寧汐笑咪咪的，也不由得暗暗佩服寧汐的好脾氣。說到底，挽虹最多算半個主子，只是大少爺身邊的小妾罷了。仗著有了身孕，整日裡要這要那的，也虧得寧汐脾氣好忍了下來。要是換成大少奶奶掌管廚房，挽虹敢這樣才是怪事！

在廚房裡待了會兒，寧汐也沒什麼事，便去了蕭月兒那裡。

蕭月兒正懶洋洋地坐在院子裡曬太陽，她現在肚子越發大了，坐著不方便，大多是躺著。

荷香手裡端著熱茶，菊香手裡捧著毛巾，一旁的小茶几上還有許多茶點。有吃有喝有人伺候，蕭月兒別提多自在了。

寧汐忍俊不禁地笑了。「二嫂，這府裡可就數妳最自在舒服了。」

蕭月兒嘻嘻一笑，朝寧汐招手。「就缺妳陪我聊天呢！」

兩人天天見面，天天閒扯，也不知哪來這麼多的話，總之沒有冷場的時候。

蕭月兒顯然也從大皇子的口中知道了宮裡的事情，輕聲嘆道：「說實在的，我也挺佩服四皇兄。」

能在屈居劣勢的情況下將局勢扳回，可不是所有人都能做到的。

寧汐默然。四皇子的手段有多厲害，沒人比她更清楚。這一世因為有她示警，四皇子處處慢了一招，屢屢吃悶虧。可從他回京城的那一刻開始，所有的一切都和前世不同了。她就算想幫忙，也做不了什麼……

蕭月兒見寧汐面色凝重，自然能猜到她在想什麼，安慰道：「妳也別胡思亂想了，這些朝廷裡的事情，有大皇兄他們呢！我們也幫不了什麼，能將自己照顧得好好的，讓他們沒有後顧之憂就行了。」

寧汐聽了這番話，忍不住笑了起來。「說得有道理，只要妳安安穩穩的，大家都能安心多了。」

蕭月兒啐了她一口，卻也忍不住樂了。

正說笑之際，忽地有丫鬟行色匆匆的跑來稟報。「奴婢見過兩位少奶奶，大少奶奶吩咐奴婢來請三少奶奶到虹姨娘的院子裡去呢！」

寧汐一怔，和蕭月兒對視一眼。好好的，李氏讓她們去挽虹那裡做什麼？

問那個丫鬟，那丫鬟卻支支吾吾的不肯明說，只說去了就知道了。

寧汐心裡一動，忽然有了不好的預感。蕭月兒也覺得事有蹊蹺，示意荷香扶著自己起身，顯然打算和寧汐一起過去。

寧汐定定神說道：「妳身子不便，就別去了，我一個人去看看。」蕭月兒之前剛動過胎氣，身子還沒怎麼養好，可不能再受驚嚇了。

蕭月兒執意不肯。「那怎麼行，我陪妳一起去。」李氏心眼太多，忽然派人來叫寧汐過去，保准沒什麼好事，她還是跟著一起去穩妥一點。

寧汐爭不過她，心知肚明她堅持跟著去是為了自己，心裡暗暗感動，握住蕭月兒的手低聲道：「那妳答應我，不管待會兒有什麼事，妳都別動怒。」

蕭月兒爽快地點頭同意了。

挽虹的住處離這兒並不太遠，走上盞茶時分就到了。老遠的便聽到院子裡吵吵嚷嚷的，動靜著實不小，雖然不清楚裡面怎麼回事，顯然是出了意外。

寧汐心裡一個咯噔，很自然地加快了腳步。

第四百零九章　意外

挽虹淒厲的叫喊聲從屋裡傳了出來。那聲音尖銳痛苦，令人心底生出寒意。幾個丫鬟婆子忙忙碌碌的進出，端出一盆一盆的血水。

李氏沈著臉坐在偏廳裡，眼眸中滿是怒氣，正厲聲訓斥挽虹屋裡的管事嬤嬤。「妳是怎麼照顧主子的？前兩天還好好的，怎麼今天忽然就肚子痛小產了？」

那管事嬤嬤嚇得直打顫，撲通一聲跪到了地上，連聲求饒。「少奶奶請息怒，老奴也不知道這是怎麼回事，還請少奶奶饒命……」

寧汐和蕭月兒連袂進了偏廳，見了這架勢都是一驚。之前隱約的猜想，在這一刻得到了證實。

挽虹肚子裡的孩子出了意外！

李氏的眸中滿是寒意和怒氣，在寧汐和蕭月兒進來之後，這份怒氣稍稍收斂了些，語氣卻十分沈痛。「妳們兩個來得正好，忽然出了這樣的意外，我也是六神無主了，這才特地喊妳們過來。」

暫時還沒弄清楚什麼狀況，寧汐說話自然保守又謹慎。「到底是怎麼回事？前兩天不是還好好的嗎，怎麼忽然就小產了？」

李氏嘆口氣。「我也剛知道這事，才趕過來不久。聽說挽虹吃了燕窩粥之後，便覺得肚子痛，當時已經讓人去請大夫了。可還沒等到大夫到府裡，挽虹就小產了，都已經三個多月了……」說著，眼眶有些濕潤了。

寧汐心裡一凜，不假思索地說道：「這燕窩粥是誰做的，先叫來問一問。」竟然扯到了吃食上，她這個掌管廚房的，也脫不了干係。

李氏用帕子擦了擦眼角，定定神說道：「我已經派人去廚房把廚子都叫過來了。這些日子廚房都是妳管著的，待會兒可得煩勞妳問一問了。」

寧汐不好推辭，只能先應了。

蕭月兒一直沒出聲，此時忽地冒出了一句。「大嫂，挽虹小產可不是小事，妳派人去稟報大哥了嗎？」

容珏年近三十，還沒有子嗣，挽虹腹中這個若是男孩，便是容珏的長子，容珏不知寄託了多少希望在挽虹的肚子上。如今孩子忽然就這麼沒了，容珏不發怒才是怪事。

「已經派人去了。」李氏眼圈泛紅。「盼了這麼多年，終於盼來一個孩子。別說相公心疼，我也天天盼著孩子早日落地，沒想到竟然出了這等意外……」說著，眼角就濕潤了。

吳嬤嬤哽咽著安慰道：「少奶奶，這大概是命中注定的，這孩子與容府沒緣分，您也別太過傷心了。要是傷了身子，這裡裡外外這麼一攤子事情可怎麼辦才好。」

她不說還好，一說李氏就更傷心了，用帕子掩著眼睛垂淚。

寧汐和蕭月兒面面相覷，一時不知該說些什麼。

挽虹絕不可能無端就小產，按理來說，李氏暗中下手的嫌疑最大，可看李氏這副傷心的樣子，實在不像作偽。這一切到底是怎麼回事？

挽虹的叫喊聲漸漸弱了下來，一個丫鬟慌慌張張地出來稟報。「少奶奶，不好了，虹姨娘血流不止，怕是要不行了！」

什麼？

眾人都是一驚，李氏也顧不得哭泣了，猛然起身急急地往屋裡去。蕭月兒本也想跟著進去，卻被寧汐制止了。「我去看看，妳就別進去了。」蕭月兒懷著身孕，還是避開為好。

蕭月兒也知道這個道理，乖乖地在外等著。

寧汐深呼吸口氣，硬著頭皮跟了進去。

屋子裡滿是瀰漫的血腥氣，挽虹躺在床上，雙目無神，一臉慘白，下身血流不止，被褥被血浸濕了一大片，看著十分可怕。

李氏上前看一眼，沈聲吩咐道：「快請大夫進來。」人命關天，也顧不得別的了。

那個丫鬟慌張地應了一聲，跑出去喊了大夫進來。那大夫年紀不小了，擅長婦科治療，見挽虹這副樣子，不敢怠慢，忙取出銀針為挽虹施針止血。

挽虹一直呆呆的沒什麼反應，細細的針戳中穴位，她連動都沒動一下，可呆滯的眼神和李氏的目光在空中相觸，忽地全身激靈了一下，狀若瘋狂的喊了起來。「妳這個狠毒的婦人，害了我的孩兒，我做鬼也不會放過妳……」

屋裡的丫鬟婆子都低下頭，只當沒聽見挽虹的胡亂嘶喊。

那大夫經常在各府邸內宅走動，對這樣的情景更是司空見慣，只用眼神暗示旁邊的人將挽虹的身子按住，免得影響了施針。

挽虹全身無力，掙扎不動，眼中滿是恨意，像利箭般射向李氏。

李氏眸光一閃，並未動怒，沈聲說道：「虹姨娘小產，身子又受了損，胡言亂語也是難免，妳們好好的伺候著。」眾人不敢怠慢，齊聲應了。

寧汐一直緊緊地盯著李氏，這一連串的事情來得如此突然，任是誰也會懷疑到李氏的身上。在這樣的情況下，李氏的表現實在可圈可點，從開始到現在，一舉一動都沒有絲毫值得懷疑的地方。

可正是這樣，才更讓她覺得不對勁。

李氏對挽虹肚子裡的孩子根本談不上有什麼感情，挽虹小產，她心底不知怎麼高興呢！怎麼可能會為此掉眼淚？還有，挽虹看著李氏的眼神怨毒至極，那番話顯然並不是空穴來風……

李氏不偏不巧地看了過來，和寧汐探究的目光碰了個正著。

那一剎那，寧汐清楚的看到李氏眼底的一絲冷笑。那絲輕蔑得意的冷笑，雖然閃得極快，可卻將李氏真實的情緒表露無遺。

果然是李氏暗中下的手……

寧汐的心裡早已掀起了陣陣滔天巨浪，表面卻不動聲色，甚至安慰道：「大嫂，這樣的意外誰也想不到，妳也要好好保重身子。」一切等容玨回來再說。就算要指責要怒罵，也是容玨的事情，她暫且當作什麼都不知情好了。

李氏裝模作樣的嘆口氣，點了點頭。

在大夫及時的救治下，挽虹總算止了血，卻因為情緒太過激動暈厥了過去。屋子裡的血腥氣依舊濃厚，一個小生命，就此消失無蹤。

寧汐來不及唏噓感慨，便開始忙碌起來。

廚房裡的廚子管事甚至連打雜的都被叫了過來，滿滿當當的跪了一屋子。

李氏臉若寒霜，冷冷地說道：「今天早上的燕窩粥都經過哪些人的手？竟害得虹姨娘小產，只要被我查出是誰搗的鬼，我饒不了他！」

當下，便有幾個面色煞白的人顫顫巍巍地跪著上前幾步，一個個不停地磕頭求饒，紛紛嚷著不關自己的事。

李氏冷笑一聲，卻不再說什麼，看了寧汐一眼。既然是廚房出了事情，自然該由寧汐出面處置。

寧汐明知這是個燙手山芋，卻也不得不接，先看向那個姓錢的廚子。「錢大廚，今天早上的燕窩粥是你動手做的吧？」

錢大廚白白胖胖的臉上滿是汗珠，簡直就快哭出來了。「三少奶奶，小的實在冤枉啊！今天是虹姨娘身邊的丫鬟來要燕窩粥，小的當時想著這要求也不算過分，就做好讓她端走了。小的可以保證，那碗燕窩粥貨真價實，絕沒摻半點不該放的東西……」邊說邊磕頭，話沒說完，額頭便又紅又腫。

寧汐淡淡地說道：「如果真的和你無關，自然不會冤枉你，你暫且別磕頭了。」

錢大廚像霜打了的茄子，老老實實地跪在一旁不敢吭聲。

接下來，又問了一個打雜一個管事，這兩個人曾在錢大廚熬粥的時候去過爐灶邊，都有動手的機會和時間。那個管事還好些，哆哆嗦嗦地為自己辯解幾句。那個打雜的，卻被嚇得連說話都不清楚了。

寧汐意思意思的問過幾句，便對李氏說道：「大嫂，這三個人似乎沒多少嫌疑。要不，再把虹姨娘身邊的幾個丫鬟婆子一一喊過來問一問吧！」

李氏點點頭，看了吳嬤嬤一眼，吳嬤嬤便去點了幾個人的名字，頓時又跪了一排的丫鬟婆子。其中一個姿色不俗叫春柳的丫鬟，正是挽虹的貼身大丫鬟，去廚房要燕窩粥和端粥的人也正是她。

春柳顯然也被這意外嚇得不輕，俏臉煞白，身子顫抖個不停。

吳嬤嬤冷冷地逼問：「春柳，今天這燕窩粥是妳親自從廚房端出來的，又是妳親自餵虹姨娘喝下的，虹姨娘小產一事，和妳一定有關係……」

「不關奴婢的事，不關奴婢的事啊！」春柳哭哭啼啼地告饒。「這燕窩粥是虹姨娘要的，奴婢只是聽著吩咐跑腿而已，絕沒從中做任何手腳，還請少奶奶明鑑！」說著，猛地用力磕了幾個響頭。

李氏寒著臉，眼神凌厲冰冷。「春柳，妳敢說真的和妳沒半點關係嗎？據我所知，虹姨娘最近對妳動輒打罵，妳一直對她心懷怨氣。一氣之下，就在她吃的東西裡做手腳，害得她小產……」

春柳聽得面色大變，哭喊了起來。「奴婢冤枉啊！虹姨娘近來心情確實不好，也曾拿奴婢撒過氣，可奴婢從來沒敢存這樣的心思啊！」

李氏冷哼一聲，正待說什麼，容玨的身影出現在門邊。

第四百一十章　審問

容玨的臉色很難看。

他一路得了消息匆匆趕回來，心裡又是著急又是憤怒，平素溫和俊美的臉龐繃得極緊，眼底燃燒著不容錯辨的怒意。

容玨看也沒看廳中跪得滿滿的人，直直地看向李氏，語氣冷硬得近乎斥責。「到底是怎麼回事？」明明早上走的時候，挽虹還好好的，怎麼一轉眼的工夫，就小產了？

李氏暗暗咬牙，面上卻一派悲戚難過。「都是妾身疏忽了，不知被哪個奸佞小人得了機會，竟在挽虹的飲食中動了手腳，孩子就這麼沒了……」說著，就用帕子拭起了眼角。

別人或許吃這一套，可容玨和她夫妻多年，對她的性格十分瞭解，自然清楚她絕不是那種心慈手軟的主兒。

他俊逸的臉龐一片鐵青，冷冷地問道：「哦？那動手腳的人到底是誰，妳查清楚了嗎？」

李氏放下手帕說道：「現在暫時還沒確定是誰動的手，不過，照這樣看來，錢大廚和春柳動手的機會最多，嫌疑也最大。」

錢大廚和春柳嚇得面無人色，不約而同的磕頭求饒。「少爺饒命、少爺饒命，小的（奴婢）是無辜的，什麼也沒做……」

容玨滿肚子的怒氣無處可洩，又不好當著眾人的面過分逼問李氏，再被他們兩個這麼一哭喊，更是怒從心底起。上前幾步，用力踹了錢大廚一腳。

習武之人，力氣本就大，他這一腳又是含怒而出，竟把壯實的錢大廚踢得往後滾了幾圈。

容玨猶自不解氣，又瞪向春柳。春柳尖叫一聲，竟被嚇得暈了過去。一團混亂！

李氏眼底迅速地掠過一絲莫名的惱怒，旋即不動聲色地按捺了下去，起身說道：「相公，你先進去看看挽虹吧！這裡的事交給我和三弟妹，一定給你個交代！」

怎麼又扯到寧汐了？

容玨皺著眉頭，不自覺地瞄了寧汐一眼。

寧汐暗嘆一聲倒楣，自己平白無辜的被扯到這一團糟心的事情裡，現在想撇清都來不及了。

蕭月兒一直沒吭聲，此時忽然冒出了一句。「大嫂，挽虹小產一事，應該從這個院子裡查起。廚房那邊自然也要查，不過，寧汐和此事沒多少關係，讓她參與是不是不太合適？」

這當然不是蕭月兒第一次護著寧汐，若是在平時，李氏樂得送個順水人情。

可這一次，李氏卻淡淡地應道：「事情還沒查清楚，誰和此事有關係沒關係都不好說。再說了，這些日子廚房一直是她掌管，偏偏又是吃食上出了問題，她若是撒手不管，只怕於理不合。」

蕭月兒被噎了一下。

寧汐眸光一閃，直直地看向李氏。

李氏的目光和寧汐稍一碰觸，便若無其事地移開了目光。

好一個李氏！

怪不得之前李氏會請她掌管廚房，怪不得李氏這些天竭力和她維持好關係。這一切，根本就是李氏早就設好的局，她懵懵懂懂地跳了進來。被李氏拖進了這一潭污泥之中，想清清白白地撇開，只怕不太容易了……

「大嫂說得是。」寧汐緩緩地張口。「這事沒查清楚之前，誰也脫不了干係。我一定陪著大嫂徹查到底，找出幕後真凶。」

李氏被她深幽的目光看得暗暗一凜，面上卻不動聲色地嘆道：「那就有勞弟妹了。」

容珏此刻沒心情聽這些，大步進了挽虹的屋子裡，一待就是半天，連午飯也沒胃口吃。

容珏對挽虹確實有幾分憐愛，不過，更重要的是挽虹肚子裡的孩子。

他已年近三十，膝下猶虛，想要個孩子的心思，在這兩年裡越來越重。李氏身子不易有孕，他對李氏便也沒了指望，這才將心思放到了挽虹的身上。挽虹確實也爭氣，很快就有了身孕，他自然高興，甚至連孩子的名字都想好了。

沒想到，還沒高興多久，孩子竟然就這麼沒了……

挽虹昏迷之後，一直沒有真正清醒，偶爾睜開眼，眼神毫無焦距，一片迷茫。

待看清楚坐在床邊的人影之後，挽虹頓時哀哀悽悽地哭了起來。「少爺，您一定要替我作主啊！我可憐的孩子……」

容玨一聽到「孩子」兩個字，心裡便一陣絞痛，還要擠出笑容來安慰挽虹。「放心，以後我們還會有孩子的。」

以後？挽虹慘然一笑。

剛才屋子裡的人都以為她昏迷過去了，說話並不忌諱。聽那個大夫說，她喝的燕窩粥裡不知加了什麼東西，不僅害得她小產，還差點要了她的命，她這輩子只怕再也不能懷上孩子了。

不，她不能只顧著哭，她絕不放過那個害自己的人！

挽虹暗暗咬牙切齒，腦海中陡然掠過一張冷笑的臉龐。是李氏，一定是她害了自己的孩子！這院子裡上上下下這麼多人，表面對她忠心，其實大半都是李氏派來的眼線，想在她的飯食中動手腳是輕而易舉的事情。

「少爺，一定是少奶奶！」挽虹蒼白憔悴的俏臉滿是恨意，隱隱有些扭曲。「是她暗中做了手腳，害了我們的孩子！您千萬不能放過她……」

容玨略一皺眉，沈聲說道：「好了，事情真相到底如何，我一定會還妳個公道。」卻截住了話頭，不讓挽虹再說下去了。

雖然他也在疑心李氏，甚至可以斷定此事和李氏一定脫不了干係。就算不是李氏親自動的手，也一定是她暗中指使人做的。可再怎麼樣，李氏也是他的正妻，是容府的當家主母，豈容一個小妾在背後說三道四。

容玨溫柔的時候固然無限柔情，可在妻妾一事上卻又看得十分明白。再寵小妾也有個限度，在人前一定要維持李氏的顏面。

挽虹用力地咬緊了嘴唇，低低地應了一聲，眼底閃過濃烈的恨意和不甘。

另一邊，和此事有關的人都被帶到了李氏的院子裡問話。和之前不同，這一次問話的陣仗可嚴厲多了，稍微一個猶豫，便有壯實的婆子上前掌嘴或是杖責，院子裡一片哭喊求饒聲。

蕭月兒懷著身孕，不宜看這樣的場面，被勸著回去休息了。臨走前，忍不住瞄了寧汐一眼——妳凡事要小心些，此事來勢洶洶，大嫂可不好應付！

寧汐安撫地笑了笑。放心好了，兵來將擋水來土掩，李氏休想將髒水往她身上潑。

李氏冷眼看著兩人眉來眼去，眼底閃過一絲冷笑。

待蕭月兒走了之後，李氏面無表情的吩咐。「把錢大廚帶下去，重打四十板子，看他招是不招。」

「等等！」寧汐的聲音響起。「事情還沒定論，怎麼就杖責錢大廚？萬一此事和他無關，他豈不是白白挨了板子？」

李氏似笑非笑地看了過來。「弟妹，這時候可不能心軟，這板子不下去，他怎麼肯招？就是這碗燕窩粥出了問題，才使得挽虹小產，就算錢大廚不是主謀，也一定是幫凶。萬萬饒不得！來人，帶下去給我重重地打。」

幾個壯實的小廝面無表情地拖了錢大廚下去，不一會兒，外面就傳來了陣陣淒厲的慘叫聲。

寧汐暗暗咬牙，拚命忍住怒氣。

很好，李氏果然是打算要將髒水潑到廚房裡來了，竟連辯解的機會也不給，就這麼直接命人杖責。四十板子下去，錢大廚不死也去半條命。

還有，什麼叫不是主謀也是幫凶？如果錢大廚是幫凶，那她這個掌管廚房的又成了什麼？

寧汐深呼吸一口氣，力持鎮定。「大嫂，是不是該好好問一問春柳？她是虹姨娘的貼身丫鬟，這碗燕窩粥是她親自餵虹姨娘喝下的，又是她親眼看著虹姨娘小產。她知道的總比別人多吧！」

李氏毫無疑問是真正的幕後主謀，她當然不必親自動手，只要找個替死鬼就好。這個暗中聽命於李氏在挽虹飲食中做手腳的人，會不會就是春柳？

李氏面色不變，點頭應道：「說的不錯，來人，將春柳先押下去打四十板子再來回話！」

春柳本來又要暈倒，一聽四十板子，嚇得連暈倒也不敢了，扯著嗓子哭了起來。「少奶奶饒命啊！奴婢真的是無辜的啊！」

寧汐淡淡地問道：「妳口口聲聲說妳無辜，那妳說說看，從廚房出來之後，那碗燕窩粥還被誰碰過？」要想讓錢大廚和整個廚房都和此事撇開關係，就得先確認到底是哪一環節出了問題。

春柳哭哭啼啼地說道：「奴婢從廚房出來之後，一路端著燕窩粥就去了虹姨娘的屋子裡，又親自伺候虹姨娘吃了下去，中間絕沒讓第二個人碰過。」自從挽虹懷了身孕之後，在吃食上也是百般小心。春柳知道其中利害，哪敢不盡心！

寧汐瞇起雙眸，冷然地說道：「也就是說，妳確定別人沒有做手腳的機會？」

春柳點點頭，旋即想起什麼似的，遲疑地說道：「對了，回院子的時候，奴婢內急去了趟茅房，當時將燕窩粥放在桌子上擱了一會兒。」

就那麼短短的片刻工夫，難道就有人趁著這機會動了手？

李氏冷冷地問道：「當時去過桌子旁的人有幾個？」

春柳哪裡能說得出來。「當時奴婢去了茅房，所以不知道……」

「哼！」李氏重重的拍了一下桌子，滿臉怒氣。「一派胡言！根本就是想狡辯！來人，給我把春柳拖出去，重重地打四十板子，看她還敢不敢胡說！」

寧汐這次沒有出言阻攔，冷眼看著李氏大發雷霆之威。心裡已經有了預感，今天的審問，只怕是要不了了之了。照這麼問下去，最多是把跪在這兒的人都打一頓板子，然後一院子哭喊聲，其他的能問出什麼來？

李氏管家這麼多年，難道審問下人只會這麼點手段嗎？

或者，其實她根本就沒打算問個清楚？

第四百一十一章 真相

天色漸晚，暮色微沈。李氏盤問了整整一天，精神也有些不支了。寧汐陪在一旁，也覺得又累又疲倦。不過，既然李氏不喊停，她也就不吭聲，倒要看看李氏今天要折騰到什麼時候！

李氏很快就不折騰了，因為容玨陰沈著臉回來了。也不知道挽虹一個下午都說了些什麼，容玨的心情顯然不太好。

吳嬤嬤見容玨面色難看，下意識地看了李氏一眼。

李氏對吳嬤嬤使了個眼色。吳嬤嬤立刻心領神會，忙吩咐下人將打得奄奄一息的幾個人暫時關起來，等明天再審問。

李氏打起精神，起身相迎。可還沒等她張口說話，容玨便譏諷地問道：「審問了大半天，問出什麼結果了嗎？」語氣中的不滿顯而易見。

李氏笑也笑不出來了，強自鎮定地應道：「正問著呢，這些奴才一個比一個嘴硬，打了板子還是不肯招……」

容玨冷笑一聲，薄薄的嘴唇吐出來的話語十分刻薄。「沒做過的事情，他們怎麼招認？再這麼打下去，可不就成屈打成招了？」

這話裡話外的譏諷之意太過明顯，李氏想裝作聽不出來都不行，臉色陡然一變。「相公說這些話是什麼意思？弟妹也在這兒，你大可以問問她……」

容玨打斷她的話。「這事跟她沒關係，妳總拉上她做什麼？」

李氏的心思被容玨一語揭穿，有些惱羞成怒的尷尬。寧汐了然的目光，更如同利箭射在她的胸口。

李氏咬咬牙，看也不看寧汐一眼，強自鎮定地說道：「廚房是寧汐管著的，如今出了事，又得從廚房查起，自然不好不管。」

這理由倒是冠冕堂皇的，可她的私心到底是什麼盤算，容玨豈能看不出來？

容玨眼裡閃過一絲薄薄的怒氣，正要說什麼，就聽寧汐輕飄飄地說道：「大嫂，這些日子，廚房確實是我掌管，出了事，是我監管不力。不過，我和虹姨娘遠日無仇近日無怨，她小產了對我沒有絲毫好處。妳覺得，我有什麼嫌疑嗎？」

泥人還有三分土性，李氏一再相逼，把寧汐也給惹毛了，索性將話挑明了，倒要看看李氏有什麼好說的！

話說到這分上，李氏心裡縱然還有盤算，也只能陪笑道：「弟妹言重了，我沒這個意思，妳別多心。」

「哦？是我多心了嗎？」寧汐似笑非笑地應道：「今天大嫂一直強調是廚房那邊出的問題，我還以為大嫂是疑心上我了呢！」

「當然不是。」李氏的笑容有些僵硬。「妳別誤會，我可沒這麼想。」

寧汐淡淡地笑了笑。「沒這麼想就好，不然我可真是平白的遭來嫌疑了。當時大嫂說忙不過來，特地請我掌管廚房，我二話沒說就接了下來，怎麼也沒想到才短短一個多月就出了這等事情。到底是我年輕識淺，做事沒有經驗，被有心人鑽了漏洞。以後，這廚房還是交還給大嫂吧！」

現在她當然明白了李氏的用意。故意將廚房交給寧汐接手，出了事情之後，李氏便可以撇清關係，順便將寧汐拖下水，動靜鬧得越大，真相反而越不好查。哪怕所有人都知道是李氏下的手，可無憑無據的，誰又能說李氏的不是？

這話說得可就更直接了。李氏和容玨都是聰明人，不可能聽不出來。李氏的眼底沒了笑意，容玨也瞇起了眼眸，一片深沈。

寧汐說了這番話之後，只覺得暢快極了，扔下一句。「要是沒別的事，我就先回去了。」正轉身欲走，一個熟悉的身影出現在門邊。

是容瑾來了！

容瑾來之前顯然已經知道了今天發生的事情，匆匆地打量寧汐兩眼，見寧汐蹙著眉頭一臉倦意，又是心疼又是生氣，冷冷地看了李氏和容玨一眼。「大哥、大嫂，你們院子裡亂七八糟的事情，怎麼又扯上汐兒了？」

容玨聽到「亂七八糟」幾個字，俊臉頓時黑了一半，卻也知道容瑾的脾氣，只得耐著性子解釋。「挽虹早上吃了燕窩粥小產了，因為廚房是弟妹管著，所以請弟妹來幫著一起審問廚子。」

容瑾挑了挑眉，哼了一聲。「真的只是審問廚子嗎？不會有人想著把汐兒也拖進這渾水裡吧！別的我不管，不過，要是有人敢動這樣的歪心思，先得問問我同意不同意！」

真虧得李氏有城府，在這樣的情況下，竟還能擠出一絲笑容來。「三弟先別急，誰也沒這個心思。」

「沒有就好。」容瑾不由分說地接過話頭。「挽虹懷孕和我們夫妻沒有任何關係，就算她一連生十個八個男孩，我們也只會替你們高興。小產一事，必然是有人心懷不忿，故意做了手腳。大嫂有這精力，還是多審一審挽虹身邊的丫鬟婆子，或者……」頓了頓，似笑非笑地看了李氏一眼，卻故意不說下去了。

若不是礙著容玨也在，容瑾只怕會說得更直接。

這一番譏諷之語，讓人氣血翻騰，吐血的心都有了。李氏面色一變，眼裡閃過一絲隱忍的怒氣。

容玨在人前卻要替李氏留幾分面子，忙打圓場。「好了，時候也不早了，你們先回去吧，有什麼事明天再說。」

容瑾從鼻子裡嗯了一聲，瞄了李氏一眼，拉著寧汐的手走了。

出了李氏的院子之後，容瑾停住了腳步，細細地打量寧汐幾眼。「汐兒，大嫂是不是為難妳了？」

寧汐笑了笑。「她倒是有這個心思，也得看看我肯不肯配合。」剛才她已經不客氣地反擊回去了。

容瑾眼裡閃過一絲怒氣，俊臉冷了下來。「她整天弄這些烏七八糟的事情，也不嫌累得慌。」

自從寧汐嫁到容府之後，李氏明裡暗裡總和寧汐不對頭，三不五時地惹出點事情來。這次更過分，竟然想利用寧汐做擋箭牌，哼！以為別人都是傻子嗎？

寧汐反倒過來安撫容瑾。「算了，你也別生氣了。她這次算計來算計去，可把自己都算計進去了。依我看，大哥心裡清楚得很，這次只怕兩人要狠狠鬧一場了。」

容瑾眸光一閃，重重地哼了一聲。「大哥絕對饒不了她。」別的事情也就罷了，可事關容府子嗣，李氏下手這般陰毒，脾氣再好的男人也受不了。

寧汐輕嘆口氣，看來，又沒消停日子過了。

他們兩個走後，容玨的脾氣再也繃不住了，寒聲問道：「今天到底是怎麼回事？」

李氏雖已知道他在疑心自己，可聽到他這麼冷冰冰的詰問，心裡陡然一冷，語氣也跟著冷然了下來。「你這麼說是什麼意思？難道是在懷疑我不成？」

容玨冷笑一聲。「真相如何，妳心裡最清楚。」挽虹懷有身孕一事，對別人都沒妨礙，有下手動機的，非李氏莫屬。

李氏暗暗握緊了拳頭，長長的指甲深深的掐進了掌心，那絲抽痛並不激烈，卻綿延持久，從掌心一直蔓延至心裡。

「無憑無據的，你憑什麼懷疑我？」李氏深呼吸口氣，挺直了身子，臉上沒什麼表情。「我承認，我確實羨慕挽虹有了身孕，可她肚子裡的孩子，以後也得叫我一聲母親。我若是真想動這個心思，也不急在這一刻，完全可以等挽虹生下孩子，再對挽虹動手。到時候，既除了挽虹，又有了孩子。」頓了頓，又冷然地笑道：「你知道，我是有這個手段的。現在動手，誰都會懷疑是我，我何苦做這種吃力不討好的事情！」

這番話倒也有道理。可是，如果不是李氏動手，還會有誰？

容玨怒氣稍平，深沈的眼眸緊緊的盯著李氏的臉龐，彷彿要分辨她說的到底是真是假。

李氏的臉上沒什麼表情，一顆心卻在容玨的沈默中晃晃悠悠地往下沈。不管真相如何，容玨的表現都足以讓她心寒。

他對她的信任，薄弱得可憐，雖然沒有真憑實據，可從他的神情來看，分明已經肯定了幕後凶手就是她……

夫妻兩個無言的對峙，任由沈默四處蔓延，空氣似凝結一般，令人窒息。

不知過了多久，容玨終於緩緩地張口道：「妳今天也夠累了，先歇著吧！我去挽虹那裡看看，今晚就不過來了。」

然後，看也沒看李氏一眼，便走了。

只留下李氏，一個人孤零零的站在那兒，背影僵直。

第四百一十二章 誰的悲哀

吳嬤嬤一直待在廳外沒敢進來，等容玨的身影遠去了，才急急地走了進去。抬頭一看，頓時一驚。

「少奶奶……」

李氏僵直的站在那裡，眼角兩行淚靜靜地滑落。

伺候李氏這麼多年，這是吳嬤嬤第二次見到李氏落淚。

第一次還是在幾年前，李氏小產之後，一個人待在屋裡的時候，悄悄地掉過眼淚。吳嬤嬤當時陪在一旁，心疼地安撫了半天。這之後，不管遇到什麼樣的事情，李氏都從不在人前落淚。

李氏出身名門，自小接受良好的教育，城府心計比一般女子深得多，性子又倔強好強，嫁到容府這麼多年，將整個府邸的事務管理得井井有條，絲毫不亂，就算最挑剔的人，也挑不出缺點來。李氏自律甚嚴，在人前輕易不露出心裡半點情緒。

就是這樣的李氏，竟然站在那兒默默地垂淚，身影孤單落寞得令人心酸。

吳嬤嬤的眼眶也濕潤了，哽咽著安撫道：「少奶奶，您別難過了。少爺一時心裡不痛快，以後總會想開的。」能讓李氏這麼難過的，也只有容玨了。

李氏的眼神有些茫然，喃喃地低語。「吳嬤嬤，我是不是做錯了……」

那聲音飄飄忽忽的，滿是惘然。她也只是個普通的女人，她也希望能像寧汐和蕭月兒那樣，得到丈夫全心全意的關愛。她也希望丈夫的眼裡心裡，只有自己一個。別的女人懷著自己丈夫的孩子，她怎麼可能忍受得了？

她真的做錯了嗎？

雖然這裡沒有別的人，吳嬤嬤卻略有些緊張地環顧四周一眼，然後壓低了聲音說道：「少奶奶，已經到這一步了，您可別犯糊塗，只要一口咬定不知情，誰也不敢指責您什麼。」

有些事，只要不承認就是沒有，一旦默認了，以容玨的脾氣，只怕以後也不會踏足李氏的院子了。

李氏慘然一笑。真的沒人指責她嗎？不，所有人都在用懷疑的眼光看著她。蕭月兒、寧汐、容瑾，還有容玨……

她騙不了任何人，包括自己。

李氏壓抑隱忍的啜泣聲，在廳中悄然響起，伴隨著吳嬤嬤的哽咽哭泣聲，竟有種異樣的悲涼，站在外面的丫鬟們沒人敢進去打擾。

夜幕低垂，廳外懸掛著燈籠，廳內卻一片黑暗。

裡面的哭泣聲終於漸漸停了，不知過了多久，李氏才走了出來，在昏暗的光線下，略顯紅腫的眼睛並不特別惹人注目。事實上，也沒有丫鬟敢抬頭多看她一眼。

吳嬤嬤的聲音有些沙啞。「少奶奶，您還沒吃晚飯，老奴這就吩咐廚房給您做一些……」

「不用了。」她此刻哪能吃得下東西。

吳嬤嬤知道她的脾氣，也不敢多勸，眼睜睜的看著她回了屋子。這一夜，李氏是如何度過的，無人知曉。

可第二天早晨，李氏出現在人前的時候，穿戴一如以往得體端莊，妝容精緻，將徹夜難眠的憔悴和蒼白掩蓋得完美無缺。

蕭月兒咳嗽一聲，試探著問道：「大嫂，妳還好吧？」容玨昨天和李氏大吵一架，然後拂袖而去的事情，傳得人盡皆知，可想而知李氏的心情一定好不到哪兒去……

李氏淡淡地笑道：「還好，多謝弟妹關心。」她的驕傲，不允許她在人前流露出半點脆弱。

寧汐瞄了李氏一眼，終於將到了嘴邊的話又忍住了。

說句心裡話，她對李氏真的同情不起來，鬧至現在這樣的地步，都是李氏自己咎由自取，再怎麼樣也不該對挽虹肚子裡的孩子下手，還居心不良地要將她也拖進渾水裡，她不落井下石已經算是好心了。

聽說容玨晚上一直留在挽虹那裡，李氏昨天晚上一定很不好過。妝化得都比平日要濃一些，顯然是要遮掩徹夜難眠的痕跡。

蕭月兒見寧汐不肯出聲，只好又問道：「大嫂，今天是不是要繼續審問那幾個下人？」

李氏眼裡閃過一絲寒意。「審！當然要審！不問個青紅皂白出來，別被那些多心的以為是我做的手腳呢！」

做賊的喊捉賊，臉都不紅一下。

寧汐嘲弄地笑了笑。「清者自清，大嫂也不必生氣，真相總有水落石出的一天，誰也不會被白白冤枉的。」

當然不是冤枉，本來就是李氏做的手腳。

寧汐話中的意思，李氏不可能聽不出來，卻若無其事地笑了笑。今天，李氏也沒再叫寧汐一起去審問下人，獨自領著吳嬤嬤和一眾丫鬟去了。

寧汐若有所思地看著李氏離去的身影，微微皺起了眉頭。

蕭月兒低聲說道：「妳說大嫂會怎麼了結這件事？」看李氏這架勢，不審出個結果是誓不甘休了，可大家都心知肚明幕後黑手到底是誰，李氏會怎麼做？

寧汐翹起唇角，眼底掠過一絲譏諷的笑意。「還能怎麼做，找個替死鬼還不容易嗎？」只要找個人出來招認了此事，便算有了結果，然後李氏便可以坦然地澄清自己的嫌疑了。

不出所料，到了下午，李氏的審問便有了結果。

春柳將燕窩粥放在桌子上的短暫工夫，一個叫燕兒的丫鬟躡手躡腳地偷偷到了桌邊，將一小包藥性極強的紅花粉撒入燕窩粥裡。春柳對這一切懵懂不知，笑咪咪的伺候著挽虹將一碗粥都吃了。結果不到一盞茶工夫，挽虹便嚷著肚子疼，下面也見了紅。

再然後，便有了後來的一幕。

這個叫燕兒的丫鬟本不是府裡的丫鬟，而是挽虹進府之後買來的丫鬟。除了春柳之外，挽虹最信任的就是燕兒。誰也沒想到，動手的竟是她。

挽虹也不相信！

她躺在床上，臉色蒼白，聲音裡滿是不敢置信。「不可能，絕不可能是燕兒。」肯定是李氏派人搗的鬼，又栽贓到燕兒的身上。

吳嬤嬤眉頭一皺，冷冷地說道：「虹姨娘，燕兒已經招認了。妳若是不相信，不妨叫她來問問。」

挽虹連坐起來的力氣都沒有，卻咬牙說道：「好，我要親自問問她。」頓了頓，忽地又道：「我要等少爺回來，當著少爺的面問燕兒。」

她要當著容玨的面，揭穿李氏的陰謀！

挽虹的想法明明白白地浮在了臉上，吳嬤嬤的唇角勾起一抹譏諷的弧度，卻乾脆俐落地點頭應道：「好，老奴這就去稟報少奶奶一聲。」

臨近傍晚，容玨回來了。容琮和容瑾也不約而同的都回了府。

李氏十分冷靜，將下午審問的結果一一說了出來。「……有人親眼見到燕兒溜進過屋子裡，出來的時候神色有些慌張。我一開始問她，她還不肯說，後來打了一頓板子，她才肯招認了，說是在那碗粥裡放了一包藥性很強的紅花粉。我責問她原因，她說挽虹對她動輒打罵，又對春柳更好，所以她心裡一直耿耿於懷，一時衝動就做出錯事來。」

「燕兒人呢？」容玨的臉陰沈極了，拳頭握得很緊，聲音裡透出絲絲涼意。

「被關在屋子裡。就等著你回來，挽虹要當面和她對質。」說到最後一句，李氏的眼裡閃過一絲譏刺，不知是在嘲笑挽虹的不自量力，還是在自嘲。

這所謂的對質，根本就是衝著她來的。如果容玨尊重她信任她，就不該點頭同意，至少在眾人面前給她留些顏面；如果容玨真的點頭了，那麼，她這個當家主母的顏面蕩然無存不說，也深深的傷了夫妻的情分……

容玨，你會怎麼做？

所有人的目光都看向容玨。

容玨沈著臉，眼中閃過一連串複雜的情緒。最後，終於緩緩的說道：「弄個清楚明白也好。」

李氏雖已料到這個結果，可在聽到這句話的剎那，卻依舊如雷轟頂，臉色不受控制唰地白了，縮在袖子裡的手顫抖個不停。用了全身的力氣，才克制著沒有失態，短短地應道：「好，妾身這就去安排。」

寧汐終於有一絲絲同情李氏了。

不管對質的結果怎麼樣，夫妻之間的裂痕都已造成了。今後，李氏和容玨兩人之間大概連相敬如賓也做不到了……

蕭月兒心裡也有些不是滋味，她身分特殊，說話便也少了幾分顧忌，直言道：「大哥，這不太妥當吧？」

容琮也咳嗽一聲說道：「是啊，大嫂做事一向公正，既然已經審問清楚了，這對質也沒必要了吧！」要是真的鬧到這一步，以後李氏在府裡還怎麼做人？

他們夫妻一張口，寧汐和容瑾也不好再沈默，各自附和了幾句。

李氏縱然有再多不是，到底還是容玨的正妻，是容府的長媳。如果真的鬧開了，也沒什麼好處，除非容玨真的打算和李氏決裂……

不管眾人出於什麼心思，總算都站在了李氏這邊。

李氏一直僵硬的表情，稍稍柔和了一些。「謝謝二弟三弟，謝謝兩位弟妹的好意。不過，這事不弄清楚了，相公心裡一定疙疙瘩瘩的，挽虹也會一直懷恨在心，倒不如今天當面說個清楚。」

第四百一十三章　對質

容玨眸光連連閃動，終於張口說道：「既然妳這麼說了，那我也把話說明白。如果真的是燕兒動的手，我饒不了她。如果主使者另有其人……」頓了頓接了下去。「我也不會輕饒。」

話已至此，夫妻情分蕩然無存。

李氏竟還能擠出一絲笑容。「相公說得是。」神情自若地吩咐吳嬤嬤。「妳讓人把燕兒和春柳帶到虹姨娘的屋裡，我們這就過去。」

吳嬤嬤擔憂地看了李氏一眼，卻也不敢多嘴，暗暗嘆口氣去了。

李氏又看向寧汐等人。「大家有空，不妨一起去做個見證。」

不用她說，眾人也都想跟著過去看看。容琮和容瑾暗暗想著要是事態不妙，至少能將容玨先「勸」走，蕭月兒和寧汐都想著這樣的熱鬧不能錯過。

於是，一群人浩浩蕩蕩的去了挽虹的院子裡。

挽虹小產過後身子很虛弱，卻硬撐著下了床，本略顯妖嬈的臉有些蒼白，倒比平日多了分楚楚動人的韻味。

見了容玨，挽虹的眼淚啪嗒啪嗒地落了下來。

美人垂淚，自然惹人憐愛。容玨心裡一軟，竟親自走過去，攙扶住了挽虹，低聲安撫了幾句，到底說了什麼眾人也沒聽清，不過，容玨溫柔的神情卻清清楚楚地顯露了出來。

容琮和容瑾倒也罷了，蕭月兒看了卻有些忿忿不平。當著這麼多人的面，容玨這番做派，要將李氏置於何地？

寧汐對李氏雖然沒有好感，可到了這一刻，越發生出了同情之意。

丈夫的心裡多了別的女人，還讓那個女人懷了身孕，這對任何一個妻子來說，都是無法忍受的羞辱。李氏又是這麼好強的性子，用了最不妥當也最激烈的手段解決了挽虹肚子裡的孩子，這種陰毒手段確實不可取，可從李氏的角度來看，大概只有這麼做才能出心頭這口惡氣了……

李氏冷眼看著容玨和挽虹，唇角抿得緊緊的。

不一會兒，春柳和燕兒都被帶來了，齊齊跪在地上。兩人都挨了板子，又被關了一夜，臉色都好看不到哪兒去。尤其是燕兒，也不知挨了多少板子，後背血跡斑斑，頭髮凌亂不堪，看著狼狽極了。

挽虹看了一眼，心裡又恨又怒又氣。「燕兒，抬起頭來看著我。」

燕兒呆呆地抬頭。

挽虹眸光閃動，冷冷地問道：「這事到底是不是妳做的？」頓了頓，又補充了幾句。「妳不要怕，有少爺在這兒，誰也不敢冤枉妳，妳實話實說就是了。」

李氏眼裡閃過一絲嘲弄的笑意，慢悠悠地說道：「燕兒，虹姨娘說的話妳聽見了嗎？妳有什麼冤屈，只管說出來吧！」

被那麼多雙眼睛看著，燕兒的身子不自覺地瑟縮了一下，咬咬牙說道：「一人做事一人當，被發現了是我運氣不好，我無話可說！」

挽虹不敢置信地瞪大了眼睛。

容玨也皺起了眉頭，深沈的目光緊緊的盯著燕兒的臉，像是要看透燕兒的心思，判斷她說的是真是假。

燕兒像豁出去一般，滔滔不絕地說道：「我和春柳都是妳身邊的丫鬟，可妳對春柳比對我好多了，什麼好事都留給春柳，心情不好卻拿我撒氣，我早就心裡不痛快了。自從妳懷了身孕之後，每次少爺來，妳都讓春柳去伺候少爺，卻一點機會都不給我，春柳哪點比我強了，論姿色還不如我……」

眾人不由得齊齊瞄了容玨一眼，敢情這裡面還有這麼複雜的內情啊……

挽虹沒料到燕兒當著眾人的面竟說起這些，面色紅了又白白了又紅，精彩極了。李氏眼裡掠過一絲冷笑。

容玨也有些尷尬地咳嗽了一聲。「這些就不用說了，妳說說看，有沒有人指使妳在挽虹的飯食裡做手腳？」

燕兒不假思索地答道：「沒有，這一切都是我自己的主意。我早就看春柳不順眼了，所以想找個機會整治她一回，只是沒想到這種藥的藥性這麼重，竟讓虹姨娘真的小產了……」

挽虹眼裡閃動著怒火。「燕兒，我待妳也算不薄，妳怎麼能這麼狠心的害我？」

燕兒昂起頭。「妳對我也算好嗎？天天不是打就是罵，在外面受點閒氣都撒在我頭上。

我也是爹娘生養的，憑什麼天天都要受妳的閒氣？妳又比我強多少？不過是個低賤的歌姬，要不是被少爺看中納進府裡，連我們這些丫鬟都不如……」

挽虹被氣得快吐血了，卻還沒忘了追根究柢。「妳手裡的藥是從哪兒來的？妳天天不出府，哪有機會買這樣的藥？是不是誰給妳，指使妳這麼做的？」

「沒人指使我，一切都是我自己的主意。」燕兒一口咬定，不管怎麼問就是不改口。

挽虹心裡暗恨，卻也無可奈何。明知是李氏從中搗鬼，可現在沒有絲毫證據，這個燕兒也不知吃錯了什麼藥，竟然一口咬定自己就是主謀。

容玨眸色深沈，也不知在想些什麼。

李氏穩穩地占了上風，倒也不急著說什麼，只悠閒地坐在一旁，冷眼看著挽虹被氣得火冒三丈卻又無計可施的樣子，心裡十分暢快。

就這麼僵持下去也不是辦法。容琮想了想，低聲說道：「大哥，你打算怎麼處置這個燕兒？」言下之意，自然是催促容玨快些結束這場鬧劇。

燕兒已經招認，此事也就有了交代，再橫生枝節也沒什麼益處。

容玨深呼吸口氣，淡淡地說道：「和此事有關的，一律攆出容府。至於這個燕兒，更不能輕饒，先打一頓板子，然後趕去田莊裡做農活……」

「少爺！」挽虹急了。「燕兒是被人指使才敢這麼做，還沒問清楚……」

容玨安撫地看了挽虹一眼。「燕兒已經招認了，事情很清楚，不需要再問了。」弟弟和弟媳們都是一臉的不贊同，再鬧下去，實在也沒意義，孩子已經沒了，再鬧也回不來了！

挽虹面色一變，滿眼的不甘心，卻也不敢再吭聲，含恨的目光定定地落在李氏的臉上。

李氏神情不變，淡然地說道：「相公這麼說，妾身照辦就是。明天就讓人找牙婆過來，把春柳她們幾個都賣出去。至於燕兒，就送到最遠最偏僻的莊子裡去。挽虹身子受損，得好好靜養，妾身會請大夫開些養身的方子。」

這一番處置面面俱到，沒有不妥之處。容玨點點頭，寧汐等人不約而同地鬆口氣。

此事總算告一段落了嗎？當然沒有。

春柳等人被賣出容府，錢大廚也被攆走了。燕兒被送到最遠的莊子上，還沒過幾天，就聽說燕兒得了急病死了。

挽虹每天在院子裡靜養，容玨幾乎天天都去，偶爾也會留宿在別的小妾那裡，卻再也沒去過李氏的屋子。

李氏似乎早有心理準備，倒也沒表現得太過失落，每天照常處理府裡的雜事，只是臉上的笑容越來越少了。

寧汐和蕭月兒都是心軟的，雖然不喜歡李氏，可看李氏這副樣子，又都起了同情之心。可當著李氏的面，偏偏什麼也不好說。

寧汐將廚房的管事權還了回去之後，整天無所事事，幾乎都和蕭月兒在一起。每每說到李氏，不免要感慨幾句。

「想想大嫂也挺可憐的。」蕭月兒嘆道：「一直沒有孩子，大哥對她也算不上怎麼好。」

從挽虹這件事中，足可以看出容玨和李氏只是對貌合神離的夫妻。平日裡還維持著表面的顏面，現在卻連這層顏面也沒了。

同為容府的兒媳，看李氏落到這樣的田地，蕭月兒心裡也有些唏噓。

寧汐默然片刻，也嘆道：「說真的，如果容瑾敢這麼對我，我一定早就撐不下去了。」

蕭月兒心有戚戚焉，和寧汐一起長吁短嘆了幾句。

「算了，不說這些不開心的事情了。」寧汐打起精神，笑著扯開話題。「妳肚子這麼大，還有兩個月就快生了吧！」蕭月兒個頭嬌小，可肚子實在不小。

蕭月兒的注意力也轉移了過來，愁眉苦臉地嘆道：「是啊，我正在發愁呢！聽說生孩子很痛，我這麼大的肚子，孩子一定也很大，也不知道生產的時候順不順當……」

寧汐忙接過話頭。「別亂說，一定順當得很。」

蕭月兒笑了笑，忽地瞄了寧汐平坦的肚子一眼，賊兮兮地問道：「妳也嫁過來快半年了，肚子還沒一點動靜嗎？」容瑾難道不「勤快」？

寧汐一看蕭月兒那副不懷好意的樣子，就知道她沒想什麼好事，頓時紅了臉。不知想到了什麼，嘴角浮起一絲神秘的笑意。

蕭月兒興致勃勃地追問：「怎麼，是不是已經有好消息了？」

寧汐低低地說道：「我這個月癸水來遲了幾日，不過，時日太短了，再等上半個月才好請大夫。」

「真的嗎？」蕭月兒眼睛一亮，歡喜地笑道：「這可太好了。妳告訴容瑾了嗎？」

寧汐笑著搖搖頭。雖然她已經有了預感，可畢竟時日尚短還沒證實，還是等確定了之後再給他一個驚喜好了……

第四百一十四章　有孕

容瑾對這一切懵懂不知，只是覺得有些奇怪，連著幾個晚上想親熱，都被寧汐用各種理由拒絕了。

難道是他年老色衰沒吸引力了嗎？

這可不是個小問題。容瑾決定等忙過這一陣，得找個偏方好好保養一下什麼的。

寧汐偶爾聽他咕噥一句，頓時就噗哧一聲樂了。他長得一副禍國殃民的禍水模樣，再保養可就更麻煩了，豈不是給她招惹更多的情敵？就一個四皇子，已經夠她頭痛了……

說起四皇子，不得不說一說最近朝中的動向。

大皇子占了嫡長，又有容氏兄弟鼎力支持，支持他做太子的大臣不在少數。三皇子本來稍居劣勢，可有了四皇子加入之後，情勢便詭異起來。宮裡的惠貴妃、梅貴妃明爭暗鬥幾乎水火不容，可三皇子和四皇子卻走得很近，大有合力對付大皇子的架勢。

大皇子也不是吃素的，一直在暗中調查一樁陳年舊事，只要找到有力的證據，便能將梅貴妃和四皇子徹底擊垮。

寧汐曾追問過幾回，可容瑾口風極緊，對此事更是諱莫如深，不管寧汐怎麼追問，他就是不肯明說。寧汐在前世既然沒聽說過一點風聲，越發說明此事被藏得極深，事關皇家秘辛，知道得越少越安全。

寧汐使盡渾身解數也問不出什麼來，不免暗暗胡亂猜想起來。

所謂陳年舊事，應該是四皇子小時候的事情，或者是梅貴妃剛入宮時候發生的事情。到底會是什麼事情，一旦揭露就會讓梅貴妃和四皇子被擊垮？

一個荒謬的念頭陡然掠過腦海，難道會是……

寧汐自己都被嚇了一跳，竟不敢再想下去。

算了，她已經嫁為人婦，還極有可能懷了身孕，如今最重要的是養好身子，這些勾心鬥角的事情，和她已經沒什麼關係，她不摻和也罷。反正有容瑾在，誰也傷害不了她了。

寧汐反覆安慰著自己，將那個隱晦的念頭努力的壓了回去。

可越是這麼逼著自己不要亂想，反而胡思亂想得更厲害。這一個晚上，寧汐竟然作了一個很久很久都沒作過的夢。

夢裡的邵晏和她，正在進行一場激烈的爭吵。

「你為什麼要騙我？」她淚眼迷濛的看著一臉愧疚的邵晏。「你背著我和容瑤來往，甚至打算娶她為妻。那你要置我於何地？」

「汐兒，對不起，我……我實在有不得已的苦衷……」邵晏一臉痛苦和自責。

「你有什麼苦衷？」寧汐想抹去眼淚，眼淚卻落得更急更凶。「如果你不想娶她，誰也不能逼你。你既要娶她，那就別再來找我了……」

「不，」邵晏的眼眶也濕潤了，緊緊地摟住她不肯鬆手。「汐兒，妳聽我說，我愛的是妳，一直都只有妳。接近容瑤，是四皇子殿下的意思，他想做太子，就得爭取到手握兵權的武將支持。容大將軍是武將之首，如果……如果我能娶容瑤，他以後一定會支持四皇子的。汐兒，我知道妳生氣，妳打我也好，罵我也行，做什麼都行，就是不要離開我。我的心裡只有妳，我只愛妳……」

寧汐心痛如絞，直直地逼視著邵晏。「在你的心裡，四皇子就這麼重要嗎？比我還重要嗎？」邵晏的忠心，簡直令人絕望。為什麼他對四皇子如此死心塌地？

邵晏的嘴唇顫了顫，眼裡滿是痛苦，似要說什麼，終於默默地忍了回去。只是用力地摟緊了她，彷彿摟著一生最深的摯愛，怎麼也不肯放手。

這個質問，到了後來變得越來越常見。每一次都是如此，不管她怎麼問，邵晏都只是隱忍的沈默。

到了臨死的那一刻，她的心裡有許許多多的不甘和悔恨。邵晏明知四皇子要對寧家下手，明知她會為此恨他一輩子，卻還是眼睜睜的看著寧有方走上了不歸路。

邵晏，你心底到底藏著什麼秘密？你對四皇子，為什麼如此近乎盲目的忠心？你口口聲聲說愛我，這份愛在你心裡，到底有多少分量……

「汐兒，妳怎麼哭了？」

一個熟悉的聲音將她從噩夢中喚醒。然後，一隻溫暖的手笨拙地為她拭去淚水。

寧汐睜開眼，怔怔地看著近在咫尺的面孔，忽地又哭了。

容瑾有些慌了，忙將她摟進懷裡，溫柔地輕拍她的後背哄道：「又作噩夢了是不是？不用怕，那些都是過去的事情了，現在有我在妳身邊，一切都不用怕了……」

溫柔的呢喃似一道陽光，趕去了她心底的陰暗和晦澀。

寧汐吸了吸鼻子，聲音裡還有重重的鼻音。「容瑾，為什麼你要對我這麼好？」

他有多小心眼愛吃醋，她自然清楚。可自從她將自己和邵晏那一段過往明明白白的告訴他之後，他從沒提起過一次。哪怕猜到她又夢到了邵晏，他也什麼都沒追問，只是溫柔地摟著她，給她所有的溫暖。

容瑾低頭，親了親寧汐紅通通的小臉，聲音溫柔極了。「傻丫頭，妳是我媳婦，我不對妳好對誰好。」

雖然他一直嫉妒死了邵晏，可畢竟都是前世的事情了。她既已嫁給了他，便代表著已經將前世的恩怨糾葛一併放下。他再追問，也太沒風度了。

寧汐眼裡還閃著水光，唇邊卻綻放出了一絲甜蜜的笑意。如同沾了露珠的花朵，嬌媚可人。

容瑾情不自禁地俯下頭，溫柔地吻住了她的紅唇。這個吻溫柔細膩，柔情無限。待抬起頭來，寧汐俏臉微紅，水靈柔美，惹得容瑾心裡癢癢的，忍不住又要低頭吻下來。

寧汐紅著臉閃躲。「你別亂來，我有話要告訴你。」

容瑾挑眉一笑，故意使壞壓了過來。

寧汐不自覺地動了動身子，小心地用手護著小腹，然後才正色說道：「容瑾，我不知道大皇子到底在追查什麼事情，你一直瞞著我，肯定也有你的考慮。這件事既然年代久遠，想找線索肯定不容易。我覺得，你們可以從邵晏身上查起。」

邵晏？」

容瑾眸光一閃。「汐兒，妳是不是知道什麼？」

寧汐搖搖頭。「我什麼也不清楚。但是，我總覺得你們要追查的事情一定和他有關。」頓了頓，又補充一句。「這只是我的直覺。如果對你們有用最好，就算沒什麼用處，多一個方向總是好的。」

容瑾想了想，點了點頭。

寧汐稍稍放了心，又嬌嗔道：「你別壓著我了，肚子被你壓得好難受。」

容瑾這才留意到寧汐用手護著小腹，忍不住笑道：「妳今天是怎麼了？怎麼一直用手護著肚子？總不會是懷孕了吧？」

他不過是隨口一句，怎麼也沒想到寧汐竟微紅著臉移開了視線。

容瑾笑容一頓，語氣不自覺地緊張激動起來。「汐兒，是真的嗎？妳真的懷孕了？」

寧汐小聲說道：「我也不敢確定。這個月的月信遲了快半個月，我正想找個大夫來瞧瞧……」

話音未落，就見容瑾火燒屁股一般地挪開身子，飛速地穿衣下床，俊臉一片激動的潮紅，揚聲喊道：「小安子，快些去二嫂的院子裡，把林太醫給我請來，要快！」

候在外面的小安子被容瑾的大嗓門嚇了一跳，也不敢多問，一溜煙地跑著去了。

寧汐又是好氣又是好笑又是甜蜜。「喂，你別這麼急好不好，我還沒起床呢！」

容瑾含笑著湊了過來，前所未有的殷勤。「妳別亂動，就乖乖躺著，我來替妳穿衣服。」說著，便要掀被褥。

寧汐哭笑不得，忙道：「不用了，我自己來就行了。你別在這兒給我添亂了，快些去洗漱吧！不然林太醫來了，沒人招待可不好。」

好說歹說，總算是把喜孜孜輕飄飄的容瑾給哄走了。

寧汐鬆口氣，忙起身穿衣洗漱，等收拾得差不多了，才去了外面的正廳。

林太醫果然已經到了，一同前來的，還有特地來湊熱鬧的蕭月兒。

她擠眉弄眼地笑道：「怎麼，妳終於捨得告訴容瑾了？」虧寧汐憋得住，居然忍了這麼多天沒說，換成是她，大概早就嚷開了。

寧汐咬著嘴唇，眼角眉梢的笑意藏也藏不住。

容瑾忙湊了過來，小心翼翼地攙著寧汐坐下，對林太醫更是熱情又客氣。「林太醫快請坐，今天就有勞您了。」

林太醫可是皇上專門派來給蕭月兒調養身子的，容府其他人根本不歸他管。容瑾情急之餘，根本等不及到外面去請大夫，直接就把林太醫請了來，別提多熱情客套了。

林太醫對容瑾的脾氣也很熟悉，見他這麼有禮，也覺得面上有光，樂呵呵地應道：「小事一樁，舉手之勞而已，不必客氣，還請少奶奶伸出右手。」

寧汐應了一聲，乖乖地伸出右手。

林太醫用兩指搭脈，微微閉上眼睛，十分專心。

短短片刻工夫，容瑾竟緊張得額角冒汗。這種忐忑難安又激動興奮的心情，容瑾前世今生兩輩子也沒體驗過。

蕭月兒在一旁看熱鬧，樂得眼睛都瞇縫成了一彎月牙。

第四百一十五章　準爸爸

林太醫終於放下手，睜開眼。

「怎麼樣？」容瑾的心怦怦亂跳，緊緊地盯著林太醫，唯恐聽漏了一個字。

林太醫笑咪咪地拱手道賀。「恭喜三少爺，少奶奶確實有了身孕。」

寧汐雖然早有預感，可在聽到這句話的一剎那，腦海中頓時轟地一聲，一片空白，竟呆呆的不知道有什麼反應才好。

容瑾也沒好到哪兒去，愣了半晌，才咧嘴笑了，連連向林太醫道謝，又命小安子包了一封厚厚的賞銀賞給林太醫。

林太醫卻之不恭，笑著收了。

容瑾也不顧還有別人在場，忽地摟住寧汐，抱著她轉了一圈，嘴裡不停地嚷著。「汐兒，太好了，妳懷了我們的孩子，我就要當爹了。」

蕭月兒掩嘴直笑，一旁的丫鬟小廝們也都在偷樂。

寧汐唇角高高的翹起，眼中滿是歡喜的笑意，口中卻道：「你慢些，我頭都被你轉暈了。」

容瑾一緊張，忙將寧汐放了下來，急急地上下打量。「頭真的很暈嗎？還有哪裡不舒服，正好林太醫還沒走，再請他看看……」

蕭月兒哈哈大笑。

寧汐臊得紅了臉，使勁地捶了容瑾一下。「你先放開我。」真是太丟臉了！

容瑾也不生氣，乖乖聽話鬆了手，卻不肯離開寧汐身邊，眼睛時不時地瞄著她平坦的肚子，彷彿那裡隨時會鑽出一個白白胖胖的娃娃似的。

蕭月兒好不容易才忍住笑。「寧汐，恭喜妳了。」孩子是夫妻感情的結晶和昇華。有了孩子，感情會更甜蜜更穩定。

寧汐露出會心的笑容，雙手不自覺地放在平坦的小腹上。太好了，她真的懷孕了！她的身體裡孕育著她和容瑾的孩子……

這種感覺輕飄飄的，彷彿走在雲端一般不踏實，卻又美好得不可思議。

容瑾從沒有這般形於外的激動和興奮過，唇邊那抹笑容有些傻傻的。寧汐看了容瑾一眼，唇角揚起愉悅的弧度。

寧汐懷了身孕的消息像長了翅膀一般，飛速地傳遍了整個容府。李氏很快就得了消息，前來恭賀。

寧汐唇畔幸福的笑意是那樣的耀目，亦步亦趨跟在她身邊的容瑾更是毫不掩飾心裡的歡喜，唇角揚得高高的。

李氏竭力維持平靜從容，心裡那抹黯然和羨慕卻抑制不住地浮了上來，忍不住多看了寧汐的肚子兩眼。「是今天剛號出喜脈吧！」

寧汐笑著點點頭。「是啊，日子還短，暫時還沒任何感覺呢！」

容瑾不動聲色地上前一步，不著痕跡地護著寧汐。李氏可是有過前科的，還是離寧汐遠一點比較好。

他的動作雖然細微，可李氏何等敏銳，自然察覺到自己並不太受歡迎，淺笑著說了幾句，便告辭了。

待李氏走了，寧汐才嗔怪地說道：「你也真是的，當著大嫂的面也不收斂點。」就算再不喜歡李氏，面子上也不能表露得這麼明顯。再說了，李氏現在這樣子也夠可憐的，容玨和她的夫妻關係直降到冰點，見面連話都不說幾句。

李氏就像一朵失了水分滋養的鮮花，迅速地枯萎下來，外表倒是看著和往日差不多，可眼底卻一天比一天更荒涼。

容瑾輕哼一聲。「她這種人性格太過偏執，平時看著好好的，誰知道什麼時候會做出不適宜的舉動出來。」

說到這個，容瑾不免想起了之前挽虹小產的一幕，眉頭頓時皺了起來，自言自語地道：「不行，妳今後還是別吃大廚房那邊的飯菜了，就讓薛大廚一個人專門負責妳的飯食好了。還有，最好別隨意出去走動，懷孕初期身子最虛弱了。還有……」

說得也不太多，半個時辰而已。

寧汐看著喋喋不休緊張興奮過度的容瑾，又是好氣又是好笑。要不要這麼誇張，有身孕的人是她又不是他，他這麼緊張激動做什麼？

容瑾叨叨了半天，忽地想起一件事來。「對了，這麼大的喜事，得快些讓人去給岳母和舅兄報個喜。」

寧汐想了想笑道：「不用特地去報喜了。再過幾天，就是張大哥和上官姊姊成親的大喜日子。我總得回去喝杯喜酒，到時候再告訴他們也不遲。」

容瑾不假思索地叮囑。「妳可千萬別去幫忙做事。」以寧汐的性子，只怕一見到鍋碗瓢盆就開始忘乎所以，想上去露一手。平時都由著她的性子，現在可不行，懷孕初期可千萬不能做重事。

寧汐笑吟吟地白了他一眼。「好了，知道了，都聽你的行了吧！」

容瑾咧嘴一笑。

這一天，所有遇到容瑾的人都覺得有些不對勁，平日裡最吝嗇笑容最難纏的容翰林，今天見了誰都有笑臉，連說話都比平日多得多。

在一起做事的同僚，忍不住打趣道：「容大人是不是有什麼喜事了？」

容瑾挑眉一笑，故作淡定地宣佈。「也沒什麼大喜事，就是內人有喜了。」

此言一出，頓時惹來一片恭賀聲。

容瑾好脾氣的一一道謝，眼底的喜氣遮也遮不住。

羅公公來找容瑾的時候，也被他異常的興奮稍稍嚇了一跳，待聽說寧汐有了身孕，忙不迭地笑道：「恭喜容大人了，日後可別忘了請奴才喝杯喜酒。」

「那是自然。」容瑾樂呵呵地應道。本就俊美無雙的臉，被喜悅籠罩著，比起平日的高傲冷漠要顯得和藹可親多了。

客套幾句過後，羅公公才稟明來意，皇上有事要召見容瑾。

容瑾不敢怠慢，立刻和羅公公一起去覲見皇上。

一路上，羅公公有意無意地提了一句。「幾位皇子殿下都在，大概是要商議賑災的事情。」

西北地方乾旱，餓死了不少人，很多百姓背井離鄉，舉家南遷。若是長此下去，百姓怨聲載道，對大燕王朝的長治久安大大不利。這件事在朝堂上也討論過幾次，雖然具體的細節還沒定，可賑災一事勢在必行。

容瑾聞弦歌而知雅意。看來，幾個皇子都不想錯過這個博聲望的大好機會，在皇上面前爭搶著要去。

「羅公公，皇上有意讓誰負責此事？」容瑾低聲問道，從這件事也能看出聖心所向。

羅公公眸光一閃。「聖心難測，這個奴才也不敢妄言。」

容瑾微微皺眉。聽羅公公這語氣，似乎不太妙啊……

到了偏殿，幾個皇子果然都在。還有幾位大臣也在，容瑾在其中，官職算是比較低了。不過，他是皇上欽點的高級助理，專門負責文書工作，是受器重的近臣。誰也不敢小覷了他，見他進來，目光齊刷刷地看了過來。

容瑾泰然自若地上前行禮。

四皇子這次回京低調收斂了不少，當著皇上的面，只淡淡地看了容瑾一眼，便收回了目光，可眼角餘光卻一直留意著容瑾的一舉一動。

容瑾對這一切心知肚明，也曾暗暗憋屈窩火過數次。可再惱火，也管不住別人的眼睛和心思，只能視而不見，儘量不搭理四皇子。

事實上，四皇子比以前識趣多了。除了用目光騷擾容瑾之外，倒是很少主動上前搭話——主要是容瑾從不給他好臉色看。

今天的容瑾和平時有些不同。

四皇子悄悄地打量他幾眼，心裡暗暗奇怪。

容瑾天生就一副愛理不理的樣子，除了對著皇上的時候收斂些，對著其他人都沒多少耐心，朝上朝下遇見了，也少見笑容。可今天，那張俊臉卻異常的柔和，唇角含著若有似無的笑意，黑眸熠熠發亮，閃著令人目眩的神采，令人忍不住沈醉其中……

四皇子這一發愣，目光不免有些放肆。

大皇子看在眼中，心裡暗暗冷笑一聲，眼底閃過一絲莫名的光芒，旋即隱沒不見。

容瑾所料不錯，皇上召集幾位大臣和皇子，確實是為了商議賑災人選的事情。除了王尚書之外，還要派一個皇子，代表皇上出面安撫災民。這其中的意義誰都懂，自然爭搶著要前往。

三皇子先上前一步，拱手說道：「父皇，兒臣願毛遂自薦，前往賑災。」

大皇子慢了一步，也不著急，待三皇子說完了，才上前一步沈聲道：「父皇，此事事關重大，須得性情穩妥沈著之人前往。兒臣不才，願為父皇分憂。」

「大皇兄前往可不太妥當。」四皇子似笑非笑地插嘴。「朝中事務繁雜，總得有性情穩妥沈著之人幫著處理朝務，為父皇分憂。大皇兄年長，做事又最穩重，還是留在宮中幫著父皇處理朝務更好。」故意用大皇子之前的話來堵他。

論口舌，大皇子實在不是四皇子的對手，氣得暗暗咬牙切齒，面上還得擠出笑容來。

「四皇弟此言差矣。父皇精明果斷，又有眾多大臣相助，朝中事務雖然繁瑣，父皇也遊刃有餘，眼下還是賑災安撫民心更重要些。」

「大皇兄說得是。」四皇子欣然贊同，然後轉向皇上，拱手說道：「父皇，兒臣不才，願陪三皇兄一同前往賑災。」

此言一出，眾人都是一驚。

第四百一十六章　決定

皇上也微微一愣，旋即沈吟起來。

大皇子氣得暗暗咬牙。四皇子果然狡猾，明知不是自己的對手，便故意站到三皇子那一邊。這突如其來的一招，頓時使他落了下風……

容瑾瞄了四皇子一眼，雖然看這個人百般不順眼，也忍不住暗讚一聲。此人實在是個天生搞政治的人才！

三皇子自然不會放過這麼好的機會，立刻義正辭嚴、慷慨激昂地表態。「父皇請放心，此行有王大人，還有我和四皇弟，一定會將賑災的事情辦得妥妥當當，絕不出半點紕漏。」

話說到這分上，皇上也不好不點頭了，又殷殷地叮囑了一大通。

三皇子按捺住心裡的激動，聽得十分專注。

四皇子也恭恭敬敬地聆聽，卻有意無意的瞄了大皇子一眼。

大皇子被氣得氣血翻騰。待皇上告一段落，忽地笑著插嘴道：「父皇，兒臣覺得鬧旱災的地方這麼大，他們只有三個人去，只怕力有未逮。不如再派一個人一起前往，遇事也能商議著辦理。」

皇上嗯了一聲，目光一掃，派誰去合適呢？

年紀大的，體力不支，不宜長途跋涉，自然要選年輕又能幹的人前往。看來看去，這幾個臣子裡就數容瑾最年輕也最有銳氣，可是……

四皇子目光飄移不定，不知想到了什麼，眼眸亮了起來。

容瑾表面不動聲色，眼神卻一冷。

大皇子這麼說，顯然沒存什麼好心。哼，這次休想再利用他。就算皇上張口，他也會找理由拒絕。此去路途遙遠，來回至少一、兩個月，又得和四皇子一路同行，他頭腦抽風了才會答應……

「容朕再考慮考慮。」皇上淡淡地說了句，便讓各人都散了。

幾個臣子出了偏殿，各自散去。

容瑾正打算離開，忽聽到大皇子含笑喊道：「容瑾，你等等。」

容瑾心裡暗暗冷哼一聲，面上卻不動聲色，笑著拱手。「不知大皇子殿下有何吩咐？」

語氣裡隱隱流露出譏諷之意，大皇子焉能聽不出來，也不氣惱，笑著說道：「我送你一程。」

容瑾本不想理他，可眼見著三皇子、四皇子也一併出來了，四皇子目光頻頻向他看來，一副要來搭話的架勢。容瑾反射性地點了點頭。「有勞大皇子殿下了。」

大皇子含笑點頭。

若換在往日，四皇子大概也不好意思硬是往前湊，可今天眼看著容瑾心情不錯，四皇子哪肯放過這樣的好機會，咳嗽一聲湊上前來。「容翰林今日心情似乎不錯。」

大皇子稍稍往後退了一步，擺明了是要看好戲。

容瑾心裡暗暗惱怒，面上卻綻放燦爛的笑容。「四皇子殿下真是有心了，下官今日確實有樁喜事。」

那抹笑容如煙花般絢麗奪目，四皇子呼吸為之一頓，幾乎心蕩神馳不能自已，好不容易才找回自己的聲音。「哦？不知是什麼好消息，能否說出來讓本王也沾點喜氣？」

容瑾挑眉一笑。「下官內人剛查出有喜。」說起這個，容瑾的心裡陡然一軟，之前的那點不快頓時散了大半。臉上的神情柔和多了。

四皇子的笑容卻微微一僵，愣了片刻才乾巴巴地說了幾句恭喜的話，想也知道此刻心裡的滋味好不到哪兒去。

他不痛快，容瑾自然更愉快，順便瞄了笑容僵硬的大皇子一眼，越發覺得舒坦。和這些人勾心鬥角的實在沒意思，還是早些回家陪陪寧汐好了。

一想起寧汐，容瑾簡直歸心似箭，也沒心情和四皇子虛與委蛇了，淡淡地笑道：「若沒別的事，下官就先告退了。」

四皇子眼睜睜的看著容瑾和大皇子一起走了，心裡不免有些遺憾。

自從對容瑾挑明了心意之後，容瑾對他戒心十足，要嘛冷淡疏遠要嘛劍拔弩張，像這樣近乎溫和的說話還是第一回。如果容瑾肯一直這麼對他多好……

四皇子對容瑾的心意幾乎人盡皆知，三皇子自然也不例外。見四皇子那副失魂落魄的樣子，三皇子的唇角露出一抹嘲弄的笑意，卻什麼也沒說。

走出老遠，一直到離開四皇子的視線，那種如鯁在喉如芒在背的感覺才消退。容瑾稍稍放鬆了一些，和大皇子一起上了馬車。

大皇子率先打破沈默。「還沒來得及恭喜你，就要當爹了。」乍然聽到這個消息，心裡真不是個滋味，就像自己一直喜歡了許久卻沒來得及占為己有的珍寶，被別人奪走又烙上了烙印一般……

容瑾淡淡一笑。「多謝殿下。」

他這麼不冷不熱的，讓大皇子也有些尷尬，咳嗽一聲繼續說道：「本王知道你心裡不太高興，不過，本王在父皇面前那麼說也有本王的考慮……」

「殿下怎麼考慮是殿下的事，請恕下官無禮，下官對誰去賑災不感興趣。」容瑾冷冷地打斷大皇子的話。「寧汐剛懷上身孕，我在這個時候絕不可能離開京城這麼久。」

他更沒興趣再施什麼美男計。想起四皇子那張臉，他就想吐！

大皇子早已料到容瑾會發怒，也不生氣，壓低了聲音說道：「容瑾，不瞞你說，這次出京賑災我根本沒打算真的要去，剛才不過是做做樣子。四皇弟自以為得計壓了我一頭，其實，這正中我下懷。」

容瑾一愣，略一思忖，便聽懂了大皇子的意思，面色凝重起來。

大皇子暗中調查的那件事非同小可，在沒確定之前，萬萬不能走漏半點風聲。現在四皇子主動請纓暫時離開京城一段時間，大皇子求之不得。正好趁著這段時間找出人證物證，然後呈到皇上面前……

到時候，四皇子就算有再多的手段心機，也無濟於事了。

四皇子陰險狡猾多變擅謀，這樣的事情要想瞞過他實在不易。如果有人能吸引住四皇子的注意力，自然對此事的進行大大有利。這個人選，當然非他莫屬。

容瑾的臉色依舊十分難看，可卻冷靜了許多。「殿下，那件事到底調查得怎麼樣了？這一、兩個月之內，真的能找到所有證據嗎？」

大皇子眸光一閃，沈聲說道：「謀事在人成事在天，我不敢保證一定能成功，可至少成功的機會大大增加了。我也不想強人所難，你自己回去好好考慮一晚，明天凌晨讓人給我送個信，我也能及早安排。」

容瑾默然片刻，點了點頭。

雖然很不情願，可他清楚地知道自己拒絕不了這個提議。如果能徹底扳倒四皇子，去掉這個心腹大患，他和寧汐才能安心地過自己的日子。而且，自從知道寧汐過往的那一刻起，他就決心一定要為寧汐報仇……

容瑾眼底閃過一絲寒意。

大皇子不動聲色地觀察著容瑾的臉色，見他俊臉冷如寒霜，心裡稍稍一鬆，只要容瑾肯配合就好。

有容瑾在，四皇子的心思至少要被分去一半，整日裡心思不寧心蕩神馳，自然就無暇留意別的事情了……

回到府裡的那一刻，容瑾深呼吸口氣，將滿腹的心事都拋到一邊。這些糟心事，還是別告訴寧汐了吧！免得她胡思亂想天天煩心。

正想著，寧汐已經笑盈盈的迎了出來，一縷髮絲在微風中輕輕拂動，落在白玉般的俏臉旁，唇邊小小的笑渦甜蜜醉人。

容瑾的心陡然軟了下來，大步上前，摟住寧汐。「今天有沒有哪裡不舒服，孩子有沒有鬧妳？」

寧汐不好意思地推開他，嗔怪道：「月分這麼小，哪來的動靜。」至少也得等四個月以上才會有胎動。現在肚子平平，半點異樣都沒有呢！

容瑾咧嘴笑了笑，親暱地握緊了她的手，心裡暗暗有了決定，就算為了寧汐，他也要賭上一回。

當天晚上，為了慶賀寧汐有孕，容府又擺了桌熱鬧的家宴。

「三弟，恭喜你了。」容琮笑著道賀，容玨也笑著附和了幾句。看著容瑾滿臉的得意和喜悅，容玨不由得想起了那個無緣的孩子，心裡也不知是個什麼滋味。

李氏端坐在容玨身邊，不知想到了什麼，笑容也漸漸隱沒在眼底。

容瑾和寧汐的幸福，如同一面鏡子，明晃晃地照出了她的黯然落寞淒清……

容瑾可顧不上她心底在想什麼，殷勤地為寧汐挾菜布菜，將碗裡堆得滿滿的都快溢出來了。只要寧汐的目光在哪個盤子上稍稍停留片刻，他立刻就開始動手，大有將盤子裡的菜餚都挾到寧汐碗裡的架勢。

寧汐又是甜蜜又是好笑又是無奈，低聲說道：「喂，我哪能吃得了這麼多。」把她當母豬餵的嗎？

容瑾理所當然地應道：「慢慢吃，妳肚子裡多了一個，至少也得吃兩個人的分量。」一邊說邊又挾了一隻肥肥的雞腿放進寧汐碗裡。

蕭月兒看著這一幕，樂得格格直笑。

寧汐略略紅了臉，卻也拗不過容瑾，只好開始埋頭猛吃。

容瑾見寧汐吃得歡快，心裡分外的愉快，腦海中卻在不斷的琢磨一個問題，到底該怎麼解釋他要離開京城一個多月的事情？

第四百一十七章　虛與委蛇

寧汐沈浸在懷孕的喜悅裡，一時也沒留意到容瑾的些微異樣。

晚上洗漱過後，兩人躺在床上。

容瑾不敢像往日那般胡纏，小心翼翼地將寧汐摟進懷裡，大手輕輕地放在她柔軟平坦的小腹上，溫柔地摩挲了幾下，忽地又來了興致，將頭靠了過去。

他聚精會神地聽了好久，口中還唸唸有詞。「乖寶貝，在你娘肚子裡要乖乖地聽話，不要胡鬧。不然出來之後，爹就揍你的屁股……」

寧汐被逗樂了，扯了扯他的耳朵。「你說得再多，孩子現在也聽不見。」

容瑾振振有詞地反駁。「誰說聽不見的，這個時候孩子已經有豆芽這麼大了，能感受到母體外的聲音，胎教已經可以開始了……」

一大堆陌生詞彙聽得寧汐頭暈，連連告饒。「好好好，你愛說什麼就和孩子說什麼。」

這還差不多。容瑾挑眉一笑，繼續對著寧汐的肚子說話。「乖寶貝，你是兒子還是閨女？我猜妳一定是個漂亮可愛的乖女兒，等妳出生，爹一定給妳買好多好多漂亮衣服。對了，珠寶喜不喜歡？爹給妳買一顆又大又亮的夜明珠好不好？」

寧汐忍俊不禁地笑了起來。「喂，你別太慣孩子好不好？再說了，還沒生，你怎麼知道是兒子還是女兒。」

容瑾得意地笑道：「我就是知道。而且，我們倆的女兒一定是世上最漂亮的女孩子，性格像妳長得像我。」這樣的組合簡直就是舉世無雙嘛！

寧汐先還抿唇笑著，待聽到最後一句可就不依了。「你說這話什麼意思，什麼叫長得像你，長得像我難道就不漂亮嗎？」

容瑾慵懶的挑眉，湊到寧汐唇邊低語。「妳覺得長得像誰更漂亮？」

那張近在咫尺的俊顏輕鬆含笑，長長的黑髮隨意的披散，散發著惑人的魅力。寧汐雖已看慣，也不得不承認，孩子長得像他一定更漂亮些。

寧汐輕哼一聲，將頭扭到一邊，噘起嘴巴不理容瑾。

容瑾低低笑開了，細細地啄吻她的臉頰。「汐兒，在我眼裡，妳獨一無二，是世上最美的女人。就算是女兒，也不要像妳。這樣，我就可以永遠獨占擁有妳……」

溫柔的低喃消失在糾纏的雙唇間。

容瑾的吻是那樣的溫柔小心，彷彿懷中摟著的是一碰即碎的瓷娃娃。寧汐閉著雙眸，感受著被容瑾全心全意愛憐呵護的疼惜，整個人像在雲端飄著。

不知過了多久，容瑾終於抬起頭，低低地喘息一聲。

寧汐被他硬邦邦的頂著，也覺得渾身酥軟難受極了。可林太醫叮囑過了，懷孕的前三個月不能同房，免得傷到孩子。就算再難受，也得先忍著再說。

容瑾自然也清楚這些，嘆口氣挪開身子，好不容易才將心頭的火焰按捺下去。「汐兒，我有件事要和妳說一下。」

寧汐臉頰酡紅，還沈浸在剛才的情慾交織裡，聲音軟軟的。「什麼事？」

容瑾隨意地瞄了她一眼，下身又開始蠢蠢欲動，忙將視線移開，故作淡然地說道：「西北有幾個州縣鬧了旱災，餓死了不少人，皇上要派人去賑災，大概我也得跟著去。」

寧汐微微一怔，反射性地問道：「得去多久？」

「大概一個多月左右就回來了。」容瑾隻字不提四皇子也會同去的事實。

可寧汐何等敏銳，稍一聯想，便察覺出不對勁來了。朝中大臣多得是，什麼時候輪到一個翰林學士去賑災了？這中間，一定有什麼她不知道的事情！

「容瑾，你是不是有事在瞞著我？」

被那雙黑亮清澈的雙眸直勾勾的看著，撒謊真不是件容易的事情。

容瑾面不改色心不跳地笑道：「哪有的事，我不是正在和妳商量嘛！要是不同意我走這麼久，那我就不去了。其實，我本來也不想去，妳剛懷上身孕，我應該留下來陪妳才對。」

這一招以退為進，對別人未必管用，對寧汐卻一定好用。

果然，寧汐善解人意地說道：「沒關係，朝中的事情自然最重要。我這麼大的人了，自己能照顧好自己的。你什麼時候走？我明天就替你收拾行李吧！」

容瑾嗯了一聲，隨手摟緊了寧汐。因為他怕寧汐一抬頭，會看見他眼中的酸澀。

自從相識以來，這是他第一次撒謊騙她。雖然是為了她的身體著想才瞞著她，可是以她的性子，將來知道事情的真相了，一定會很生他的氣吧！

可是，為了不讓她擔心著急，他只能這麼做。希望一切都順利，讓他如願以償地為寧汐了卻這一段昔日恩怨。

第二天凌晨，小安子悄悄地去了大皇子府上送信。大皇子隨即進宮，和皇上密談許久，不知到底說了些什麼，總之，容瑾也成了賑災大臣之一。錢糧都在緊張的籌措中，最多三到五天就要出發。

這個消息在朝中一宣佈，頓時引來一陣譁然。

別人倒也罷了，可容瑾和四皇子一同前去算怎麼回事？此去路途遙遠，至少費時一個多月，要是路途中發生什麼不該發生的事情可就熱鬧了。

一時之間，眾人看向容瑾的眼神都曖昧極了。容珏和容琮一點心理準備也沒有，又是錯愕又是著急，臉色都不太好看。

容瑾早有心理準備，對眾人異樣的目光視若無睹。

四皇子顯然被這個意外的驚喜弄得有些發懵，剛散了早朝就急急地攔著容瑾的去路，眼睛熠熠發亮，話語裡帶著不自覺的迫切和渴望。「容瑾，這是你主動要求一起去的嗎？還是父皇下的旨意？」

容瑾早已料到四皇子會有這番舉動，淡淡地笑道：「這有什麼區別嗎？」

當然有。如果是容瑾主動要求一起去，是不是說明他不再那麼討厭自己了？甚至還有可能對自己有了一點點的好感？

一想到這個，四皇子竟也沒了往日的冷靜，看向容瑾的眼神灼熱滾燙。「當然有區別。容瑾，只要你不再躲著我，讓我做什麼都願意。」

容瑾心裡暗暗作嘔，面上卻慢悠悠地笑了笑。「以後有得是機會說話，還是別在這兒惹人注目了。」

被他這麼一提醒，四皇子才留意到有不少人偷偷的往這邊張望，忙正色笑道：「是是是，你說的對，都是我考慮不周，那我先走了。」

以後有得是機會……只聽到這樣的話，他就覺得全身都熱了起來。慾令智昏也好，美男計也罷，只要那個人是容瑾，就算前面是陷阱，他也要闖一闖。

四皇子戀戀不捨地看了容瑾一眼，終於走了，腳步異常的輕快。

容瑾的笑容卻淡了下來，眼裡陰沈沈的。被逼著和生平最厭惡的人虛以委蛇，還有欲擒故縱什麼的，真是讓人想起來就噁心。

哼，遲早有一天，他會讓四皇子後悔當初惹了他！

「三弟！」容玨和容琮行色匆匆地找了過來，俱都皺著眉頭，臉色很難看。「皇上怎麼會突然下這道旨意？」

四皇子對容瑾的野心，皇上分明心知肚明，下這麼一道旨意是什麼意思？容瑾此去，簡直就是羊入虎口……呸，這是什麼形容詞！可也沒有更合適的詞語形容這個令人棘手的現狀了。

容瑾簡單地說道：「先回去再說。」這事情可不是三言兩語就能說得清楚的。

容玨和容琮面面相覷，各自將心頭的疑惑按捺了下去。

兄弟三人回了容府之後，便一起去了容玨的書房裡密談。容瑾斟酌言詞，將事情簡單地說了一遍。當說到關鍵部分時，卻並未細說。

容玨何等敏銳，立刻察覺出不對勁來，皺著眉頭說道：「三弟，大皇子口口聲聲說要搜查證據，可隔了這麼多年，還到哪兒去找？」

再說了，有膽子做出這種瞞天過海之事的人，怎麼可能輕易留下把柄？

容琮的面色也十分凝重。「大哥說得對，梅貴妃畢竟是皇上身邊的妃嬪，隨時都有人伺候，皇宮裡又人多口雜，如果當年真有這樣的事情，絕不可能被瞞了這麼多年還無人察覺吧！三弟，這事你還是別管了，萬一鬧個不好，這可是掉腦袋的事情……」

大皇子將容瑾拖下水，可沒存什麼好心，擺明了是要利用容瑾對付四皇子。

四皇子可不是什麼善茬，容瑾和他周旋，無異與虎謀皮，如果真的出了什麼事可就不妙了。到時候山高路遠，想救人都來不及。

「大哥二哥，你們的顧慮我都清楚。」容瑾淡淡地說道：「但是，這麼好的機會白白錯過實在可惜。我心意已決，你們不要再勸我了。」

「三弟……」容玨和容琮一起變了臉色。

容瑾一臉堅定，語氣森冷。「我知道你們在擔心什麼。放心，我最多敷衍敷衍他，他要是敢對我做什麼不軌舉動，我一刀下去就閹了他。」

話說到這分上，容玨和容琮也不好再勸。對視一眼，各自嘆口氣，心裡同時想道，得挑幾個武藝高強又忠心的護衛讓容瑾帶著。

第四百一十八章　離京

書房裡一片沈默。

過了半晌，容瑾才叮囑道：「這事你們千萬要保密，不能讓寧汐知道。」頓了頓，又補充道：「最好是連大嫂、二嫂也別告訴。」

蕭月兒和寧汐感情最好，要是她知道了，寧汐保准第一時間就知道是怎麼回事。至於李氏，更不是什麼善茬，知道這種事不去煽風點火看笑話才是怪事。

容玨點點頭應了。「放心，我們不會亂說的。」

容琮卻有些為難了。「三皇子和四皇子一走，月兒肯定會得到消息，到時候想瞞也瞞不過她。」

容瑾眸光一閃。「二嫂已經懷孕七、八個月了，這些煩心的消息就別讓她知道了。」想瞞著蕭月兒，只要和大皇子那邊打個招呼就行。反正蕭月兒身子笨重，又不輕易出府，也沒機會從別人的口裡聽到這些事。

容琮想了想，只得嘆口氣點了頭。

三天過後，一切準備就緒，容瑾隨著兩位皇子和王尚書一起離開京城。

臨行前的一晚，容瑾哄著寧汐不要給自己送行。「汐兒，妳乖乖在府裡待著，別往外亂跑了，免得驚動得孩子也不安穩。」

一提到孩子，寧汐便乖巧溫柔多了，眨巴眨巴著大眼。「那你要照顧好自己，要白白胖胖的回來，不能變得瘦了。還有，不准在路上隨意招惹別的女人……」

容瑾啞然失笑，低頭在寧汐的唇上狠狠地吻了下去，直把寧汐吻得嬌吟聲聲才抬起頭，聲音沙啞。「傻丫頭，有了妳，別的女人怎麼可能入得了我的眼。我這輩子可都栽到妳手裡了，妳得負責才行。」

寧汐甜甜地笑了，在他溫暖的臂彎裡沈沈地睡著了。

而容瑾，卻一直靜靜的凝視著寧汐的睡顏，幾乎一夜未眠。凌晨，趁著寧汐還沒醒，他便悄然起身走了。

容瑾走後又過了許久，床上的寧汐緩緩睜開眼，愣愣地盯著頭頂的紗帳發呆，心底掠過一絲不安。

容瑾到底在瞞著她什麼？

雖然他隱藏得很好，可她實在太瞭解他了。如果只是普通的賑災，他一定不肯去，想盡了方法也會留下來陪她。畢竟，她剛懷了身孕，正是最需要他在身邊的時候。可他現在不僅堅持要走，而且不想她去送行……

寧汐心裡陡然閃過一個念頭，俏臉一白，手微微一顫。

過了半晌，寧汐才冷靜下來。如果真的和四皇子有關，蕭月兒總該知道些內情吧！

只可惜，這次蕭月兒竟也懵懂不知，待聽到寧汐問起賑災的事情，蕭月兒睜大了水靈的眼眸。「什麼賑災？我怎麼一點都不知道！」

寧汐蹙眉。「我也不知道究竟是怎麼回事，容瑾只告訴我要去一個多月，就走了。我心裡總覺得有些不對勁。」總覺得似乎要發生什麼事情一般。

蕭月兒想了想說道：「我現在這樣子不方便出府，也懶得回宮，這樣吧，我讓荷香替我去大皇兄那裡跑一趟，打聽些消息回來。」

寧汐感激地笑了笑。

大皇子那邊早已得了叮囑，自然什麼也不說，荷香去了一趟，什麼也沒打聽到。

寧汐和蕭月兒坐在一起發呆，各自胡思亂想起來。荷香最見不得蕭月兒煩心，忙安撫道：「公主，您現在該安心靜養，別總煩心這些了。有什麼事，等駙馬回來問他也不遲。」

寧汐被這麼一提醒，也有些歉然。「二嫂，真是對不住，我真不該總拿這些小事來煩妳。」

「說這些見外的話做什麼。」蕭月兒嗔怪的瞪了寧汐一眼。「再這麼說，我以後可不理妳了。」她們兩人，還用說這些客套話嘛！

寧汐打起精神笑了笑，和蕭月兒隨意閒扯起來，將這樁心事悄悄壓了下來。

張展瑜和上官燕的喜事就在兩天後，寧汐左右無事，索性收拾了衣物回娘家小住。以前獨來獨往慣了，可現在有了身孕，容瑾又不在身邊，還是帶個人在身邊穩妥些。於是，翠玉跟著寧汐回了寧家小院。

寧暉和葉薇也趕了回來。再加上特意告假回來的寧有方，竟是難得的一家齊聚，熱鬧極了。

寧暉習慣性的揚手，想拍拍寧汐的肩膀，寧汐不假思索地躲開了。寧暉一愣，妹妹這是怎麼了？

阮氏心裡微微一動。「汐兒，妳是不是……」

寧汐略紅著臉，輕輕點頭。

阮氏眼睛一亮，歡喜得不得了。「太好了，這可真是個好消息。妳這孩子，怎麼也不早些告訴我們。」

寧暉聽得一頭霧水，和寧有方兩個大男人對視一眼，俱是一臉茫然。

葉薇卻聽懂了，笑吟吟的走上前來，拉起寧汐的手說道：「妹妹，恭喜妳了。已經多久了？」

寧汐紅著臉答道：「還不到兩個月呢！」

寧暉靈光一閃，猛地一拍腿。「呀，我要當舅舅了！」

寧有方此時也反應過來了，樂顛顛地跑到寧汐面前，一連聲的問道：「汐兒，妳真的懷孕了嗎？我就要當外祖父了嗎？」

寧汐笑著點頭。頓時把寧暉和寧有方都給樂壞了，一個嚷著「太好了我就要當舅舅了」，一個喊著「我要有外孫了」。

阮氏噗哧一聲笑了起來，葉薇也抿唇輕笑不已。

因著這個好消息，寧有方的心情越發高昂，當晚親自下廚做了桌好菜，一家人圍坐在一起吃喝說笑別提多開心了。

寧汐卻有些悵然若失。

這麼開心的時刻，卻少了容瑾在身邊，就好像一道美味佳餚，偏偏少了最重要的調味料一般索然無味。可當著家人的面，卻不能將這樣的情緒流露出半分。整個晚上，都在刻意的歡聲笑語中度過。

阮氏隨口嘆了一句。「要是容瑾也在就好了。」

寧暉收斂了笑容說道：「妹夫忙的也是正事，西北旱災實在嚴重，聽說餓死了很多人。希望他們這次去，能將災情穩住。」

寧有方也附和了幾句。「是啊，這可是關係百姓生計的大事，雖說四皇子也去了，不過，容瑾一個大男人，總能照顧好自己……」

「爹，您說什麼？」寧汐俏臉一白，猛地站了起來。「四皇子也去了嗎？」

寧有方沒料到寧汐反應這麼大，倒被嚇了一跳。「怎麼，容瑾沒告訴妳嗎？」宮裡可早就傳開了，他也是聽皇上身邊的太監說的。

寧汐抿緊了嘴唇，身子卻微微顫了顫。怪不得他要苦苦地瞞著她，怪不得他不肯讓她送行，原來，容瑾一直瞞著她的，就是這件事！

明知四皇子有虎狼之心，他怎麼能和這樣的人一路同行？萬一有個三長兩短的怎麼辦？她和孩子要怎麼辦？

容瑾為什麼要這麼做？

「妹妹，妳沒事吧！」寧暉擔憂不已地看著面色蒼白的寧汐。「妳的臉色好難看。」

阮氏也有些急了。「汐兒，妳剛懷上身孕，情緒不宜激動，先坐下來再說。」

寧汐漸漸回過神來，見家人都一臉擔憂，忙坐下來，勉強擠出一個笑容。「你們放心，我沒事。」

沒事才怪！瞧那張小臉，簡直蒼白得沒了血色。

阮氏心疼極了，柔聲安撫道：「容瑾一定是怕妳胡思亂想，才沒告訴妳。妳也別多想了，他這麼大的人了，總能照顧好自己的。」

寧暉心裡對妹夫的行為也十分不滿，口中卻也勸道：「娘說的對，妳現在保重身子要緊。反正最多一、兩個月容瑾就會回來了，到時候妳再好好罵他一頓。要是不解氣，就讓我出馬，好好教訓他一頓，把他揍得滿地找牙……」

「胡說什麼！」寧有方瞪了兒子一眼。「這些話也是你能說的嗎？要揍人也得由我動手才對。」

寧汐雖然滿腹心事，卻也被逗樂了。「爹、大哥，你們不用哄我了。我也不是小孩子了，這點輕重我當然懂，你們放心，我不會為這個生氣的，更不會傷到肚子裡的孩子。」

這就好！寧家父子一起鬆了口氣。

阮氏也笑道：「妳能這麼想就好，妳也別急著回去了，安心的在家裡多住些日子。」

寧汐笑著點點頭。容瑾不在，容府再大對她來說也只是個冰冷精緻的牢籠而已，還是在寧家小院裡住著更自在。

一開始的震驚和憤怒過去之後，她的思緒漸漸清明，開始細想此事。

有些秘密，只有她和容瑾知道，家人卻不知道。他們或許也懼怕四皇子，可和她強烈的恨意卻截然不同。

容瑾對她的心結也十分清楚，雖然口中不說，大概心裡也一直存著為她報仇的心思。從容瑾透露的隻字片語來看，大皇子一直在暗暗搜查什麼事情來對付四皇子和梅貴妃。這次容瑾和四皇子一起離京，會不會也是計劃中的一部分？

以容瑾的脾氣，竟肯委屈自己敷衍四皇子，必然有不得已的理由。細細一想，答案已經躍然於眼前。

他一定是為了她……

無人的暗夜裡，兩行眼淚靜靜地滑落寧汐的眼角，心裡的酸澀幾乎要將她淹沒。

容瑾，你千萬不可以有事。你一定要安然無恙地回來，我和孩子都在等著你……

第四百一十九章　告別

五月初四這一天，張展瑜和上官燕終於成親了。

鼎香樓歇業一天，所有人都來了。廚子多得是，寧有方不用掌廚，卻裡外忙著招呼客人，忙碌的程度比起寧暉成親的時候也不遑多讓。

寧汐看著廚房那邊忙得熱火朝天，一時技癢，便湊過去待了會兒。

被寧有方看見了，忙不迭地扯了她的胳膊往外拉，口中不停地念叨著。「妳這丫頭，都要當娘了，還這麼淘氣。這裡也是妳來的地方嗎？快些到屋裡待著去。」

寧汐無奈地笑了笑，只得乖乖地去了屋子裡待著。一家人都把她當瓷娃娃一般捧著，別說下廚做飯了，就連挾菜都有人代勞，整日裡無所事事，閒得發慌。

以前看蕭月兒整天唉聲嘆氣的，她還總是取笑蕭月兒矯情。現在輪到自己身上了，才知道被過分關愛的滋味其實也很痛苦。

好在容瑾不在，不然，他一定緊張得連手指都不讓她動。

想到容瑾，寧汐的笑容頓了頓，心裡閃過一絲悵然。

他只離開了兩天，可她為什麼有種他離開了好久的感覺？又時時刻刻擔心他的安危，那種忐忑難安的心情真是一言難盡……

震耳欲聾的鞭炮聲響起，將寧汐從怔忪中驚醒，不由得起身走了出去。

一身喜袍滿臉喜氣的張展瑜映入眼簾。他本就生得高大俊朗，今天做了新郎官更是精神奕奕神采飛揚，眼底閃爍的喜悅光芒，比陽光更加奪目。

窈窕標緻的新娘上官燕，頂著紅紅的蓋頭，羞答答的站在張展瑜的身邊。

看著這一幕，寧汐不由得想起了自己出嫁那一日的光景。這一天對所有女子來說，都刻骨銘心永難忘懷。嫁給心愛的男人，從無憂無慮的少女變為人妻，就算是再堅強勇敢的少女，在這一刻都會忐忑不安吧！

張展瑜的目光和寧汐在空中遙遙相對。

寧汐眉眼彎彎的笑了，輕輕地說道：「恭喜你，張大哥！」人聲嘈雜，張展瑜根本聽不清她在說什麼，可只看她的嘴形也能猜出她說的話。張展瑜微微一笑，深深地凝視寧汐一眼，終於移開了視線，將全部的注意力都放在身邊的上官燕身上。

昔日的愛戀已經成了過去，從今天起，他要全心全意的愛上官燕了……

等拜過天地入了洞房之後，張展瑜在眾人的慫恿下挑開了蓋頭。紅燭跳躍，映出一室的喜氣，上官燕嬌豔明媚，如同盛放的鮮花般嬌美。

張展瑜看了一眼，心蕩神馳。

上官燕大膽地抬頭看向他，嫣然一笑。對視間，情意脈脈流淌。

幾個尚未成親的廚子在一旁嗷嗷亂叫，鼓譟著將新郎官拉出去灌酒。張展瑜身不由己，被硬拉著走了，洞房裡便只剩下阮氏陪著上官燕。

不一會兒，門被輕輕地推開了，寧汐輕巧地閃了進來。上下打量上官燕兩眼，由衷的讚道：「上官姊姊，妳今天真美。」精緻的妝容和嫁衣自然是美的，可更美的，卻是眼角眉梢唇邊那抹幸福的笑意。

新嫁娘不宜說話，上官燕便朝寧汐笑了笑。

阮氏笑道：「汐兒，妳來了正好，就在這兒陪陪新嫂子，我出去幫著招呼客人。」

寧汐笑著點頭應了。等阮氏走了之後，寧汐笑咪咪的坐到床邊。「上官姊姊，現在也沒別人了，想說話只管說好了。」

上官燕被憋了大半天，也著實悶得慌，聞言抿唇一笑，低低地說道：「成親可真累。」

可不是嘛？一大早起來就被折騰著裝扮，再被花轎晃晃悠悠地折騰好久，就算入了洞房，也不能隨意亂動亂說話。

寧汐是過來人，自然能體會其中的滋味，俏皮地笑道：「累過這一天就好了，從現在起，我可得改口叫妳嫂子了。」

上官燕俏臉微紅。她和寧汐認識這麼久，一直視對方為生平對手，每次相見都是針鋒相對口舌交鋒，誰能想到會有這麼親暱的一天？

「寧汐，謝謝妳。」上官燕真摯地看著寧汐，眼神清澈。「我和張大哥有這一天，都虧了妳幫忙……」如果沒有寧汐從中撮合幫忙，她和張展瑜也走不到今天。

「嫂子，妳說這話我可不愛聽。」寧汐笑著接過話頭。「別說什麼謝不謝的，妳和張大哥本就是最合適的一對，能有今天，是因為妳的勇敢，還有張大哥的堅持。」有情人終成眷屬，是世上最令人愉快的事情了。

上官燕輕輕一笑，將剩餘的話都嚥了回去。

事實怎麼樣，她和寧汐都是心知肚明。張展瑜曾對寧汐一片癡心，就算寧汐後來和容瑾在一起了，張展瑜也依然對她念念不忘。如果不是寧汐從中出力撮合，張展瑜也不會這麼快的接受她。寧汐不肯居功，甚至不願提起這些，便是不希望她心存芥蒂。

其實，寧汐真的多慮了。她感激還來不及，怎麼可能有心結？既然寧汐不肯說這些，上官燕便隨意的扯開話題。「妳和容瑾還好嗎？」

寧汐笑著點點頭。「我們很好，對了，妳還不知道吧？我已經懷孕了。」

「真的嗎？」上官燕眼眸一亮，目光在寧汐的小腹上瞄了一圈。「那可太好了，恭喜妳了。」

寧汐抿唇一笑，溫柔地低頭看了看平坦的肚子。最多再有一、兩個月，她的肚子就會漸漸隆起，她和容瑾的孩子會在這裡安然成長，直到出生……

她低頭微笑的神情溫柔嫵媚，更多了往日沒有的沈靜，美得令人移不開眼睛。

上官燕暗暗為自己慶幸，好在她認識張展瑜的時候，寧汐已經和容瑾成了一對。不然，她哪裡能爭得過寧汐。

不知過了多久，新房裡湧進了好多人，一個個擠上前來看新娘子，熱鬧喧囂極了。上官燕有些窘迫，更多的卻是歡喜和羞澀。

寧汐笑了笑，悄然從新房裡退了出去。

此時已是繁星滿天，一彎新月高高的掛在半空，散發出瑩潤清冷的光芒。不大的院子裡幾乎擠滿了人，到處都是歡聲笑語。

寧汐也在笑，只是笑容有一絲恍惚，眼底浮著淡淡的寂寥和落寞。

穿著大紅喜袍的新郎官正邁往新房的腳步不自覺地頓了一頓，旋即邁著穩穩的步子走了過來。「汐兒。」

「張大哥。」熟悉的呼喚在耳畔響起，寧汐反射性地抬頭微笑。

四目相對的一刻，彷彿回到了幾年前，那時候的她還是個苦練廚藝的小丫頭，整天跟在他的身後。而他明明十分留戀這樣的相伴，卻從不敢輕易流露心中的那些戀慕，唯恐被她察覺到他的心思。

他總是低頭專注的做事，其實眼角餘光一直在捕捉著她的一舉一動一顰一笑。因為她驚人的天分暗暗驕傲，因為她的俏皮可愛而露出會心的微笑……

似乎只是一轉眼的工夫，她已經嫁為人妻，而他，也找到了屬於自己的幸福。中間流淌的時光，被悄然隱沒在歲月裡。

張展瑜心裡微微一疼，笑容卻溫暖而明亮。「怎麼一個人站在這兒發呆？容瑾沒陪著妳嗎？」

寧汐笑著搖搖頭。「他有事離開京城，大概得一個多月才能回來呢！」

張展瑜反射性地皺了皺眉頭。「妳剛懷了身孕，他怎麼也不留下來陪陪妳？」語氣裡的不滿顯而易見。

寧汐笑著解釋道：「他有公務在身，不走也不行。」

「公務再忙，總不至於非他不可……」張展瑜習慣性的想數落容瑾幾句，忽地想起自己如今已經徹底沒資格了，不由得自嘲地笑道：「對不起，是我多嘴了。容瑾這麼疼妳，一定會對妳好的。」

雖然他自以為隱藏得很好，可眼底那一抹淡淡的遺憾和傷痛卻在月光下顯露無遺。

今後，他會有自己的幸福。曾輾轉反側為之痛苦卻求而不得的愛情，已經成了遙遠的傷疤。可那道烙印在心裡的傷疤，卻永遠留在心底深處，永遠不會磨滅。

寧汐的心微微一顫，心底湧起莫名的酸澀和無奈。

少年時朝夕相處的情意，對她來說也是最珍貴美好的回憶。她對他沒有男女之愛，卻有深厚的感情。如果沒有容瑾，或許，她和他早已成為一對。

只可惜，這個如果並不存在。

她已經是容府的三少奶奶，他卻在鼎香樓大展手腳，她和他終究漸行漸遠。

「張大哥，不要說對不起。」寧汐眼裡依稀閃爍過一絲水光。「如果有人該說對不起，那個人也該是我。」

張展瑜深呼吸口氣，展顏一笑。「大喜的日子，不說這些了。妳既然叫我一聲張大哥，這輩子我可都認定這個妹子了。今後要是容瑾欺負妳了，我和寧暉兩個一起去找他算帳。」順便晃了晃拳頭。

寧汐被逗笑了。

「新郎官怎麼跑這兒來了。」廚子們終於找過來了，扯著張展瑜往新房跑。張展瑜來不及再和寧汐說話，歉意地笑了笑，便被拖走了。

寧汐靜靜的站在原地，看著張展瑜的身影消失在眼前。

第四百二十章　秘密

容瑾離開京城一個月了。

這一個月裡，寧汐表面若無其事，可卻無時無刻不掛念著容瑾。再加上孕吐嚴重，胃口一日不如一日，整個人日漸消瘦。

正所謂紙包不住火，容瑾和四皇子一起離開京城的消息還是傳了開來。

容瑾年少得志，極得皇上器重，本就招人眼紅。又天生一副禍水的長相，被有心人暗中惡意捏造謠言，背地裡說些不三不四極盡侮辱的話。

寧汐心知肚明，卻只當作什麼都不知道。

蕭月兒偶爾也聽到了一些，氣得火冒三丈咬牙切齒。「這些人真是吃飽了撐著沒事幹了吧！別人的事情跟他們有什麼關係，整天亂嚼舌頭，也不怕死了去拔舌地獄。」

寧汐淡淡地笑了笑。「嘴長在別人身上，愛說什麼我們管不著，隨他們說好了，只要我們自己不在乎就行了。」好在這些話沒傳到容瑾耳朵裡，不然以他的脾氣一定氣炸了！

蕭月兒最怕見寧汐這副死氣沈沈的樣子，嘆道：「寧汐，妳別這樣好不好，妳現在懷著孩子呢，天天悶悶不樂的，對孩子可不好。妳以前怎麼說我的忘了嗎？」

寧汐苦笑一聲，說別人倒是都很容易，只有事情輪到自己身上了，才知道其中的滋味啊！容瑾已經離開這麼久了，音信全無，連封家書都沒有，她怎麼能不擔心？

蕭月兒想了想說道：「我去找大皇兄，他一定知道些容瑾的近況。」此次隨行人中，一定會有大皇子的人。

寧汐一愣，連連阻止。「二嫂，妳身子笨重隨時可能臨盆，可千萬別出府了。」

蕭月兒不以為意地笑道：「放心好了，我沒事的。妳要是不放心，我就帶妳一起去。」

寧汐猶豫極了，一方面擔心蕭月兒的身體，可另一方面卻又實在想知道容瑾的音訊，理智和衝動在心裡激烈交戰。最後，終於還是理智稍稍占了上風。「還是別去了吧！已經一個月了，說不定再有幾天容瑾就回來了……」

「這麼苦苦等著，等到哪天才算完？」蕭月兒不由分說地拉起寧汐的手。「我們快去快回，不會耽擱太長時間的，快走吧！」

寧汐推辭不得，心裡又是感激又是感動。道謝的話在喉嚨處打轉，還沒等說出口，就聽荷香、菊香都知道蕭月兒執拗的脾氣，也不敢攔著，忙命人備馬車，又急急地派人先去大皇子府上報信。

蕭月兒說道：「寧汐，對不起。」

寧汐一怔。「二嫂……」這話是從何說起。

蕭月兒攥著寧汐的手，歉意的說道：「如果不是因為大皇兄，容瑾也不會以身犯險，如果容瑾出了什麼岔子，我也難辭其咎。」說到底，容瑾和四皇兄並沒有刻骨的仇恨，只因為皇儲之爭站到了大皇兄這一邊，才和四皇兄徹底地站到了對立面。

寧汐心知蕭月兒是誤會了，偏偏這個誤會實在無法解釋。容瑾執意和四皇子較勁，絕不是為了蕭月兒和大皇子，而是為了她……

蕭月兒見寧汐不吭聲，越發內疚，深呼吸口氣說道：「妳放心，我今天親自去問大皇兄，他一定不會瞞著我的。」

但願如此吧！寧汐點點頭，反手握緊了蕭月兒的手。

馬車駛入大皇子府裡，大皇子收到消息之後，親自出來相迎。目光先落在大腹便便的蕭月兒身上，皺著眉頭數落道：「妳身子這麼笨重，隨時都可能臨盆，怎麼還到處亂跑，有什麼事以後說不行嗎？」

蕭月兒輕哼一聲，繃著臉說道：「不行，我今天就要來問你。要是你有半句瞞著我，我今天就留在這兒哪兒也不去了。」

這賴皮勁一拿出來，大皇子便開始頭痛了。

不用想也知道，蕭月兒的來意一定和容瑾有關。不然，她也不會這麼急匆匆地趕過來，還特地將寧汐也帶來。

大皇子瞄了悶不吭聲的寧汐一眼，心裡暗暗一驚。月餘沒見，寧汐像換了個人似的，面色蒼白憔悴不說，也沒了往日的冷靜沈穩，黑亮的眼眸也暗淡了不少，整個人都瘦了一圈。

心底悄然升起的那一絲陌生的情緒到底是什麼？是憐惜？抑或是遲來的歉疚？

他只想著利用容瑾，卻沒想過寧汐心裡的感受……

「大皇兄，容瑾去了這麼久，怎麼連封家書都沒有？」蕭月兒皺眉問道：「還有，他到底什麼時候才能回來？」

大皇子咳嗽一聲。「這裡不是說話的地方，妳們隨我來。」

蕭月兒和寧汐對視一眼，一起跟了上去。

大皇子領著蕭月兒和寧汐到了書房裡，手在牆上的書畫上動了動，一面牆壁忽地動了，竟又露出一間空屋。

蕭月兒顯然也沒見過這間密室，怔了一怔，才走了進去。

寧汐此刻倒是鎮定了下來，也跟著走了進去。大皇子又將密室關上，低聲說道：「這裡說話非常隱密，妳們儘管放心。」

寧汐一直沒吭聲，此時忽然抬頭問道：「大皇子殿下，容瑾是不是出什麼事了？」這麼久都沒派人給她送家書，一定有什麼原因。

大皇子既然將她們帶到了密室來說話，自然沒打算再瞞著，如實說道：「他們已經到那邊一個月了，天天忙著賑災的事情，地方官員上報的摺子裡，刻意隱瞞了一些，聽說還有饑民暴動……」

旱災嚴重，餓死的人比比皆是，屍橫遍野。餓急了的人什麼都能做得出來，賑濟的米糧得日夜派人看守，饒是如此，還是有不少膽大包天的饑民去搶。一開始還是散亂無組織的，後來竟演變成了暴動。

這些已經令人難以應付，再有四皇子的虎視眈眈，容瑾連安穩睡覺的時間都沒有，哪裡還能騰出手來寫家書。

寧汐俏臉隱隱發白，卻硬撐著聽了下去，只是縮在袖子裡的右手握得緊緊的，指甲掐入掌心，一陣陣刺痛。可這些微的痛楚，卻遠遠不及聽到這些消息時心裡的糾痛。

大皇子說得輕描淡寫，可實情一定十分凶險。

容瑾雖然天資聰穎才華過人，可自小錦衣玉食，從沒吃過半點苦頭。容家一門武將，個個武藝高強，唯有容瑾天生虛弱，體質根本不適合練武。這次雖帶了幾個武功高強的侍衛，可情勢如此凶險，他會不會有危險……

蕭月兒憂心忡忡地看了寧汐一眼。「妳怎麼樣？」寧汐的臉異常的蒼白，單薄的身子微微顫著，似乎隨時都會昏倒。

寧汐深呼吸口氣，擠出一個笑容。「放心，我沒事。」頓了頓，才看向大皇子，斂身施禮。「多謝殿下告訴我這些。」

俏臉雪白，越發映襯得雙眸烏黑如墨，明明那樣的柔弱，卻又出乎意料的堅韌。

大皇子心裡悄然一動，情不自禁地上前一步。「寧汐，妳不用擔心，容瑾會沒事的。」

如果有事，就由我來好好照顧妳。

剩餘的這句話，雖然沒說出口，卻在他灼熱明亮的眼神中表露無遺。

寧汐不著痕跡地退後一步和他拉開距離，語氣疏離不失客氣。「多謝殿下安慰。容瑾知道我和孩子都在等著他回來，他一定會安然無恙地回來的。」

看著寧汐滿是戒備的眼神，大皇子有些訕訕，不自在的移開了視線。正巧迎上蕭月兒不悅的白眼，顯然是在責怪他剛才的失態。

大皇子咳嗽一聲，小心陪笑道：「妹妹，站了這麼久，妳一定累了吧，坐著說話吧！」

蕭月兒猶自不解氣，忿忿地瞪了他一眼，才拉著寧汐一起坐了下來，低聲安撫了幾句。

大皇子被晾在一邊，也不敢有絲毫脾氣，硬是耐著性子在一旁等著。

寧汐強自將所有的不安和擔憂都按捺下去。她要對容瑾有信心，不能早早慌了手腳。趁著大皇子心存內疚，不如試探一下……

「我有一事相問，若是問得冒昧，還望殿下不要見怪。」寧汐妙目看了過來，語氣溫軟，竟帶著一絲不自覺的乞求之色。

所謂英雄難過美人關，大皇子也不例外，不假思索地點頭應道：「妳有什麼只管問，只要我知道的，一定如實相告。」

寧汐直直地看入大皇子的眼底，溫潤甜美的聲音在密室中迴響，異常清晰。「殿下調查的那樁事情怎麼樣了，可有結果了嗎？」

輕飄飄的一句話卻如石破天驚。

大皇子笑容凝結在了眼底，面色陡然冷了下來，不答反問：「是容瑾告訴妳的嗎？」之前早已商議過此事，不能輕易透露給別人知道，就連枕邊人也不例外。容瑾竟然不守約定！

寧汐像是看出他在想什麼，輕聲說道：「他什麼也沒說，是我自己猜的。殿下應該記得吧，我對危險的感知天生比別人強多了。」

大皇子想起寧汐神奇的夢境，沈默下來，眸光連連閃動，不知在想些什麼。

蕭月兒在旁邊聽得一頭霧水。「皇兄、寧汐，你們兩個到底在說什麼？我怎麼一句都聽不懂？」

寧汐沒回答，只靜靜的看著大皇子。

第四百二十一章　噩耗

大皇子沒說話，銳利的目光緊緊的盯著寧汐。

寧汐沒有退縮，挺直了身子回視。

蕭月兒看著這陣仗，心裡越發糊塗。想了想，便決定按捺住性子聽下去。

過了許久，大皇子才緩緩地張口說道：「妳既已猜到了，我也無須瞞著妳。那件事情已經有了眉目，只缺了有利的人證。我已經在想法子找這個人證了，不出意外的話，最多半個月便會有結果。四皇弟回來的時候，我就會將這份『大禮』送給他。」

說到最後一句，大皇子的眼中閃過一絲戾氣。

寧汐一顆心高高的吊在半空，又緩緩地落了下來。雖然大皇子說得含糊不清，不過，至少讓她確定了一點。她一直猜測得沒有錯，大皇子暗中調查的事情一定和四皇子的身世有關。

有什麼能讓一個得寵的妃子及其皇子被扳倒且永不能翻身？

只有一個可能，那就是身世有疑點。

前世，已經是太子的四皇子在皇上的飲食裡暗中做手腳，皇上一命歸天之際，他迫不及待地登上了皇位，並且以迅雷不及掩耳之勢了結了此案。將所有的罪名都推到了寧有方的身上，寧家家破人亡，寧有方更落了個凌遲處死的淒慘下場。

當時的她只覺得天都塌了下來，傷心絕望之餘，毅然自盡身亡，卻沒有細細想過其中的疑點。

四皇子心機深沈善於隱忍，而且已經做上了太子，皇位遲早是他的，可他卻鋌而走險。是什麼原因使得他冒天下之大不韙做出這等弒父篡位大逆不道的事情？

原因只有一個，四皇子根本不是真正的皇室血脈……

想及此，寧汐只覺得喉嚨陣陣發緊，呼吸都有些困難起來。

如果她猜得沒錯的話，四皇子對自己的身世早已心知肚明，邵晏大概也知道這個秘密。甚至，邵晏和四皇子之間也有個不為人知的極大秘密……

大皇子犀利的目光緊緊的盯著寧汐蒼白的臉。「此事事關重大，絕不能走漏半點風聲。妳可記清楚了嗎？」

寧汐深呼吸口氣，輕輕點頭。事關皇室秘辛，知道得太多對她並無好處。大皇子這般鄭重地警告她，不僅是怕事情洩漏，也是為了她的安危著想。

蕭月兒聽到這兒，再也按捺不住了，急急地追問道：「你們兩個說的到底是什麼？別把我一個人蒙在鼓裡嘛！還有，怎麼又扯到四皇兄了？大皇兄，你到底在暗中查什麼事情？」不自覺地扯著大皇子的衣袖，滿眼的疑問。

這熟悉的小動作，讓大皇子神色柔和了許多，疼惜地看著蕭月兒。「月兒，不是我想瞞著妳，而是這件事實在太過重大，我連妳皇嫂都瞞著沒告訴。妳性子急躁，藏不住心事，又快要臨盆了，這件事妳不知道也好。」

說來說去，還是不肯告訴她。

蕭月兒癟癟嘴，一臉不快。卻也知道大皇兄的性子，既然不肯說，那便是真的一句都不會說了。算了，不說就不說，回去問寧汐好了……

就在此刻，忽地響起三長兩短的敲門聲。

大皇子眉頭一皺。知道這個密室的，只有寥寥幾個心腹。明知他在裡面說話竟還來打擾，看來定然有什麼要緊的事情。

大皇子起身，打開密室。一個侍衛閃了進來，低聲說道：「殿下，剛才接到了飛鴿傳信。」說著，將一個薄薄的紙卷遞了過來。

大皇子眸光一閃，當著寧汐和蕭月兒的面將紙卷打開，迅速地瞄了一眼，面色頓時凝重起來，不自覺地瞄了寧汐一眼。

寧汐的心陡然漏跳一拍，忽然有種奇異的直覺，這個紙卷裡傳遞的消息，一定和容瑾有關……

「寧汐，我有個消息要告訴妳，」大皇子頓了頓，似是在想該如何措辭能更委婉些。「三皇弟他們遇上了一群流竄的災民，賑災的米糧被搶了不少，可能有人受了些輕傷……」

寧汐的一顆心直直的往下沈，手腳冰涼，顫抖著問道：「容瑾受傷了嗎？」

大皇子猶豫片刻，點了點頭。「是。還有四皇弟也受了傷……」

接下來的話寧汐已經聽不見了，她眼前一黑，身子軟軟地倒了下去。

蕭月兒大驚失色，不假思索地伸手接住寧汐，她身子笨重動作也不免有些笨拙，哪裡能接得住寧汐，竟踉蹌了一步。

說時遲那時快，大皇子眼疾手快地伸出胳膊攬住寧汐的身子，另一隻手穩穩地拉住蕭月兒，瞬間化險為夷。

還沒等大皇子鬆口氣，蕭月兒的口中忽地逸出低低的呻吟，俏臉隱隱泛白，額上冒出細密的汗珠，面色難看極了。

大皇子的一顆心陡然提到了半空中。「月兒，妳怎麼了？」

蕭月兒苦笑一聲，斷斷續續的說道：「皇、皇兄，我肚子好疼，大概是要生了……」

大皇子也有些慌了手腳，忙喊道：「快，快來人去容府報信，讓產婆和太醫都快些過來。還有，報個信給駙馬。快些去！」

蕭月兒眼下這副光景，肯定不能再回容府了。

蕭月兒的陣痛來得又快又猛，等產婆來的時候，已經疼得話都說不出來了。緊急時刻，林太醫也顧不得俗禮，又是施針止痛，又忙命人熬蔘湯。

容琮得了消息，也急急地趕來了，在臨時準備的產房裡陪著蕭月兒，說什麼也不肯出去。

蕭月兒昏厥過去，又被疼得醒了過來，額際髮絲早已被汗珠濕透，濕漉漉的貼在臉頰邊，臉上早沒了什麼血色，一片蒼白。

容琮又急又心疼，卻又無計可施，只緊緊的攥著蕭月兒的手，不停地說道：「月兒，妳要撐住，我會一直陪著妳。」

蕭月兒模模糊糊中聽到熟悉的聲音，想擠出一絲笑容安慰容琮，卻根本沒絲毫力氣。腹中的孩子尚未真正足月，早產本就危險，胎兒的個頭又大，想順利生產只怕不容易……

在產房隔壁的客房裡，寧汐正靜靜的躺在床上，臉色蒼白如紙。翠玉憂心不已的守在床邊，口中不停地念叨著。「少奶奶，您可千萬不能有事，快點醒過來吧……」

寧汐什麼也沒聽到。

她的身子輕飄飄的，在混沌不明的空中飄浮，周圍一片昏暗，什麼也看不清。她的心裡空蕩蕩的，只有一個名字越來越清晰。

容瑾！你在哪裡？你傷得怎麼樣了？

不，誰也別想把你搶走，我要去找你回來。

她不知哪裡來的力氣，猛然揮開昏暗，眼前的情景漸漸明朗。竟然出現了一間屋子，她伸手推開門，定睛一看，失聲喊道：「容瑾！」

容瑾顯然是失血過多，面色十分蒼白，虛弱不堪地躺在床上。

「容瑾，容瑾！」寧汐一迭連聲喊著，可容瑾卻沒聽見，動也不動地躺在那兒。寧汐走到床邊，伸手摸容瑾的額頭，卻摸了個空。

這裡到底是哪裡？寧汐惶惶然，忽然發現自己的身子又飄了起來。

不，她不想走！她要留在這兒陪著容瑾……

門忽地開了，胳膊上纏著繃帶的四皇子走了進來。他顯然也沒看見寧汐，逕自走到床邊，用手摸了摸容瑾的額頭。大概是容瑾的額頭有些燙，四皇子略略皺了皺眉，然後在床邊坐了下來。

「把你的髒手拿開！」寧汐咬牙切齒地喊道。

只可惜，四皇子根本聽不見。他戀戀不捨的看著容瑾，甚至捨不得縮回手。然後，他竟俯下身子，慢慢的靠近容瑾的臉……

不要——

寧汐失聲尖叫，渾身的熱血都往頭部湧去。然後，猛地睜開眼。

「少奶奶，您怎麼了？是不是作噩夢了？」翠玉擔憂的臉龐出現在眼前，絮絮叨叨的說道：「您都昏迷半天了。公主就快生了，大家都在那邊產房呢！」眾人忙成一團，一時也顧不上來探望寧汐。

寧汐在翠玉的攙扶下坐直了身子，只覺得頭有些昏昏沈沈的。剛才看見的那一幕，真的只是她的幻想嗎？可為什麼感覺這麼真實……

一想到容瑾受傷昏迷的樣子，她只覺得全身都冰冷一片，沒有絲毫溫度。

翠玉見她失魂落魄的樣子，又是著急又是擔心，忙找些事情轉移寧汐的注意力。「少奶奶，您要不要去看看公主？」

寧汐果然回過神來。「二嫂現在怎麼樣了？」

翠玉嘆道：「我也不太清楚，只聽說公主受了驚早產，已經陣痛一個下午了，還沒生出來呢！」

寧汐一驚，不假思索地下床穿鞋。「快些帶我過去。」

一路匆匆地到了產房外，大皇子和莫氏都在產房外候著，林太醫也在。丫鬟婆子們進進出出，端熱水拿紗布捧蔘湯，倒也算忙中有序。

蕭月兒痛苦的呻吟聲傳了出來，令人揪心不已。

大皇子正來回踱步，見寧汐來了，忙上前問道：「妳昏迷了這麼久，身子還好吧？」關心之情溢於言表。

寧汐擠出個笑容，隨意地應了句。「多謝殿下關心。」

莫氏冷眼旁觀，心裡自然不痛快，輕哼了一聲。

寧汐哪有心情理睬這些，忙進了產房。

第四百二十二章　新生命

蕭月兒整整折騰了一夜，到了凌晨左右，孩子才姍姍地落了地，響亮的哭聲在產房裡響起，所有人都長長的鬆了口氣。

產婆瞄了嬰兒一眼，便喜笑顏開。「恭喜駙馬，是個小少爺。」

容琮熬了一夜，早已疲憊不堪。聽到這個喜訊，眼睛陡然一亮，激動不已的在蕭月兒耳邊低語。「月兒，妳生了個兒子，我們有兒子了！」

蕭月兒虛弱地笑了笑，連說話的力氣都沒了。

產婆熟稔的給嬰兒剪去臍帶，擦洗乾淨，用早已準備好的毛毯將光溜溜的小嬰兒包裹好。容琮小心翼翼地抱著孩子，眼裡閃動著歡喜的光芒。

寧汐陪著熬了一夜，早已筋疲力竭，可看到容琮如此高興的樣子，也跟著微笑起來。

不管如何，新生命的誕生總是件令人高興的事情。這可是容府第一個子嗣，容玨他們知道了，也一定會很高興。

喜訊傳到大皇子耳中，大皇子也是精神一振，笑著說道：「好，人人都有賞！來人，去宮裡報個喜，父皇知道了一定很高興。」自有人領命去了。

莫氏想了想，低聲說道：「皇妹剛生完孩子，身子虛弱不宜奔波，不如在這兒靜養幾日再回容府。」就是不知道駙馬肯不肯留在這兒小住了。

大皇子嗯了一聲，心裡想的卻是不知寧汐肯不肯留下來一起小住。雖然於禮不合，不過，寧汐和月兒感情極好，說不定會留下來陪月兒，他也能藉機多見見寧汐。

蕭月兒得留下小住，容琮毫無意見，寧汐卻想回容府去。

大皇子居心不良，莫氏對她更是心存芥蒂，留在這兒實在沒什麼意思。更何況，自從知道有關容瑾的消息之後，她心裡亂糟糟的一片紛亂，就連說話的心情都沒有。

蕭月兒卻不肯放她回去，虛弱地張口央求道：「寧汐，妳在這兒陪我幾天好不好？最多三、四天，我就回容府去，到時候我們一起回去。」

知道容瑾受傷的消息之後，寧汐竟暈倒了。就這麼一個人回去，她哪裡能放心得下。留在這兒，人多總熱鬧些，也免得寧汐一個人胡思亂想。

寧汐焉能不知蕭月兒的心思，苦笑著嘆口氣，沒有說話，算是答應了。

大皇子暗暗一喜，忙命人去安排住處。

宮裡得了消息，很快就有一堆賞賜下來了，金銀珠寶綾羅綢緞且不必細說，補品更是一盒接著一盒，屋子裡幾乎堆放不下。

羅公公笑著給容琮道喜，又對蕭月兒說道：「皇上得知公主喜獲麟兒，十分高興，說是等過滿月的時候，會親自到容府探望公主。」

蕭月兒身子虛弱，沒什麼力氣說話，聞言笑了笑，和容琮對視一眼，眼角眉梢盡是滿足和甜蜜。

孩子的大名暫未定，得先取個乳名。容琮想了幾個，都被蕭月兒嫌棄了。不是說不好聽，就是說寓意不好。

容琮倒也不生氣，笑著說道：「乳名還是妳來取好了。」心滿意足地將兒子摟在懷裡，低頭哄了起來。

蕭月兒自己想了幾個，也不太滿意。

一直默不作聲的寧汐淺淺一笑。「叫他圓哥兒吧！」有了孩子之後，蕭月兒和容琮才算真正圓滿完美。用這個「圓」字做孩子的乳名，真是再合適不過了。

蕭月兒眼睛一亮，連連點頭。「好，就用圓哥兒做乳名。」

容琮也覺得這個名字好，笑咪咪的低頭對兒子說道：「圓哥兒，你喜不喜歡這個名字？要是喜歡，就笑一個給爹看看。」

話音剛落，圓哥兒就哇啦一聲哭了起來，屋裡眾人都哄笑起來。

容玨和李氏也匆匆地趕來了，看到白白胖胖的小嬰兒，容玨簡直比容琮還要高興，抱在懷裡愣是不肯鬆手。

李氏在一旁看著，心裡又是羨慕又是酸楚，心裡百味雜陳，不說也罷。

所有人都在為新生命的到來歡喜雀躍。

寧汐在人前竭力做出若無其事的樣子，到了晚上一個人的時候，卻常獨自垂淚徹夜難眠。焦灼不安擔心和濃濃的思念交織在一起，使得她迅速地憔悴消瘦下來，短短幾天，整個人都瘦了一圈。

蕭月兒產後虛弱，大部分時間都躺在床上休養。雖然知道寧汐心情鬱結，卻也沒時間開解安慰她。

等回了容府安頓好之後，已經是半個月之後的事情了。

容瑾受傷的消息，只有寧汐和蕭月兒兩人知曉，容玨和容琮都被蒙在鼓裡，可他們兩個卻也漸漸的察覺出不對勁來。

容瑾走了這麼久，連封家書也沒有，這本身就是件不正常的事情。而且寧汐這些日子的情緒也十分不對勁，整天心事重重日漸消瘦，顯然不只是妊娠反應這麼簡單……

前往西北賑災的一行人，偶爾也會有消息傳回朝廷，不過，這些消息大多是報喜不報憂。容瑾和四皇子受了傷的消息，竟都被瞞了下來。

容玨低聲對容琮說道：「二弟，三弟去了這麼久都沒消息，該不是出了什麼事吧？」

容琮也皺起了眉頭，不太確定地說道：「應該不會吧！」

「這都已經快兩個月了，他連一封家書都沒有。」容玨擰著眉頭，神色凝重。「肯定是出了什麼事，我猜，寧汐大概知道了些什麼，不然，這些日子也不會這麼不對勁了。」

被他這麼一提醒，容琮也想起了某些疑點，當日蕭月兒悶不吭聲地帶著寧汐到了大皇子府上，也不知怎麼回事，竟導致早產。大皇子當日到底對她們說了些什麼？

「二弟，你回去問問公主，她一定知情。」容玨語氣十分肯定。

容琮點點頭。回去之後，先抱著圓哥兒逗弄了片刻，才故作漫不經心地問道：「月兒，有件事我一直沒來得及問妳，那天妳和寧汐去找大皇兄做什麼？」

蕭月兒略有些心虛地解釋道：「沒、沒什麼，我就是好久沒見大皇兄了，想回去見見他。」臉上簡直明晃晃地寫了「我在說謊」幾個字。

「哦？真的嗎？」容琮不動聲色地繼續追問。「那寧汐為什麼也跟著去？」

這個……蕭月兒硬著頭皮胡扯。「我見她一個人在府裡待著無聊，所以讓她陪我一起去。」

容琮既無奈又好笑地嘆了口氣。「月兒，妳別騙我了。到底是怎麼回事？」

蕭月兒猶自嘴硬。「我什麼時候騙你了，明明說的都是真話。」

容琮笑容一斂，定定地看著蕭月兒。「好，就算妳說的都是真話，妳確實去找大皇兄閒聊去了，那妳為什麼會受驚早產？還有，寧汐這半個月來，一直精神不振心事重重，到底是怎麼回事？」

蕭月兒支支吾吾的說不出個所以然來。

圓哥兒似乎也感覺到了氣氛的微妙，揮舞著小胳膊哭鬧不休。

蕭月兒忙藉著照顧孩子躲開容琮的追問，心裡暗暗叫苦不迭。自己答應過皇兄絕不將這些秘密洩漏出來，可看這架勢，容琮兄弟兩個分明都起了疑心，想再瞞下去，只怕不容易！

再說了，容瑾受傷可不是小事，如果真的有個三長兩短的，容琮和容玨一定會大發雷霆。到時候，對皇兄的怒氣不遷怒到自己身上才是怪事……

想來想去，蕭月兒也沒個主意。

第二天，容琮剛一走，蕭月兒便讓荷香去叫了寧汐過來。

寧汐懷孕已有三個月，肚子微微隆起尚不明顯，不仔細看根本看不出有孕，素淨的俏臉有些蒼白，往日柔和可親的笑容早已消失不見，取而代之的是一抹恍惚蒼涼的淺笑。

蕭月兒心裡陡然一疼，眼眶忽地有些濕潤了。

這些天，寧汐心裡一定很不好受。捫心自問，如果換成是她，只怕早就熬不住了。寧汐卻硬是撐了下來，竟死死地守住了這個秘密……

寧汐的話比往日少了許多，靜靜的坐了下來，半天也沒吭聲。

蕭月兒深呼吸口氣，將昨天的事情說了一遍。「……寧汐，容琮和大哥大概都起疑心了。昨晚回來追問了我好久，我都沒敢說實話。要是他再問，妳說我該怎麼辦？」

說了，就是洩漏了大皇子的機密；不說，卻又於心不安，到底該怎麼辦才好？

寧汐沈默半晌，才說道：「我也說不好，妳自己作決定吧！」

如果容玨、容琮知道容瑾受了傷，一定會派人去搭救，或是派人去打探消息。可這麼一來，只怕會惹來四皇子的疑心。對大皇子正秘密進行的事情大大不利，甚至可能功虧一簣！

她曾親口允諾過大皇子不會將此事外傳，縱然心急如焚日夜心神不寧忐忑難安，她也依然選擇沈默，一個人硬撐了下來。

不過，蕭月兒就不同了，就算她將此事披露出來，大皇子也不可能真的怪罪於她。

大皇子的太子之位和容瑾的安危，到底孰輕孰重，就得看蕭月兒的心意了……

蕭月兒雖然性子單純些，可絕不愚笨。寧汐淡淡的一句話，她便會意了過來，頓時沈默了下來。

第四百二十三章 堅強

這短短的片刻，蕭月兒的腦海裡一片紛亂。

當年母后因病去世，惠貴妃獨寵六宮，她只有幾歲，年長她十幾歲的大皇兄成了她最依賴最信任的人。皇兄對她呵護疼愛，幾乎是百依百順，就算是她闖了禍，他也毫無怨言的替她收拾爛攤子。

在她的生命裡，除了父皇之外，大皇兄是她最重要的人，她打從心底期盼著大皇兄如願以償的做上太子。

可寧汐，卻是她最親密最要好的朋友，她怎麼能忍心看著寧汐日復一日的憔悴沈默？更何況，她如今是容琮的妻子，是容瑾的嫂子。明知容瑾有難，她卻袖手旁觀，將來她還有何顏面面對容府所有的人？

蕭月兒面色變幻不定，猶豫掙扎了許久，才低低地說道：「對不起，我不該這麼自私。如果容瑾出了什麼事情，我這輩子都沒法子原諒自己。妳放心，今天容琮回來，我就將所有的事情都告訴他。」

寧汐抬頭，輕輕地說道：「謝謝妳，二嫂。」

一邊是自己的親哥哥，一邊是自己的小叔，這道選擇題對蕭月兒來說太過殘忍。不管選擇了哪一邊，蕭月兒的心裡一定都不好受。

蕭月兒苦笑一聲，輕嘆口氣。「是我不好，一直只顧著皇兄，卻沒想過妳和容瑾。」頓了頓，又柔聲說道：「寧汐，容瑾現在到底怎麼樣，沒人清楚，可妳要是再這麼下去，只怕身子就要垮了。妳可別忘了，妳肚子裡還懷著孩子呢！妳吃不下也睡不好，傷到肚子裡的孩子怎麼辦？要是容瑾回來看到妳這樣子，一定會很難受……」

寧汐眼圈已經紅了，眼中水光點點，卻死死地咬著嘴唇，倔強地不肯落淚。

自從知道容瑾受傷以來，她夜夜無法安睡，整夜整夜的作同一個噩夢。每次從噩夢中驚醒，都是一臉的淚水，飯菜吃進口中，毫無滋味。在人前還要盡力做出若無其事的樣子來，個中滋味真是一言難盡。

蕭月兒看她這副樣子，心裡別提什麼滋味了，伸手握住寧汐冰涼的手。「聽我一句，好好的保重身子要緊，就算為了容瑾，妳也要好好的保重。」

寧汐的淚水簌簌地落了下來，泣不成聲。

蕭月兒紅著眼睛摟住寧汐。「想哭就好好的哭一回吧！哭過這一回，以後可不能再這樣下去了，好吃好睡別想太多了，容瑾一定會平安回來的……」

寧汐伏在蕭月兒的懷中，狠狠地哭了一場，似要將心底所有的淒楚和焦灼不安都哭出來一般。

蕭月兒一開始還安撫她幾句，到後來卻忍不住陪著寧汐一起哭了起來。

容琮回來的時候，見到蕭月兒雙眸紅腫的樣子，被嚇了一大跳。「月兒，妳這是怎麼了？」

蕭月兒情緒早已平穩了下來，深呼吸口氣說道：「我有件很重要的事情要告訴你。」神情前所未有的嚴肅。

容琮心裡一動，脫口而出道：「是不是跟三弟有關？」

蕭月兒點點頭，低聲將那天在大皇子府上聽說的事情一一道來。

容琮面色變了又變，當聽到容瑾受傷的那一刻，陡然站了起來，不敢置信地問道：「妳說什麼？三弟受傷了？」

蕭月兒略有些羞愧的應道：「是，聽皇兄說，三弟受了些輕傷……」

「妳為什麼不早點說！」容琮臉色鐵青，一臉怒意。算算日子，已經快大半個月了。蕭月兒竟然一直隱瞞沒說，萬一三弟有個好歹……

「皇兄吩咐過，不能讓別人知道這些事……」蕭月兒的聲音越來越小，在容琮怒氣沖沖的眼神裡幾乎羞愧得抬不起頭來。

容琮好不容易將怒火按捺了下去，面無表情的說道：「我這就去找大哥商議。」現在最重要的，是要打探到容瑾的消息，或是直接派人去接應容瑾。算帳的事情，等容瑾平安回來再做也不遲！

容玨知道此事之後，也變了臉色。

容瑾自小身體虛弱，後來經過調養才和常人無異，卻不能習武，遇到普通人還能應付，可碰上真正的練家子卻大大的吃虧。

這一次出行，他和容琮特地派了幾個武功高強的侍衛隨身保護容瑾，沒想到容瑾在這樣的情況下竟受了傷，可以想見當時的情況一定十分危急！如今容瑾情況不明，又有心懷不軌的四皇子在一旁虎視眈眈，千萬別吃什麼虧才好……

容玨定定神，低聲說道：「立刻派人去打探三弟的消息。」想了想，又補充一句。「把府裡武藝最好的人都派出去，等找到三弟了，除了送信回來的人，其他人都留在三弟身邊。」

容琮面色凝重地點頭應了，當夜便清點了府裡的侍衛，幾乎將大半都派了出去。

這些動靜都在暗中進行，連李氏都被蒙在鼓裡。

寧汐大概猜到了容玨和容琮會有的舉動，並未過多的追問，心情卻慢慢地平穩下來。

蕭月兒說的對，她不能一味的胡思亂想沈浸在哀傷裡。她要相信容瑾，一定會安然歸來。她要做的是調養好身體，保護好自己和孩子，然後安安靜靜地等容瑾回來。

從這一天開始，寧汐逼著自己調適心情，再沒有胃口，也要多吃些，睡不著，就逼著自己入睡。雖然一時半會兒回不到以前的樣子，可至少要比之前冷靜堅強多了。

十天過後，派出去的侍衛傳了消息回來。他們找到容瑾了！還帶了容瑾的親筆信函回來！

這封信是給寧汐的。容玨、容琮不好私下看信，商議過後，便將寧汐喊到了書房裡，將信封給了她。

「弟妹，這是三弟給妳的信。」有了容瑾的確切消息，容玨惶惶不安的心情也鎮定了不少。「三弟確實受了傷，傷勢不算輕，不過，人沒什麼大礙，只是要留在那邊靜養，妳不要太過憂心了。」

他沒說的是，容瑾的傷勢至少也得休養幾個月，才能啟程回京。

寧汐顫抖著接過薄薄的信封，看到封面上熟悉的字跡，眼眶陡然濕潤了，卻硬是將眼淚忍了回去，鎮定地拆開信封。

信封裡只有一張薄薄的紙，打開一看，竟只有短短的兩行字。字跡遠不如往日的瀟脫自如，竟像初學寫字的孩子一般歪歪扭扭的。

汐兒，我一切安好，不用擔心我。我很快就會回來，等我！

寧汐咬著嘴唇，淚水在眼眶裡不停地打轉，卻遲遲地未落。容瑾連寫字的力氣都沒了，一定傷得不輕。

不，她不哭！從這一刻開始，她一定要堅強！

她要好好地等容瑾回來！

寧汐深呼吸口氣，生生地將眼淚都逼了回去。「容瑾還說什麼了嗎？」

容玨早已瞄到了那兩行歪歪扭扭的字，心裡也沈甸甸的不好受，面上卻擠出笑容來安撫寧汐道：「他讓我們都放心，饑民暴動的事情已經被解決了，米糧大部分都發到了災民的手裡，最多再過些日子就會啟程回京。」有些細節，還是別告訴寧汐了，免得她擔心。

寧汐靜靜地看著容玨，輕輕的說道：「大哥，你不用安慰我了。容瑾現在到底怎麼樣，你就如實告訴我吧，我能撐得住的。」

容玨還想再掩飾什麼，寧汐又接著說道：「他受的傷一定不輕，大概得把傷養好才能回京城。是不是要很久？」

容玨見瞞不過她，只得老實地應道：「他胸前受了傷，至少也得三、四個月才能回京城。我們派了不少人過去，留下來照顧他，還會時常送信回來，妳就放心吧！」

寧汐默然片刻，才低低地說道：「如果有他的消息，不管是好的壞的，都別瞞著我。」

容玨沒料到寧汐如此冷靜堅強，也不由得暗暗佩服寧汐，很自然地點頭應了。

寧汐又看向容琮。「二哥，容瑾受傷的事情，其實我也早就知情，可是我當時答應了大皇子，絕不將此事洩漏給別人知曉，所以一直瞞了下來。你也別怪二嫂，她不是不關心容瑾，只是事關重大，她也有自己的苦衷。你就別生她的氣了，好嗎？」

被那雙懇求的眸子看著，容琮哪裡還有什麼脾氣，苦笑一聲點點頭。

其實，就算寧汐不說，他也不會真的和蕭月兒生氣的。她和大皇子畢竟是親兄妹，向著自己的親哥哥也是難免的。再說了，她現在還在坐月子，他總不好為這點事情和她天天鬧騰吵架吧！

寧汐沒再說什麼。接下來的時間裡，她一直很冷靜，甚至在容玨和容琮商議如何應對大皇子、四皇子的時候，她很鎮靜地說道——

「……大皇子這邊暫且不管，他既然說了有把握找到人證就應該能找到。四皇子那邊倒是要多留點心，容瑾受傷的消息一直封鎖著沒傳出來，可現在我們容府這麼多侍衛找了過去，他肯定會起疑心，今後行事得謹慎小心些……」

容玨和容琮心裡不由得暗暗點頭。

容瑾受了傷，最著急最憂心的非寧汐莫屬，可她這麼一個嬌嬌弱弱的女子，在這樣的情況下竟表現得如此冷靜理智堅強，真是令人驚嘆。

第四百二十四章 選擇

圓哥兒的滿月酒辦得十分隆重。

容將軍特地趕了回來，親自操辦此事。皇上親自駕臨容府探望蕭月兒和外孫，倒也沒賞賜什麼金銀珠寶，只是賞了圓哥兒一個郡的封地。這份殊榮，簡直是本朝前所未見的盛事。

朝中的文武百官自然一個不落地來了。滿月酒整整擺了三天，人來人往貴客不斷，容府上下忙成了一團。

寧汐懷著身孕，也做不了什麼，便陪著蕭月兒一起招呼女眷。蕭月兒一直暗暗擔心寧汐，時不時地便問一句。「妳累不累？要是累了，就多歇會兒。」

這些天，寧汐說話做事十分正常，飯量都比以前好了不少。可這份正常，看在蕭月兒眼中簡直太不正常了。容瑾受傷未歸，寧汐心裡一定很難受，偏偏表現得這麼平靜……

寧汐笑了笑，神情自如。「走路說話有什麼累的。好了，妳就別再擔心我了，先招呼好客人要緊。」

此時實在不是談心的好時機，蕭月兒只得就此作罷。

圓哥兒滿月過後，容將軍也從容玨的口中知道了容瑾受傷一事，震怒之餘，竟把結實的書桌都拍出了裂縫。「這還有什麼可猶豫的，立刻派人去把瑾兒給接回來養傷。」

容玨苦笑一聲。「爹，我不是不想去接三弟，可是他傷得實在不輕，根本禁不起長途勞頓，只能養好了傷再回來。」

容將軍心亂如麻，面色難看極了。說句不中聽的，如果受傷的是容玨或是容琮，他也不至於這麼著急，偏偏傷著的是最嬌氣最沒吃過苦頭的小兒子。再有居心不良的四皇子在一旁，這讓人怎麼放心？

容琮一眼便看出了容將軍最大的顧慮，低聲安慰道：「爹，您放心吧！我們派了不少侍衛過去，有他們在，三弟不會有事的。」

容將軍嗯了一聲，默然片刻，忽地又問道：「寧汐也知道這事嗎？」寧汐現在正懷著身孕，要是整日裡憂思不斷，對身子可不好。

容玨點點頭。「她早就知道了。不過，她倒是很堅強。」既沒哭哭啼啼整日垂淚，也沒到處訴苦。相反，她表現出的鎮定和冷靜令人折服。

以前容玨總覺得容瑾娶了這麼一個普通的女子有些委屈了，可現在看來，寧汐實在配得上容瑾。撇開家世不談，容府的三個兒媳裡就數寧汐的性子最為堅韌，容瑾果然是好眼光！

容將軍想了想，叮囑道：「這件事不要傳開去，你們心裡有數就好。還有寧汐，瑾兒不在，你們都要多照應她一些。她再堅強，也畢竟是雙身子的人，衣食住行都要謹慎小心些。」

容玨、容琮一起點頭應了。

這些不用容將軍叮囑，他們自然會留意。容瑾這一受傷不知什麼時候才能回來，寧汐漸漸顯了懷，以後行動起臥會越來越不方便。要是出個什麼岔子，兩個做哥哥的還有什麼臉面見容瑾。

接下來的兩個月裡，有關容瑾的消息陸陸續續地傳回了容府。

容瑾傷得不輕，一直在休養。容府的侍衛輪班守著容瑾，使得「閒雜人等」靠近的機會大大減少。不過，某些人的臉皮厚度也實在出人意料，竟然用一同養傷做藉口，和容瑾住在同一個院子裡。

賑災的事情忙完了，三皇子和王尚書一起回京覆命，容瑾和四皇子卻都沒回來。兩人受傷的事情秘而不宣，不知惹來了多少非議。

各式各樣的流言蜚語鋪天蓋地，就連容府的下人都開始悄悄議論不休，縱然不敢當著寧汐的面說什麼，私下裡說三道四總是免不了的。

這個說「三少爺該不會從此不回來了吧，三少奶奶可還懷著孩子呢」，那個說「那可說不準，說不定三少爺已經和四皇子對上眼了」等等。

容玨偶爾聽到些風聲，氣得臉都青了，雷厲風行的將府裡最愛嚼舌頭的幾個丫鬟婆子重重杖責一頓，嚇得多舌的下人們都安分了不少。

李氏也是在這時候才知道容瑾受傷的事情，心裡頗不是個滋味。這件事擺明所有人都知道了，獨獨瞞著她一個！

外面的紛紛擾擾都沒影響到寧汐。

她此時懷孕已近六個月，肚子也不小了。每天除了一日三餐之外，便是和蕭月兒一起照看著圓哥兒。而且，每天堅持著在園子裡走上小半個時辰鍛鍊身體，雖然談不上豐盈白胖，可也看不出絲毫憔悴落寞。

她要好好地保重自己，保護好肚子裡的孩子，健健康康地等容瑾回來。

蕭月兒一開始還常勸寧汐幾句，可幾次過後才發現，寧汐並不頹喪淒楚，說到容瑾的時候，她語氣沈穩自信，只有眼底的寂寞稍稍流露出了寧汐深藏心底的思念。

這個月裡，蕭月兒又開始忙起了荷香的婚事。

荷香一直不肯嫁人，這次不知怎的竟主動求嫁。蕭月兒又驚又喜，連連追問喜歡什麼樣的丈夫。

荷香不自覺的摸了摸額角的疤痕，淡淡笑道：「奴婢一切都聽公主的。」

蕭月兒挑來挑去，挑中了容府鋪子裡的一個管事。

這個管事姓洛，叫洛長生。今年二十二歲，相貌端正，為人精明能幹。之前曾定過一門親事，那個媳婦過門不到一年，就生了場重病死了，也沒留下一子半女。

洛長生樣樣都不錯，唯有鰥夫這一點令蕭月兒頗有些猶豫。荷香知道之後，卻主動對蕭月兒說道：「公主，人家不嫌棄奴婢年齡大又破了相，奴婢還有什麼可挑剔的，就是他吧！」

蕭月兒最聽不得這些話，立刻嚷了起來。「妳說這話我可不樂意聽。妳今年才十九，年齡哪裡大了。再說什麼破相，就那麼一條淡淡的傷疤也能叫破相嗎？他要是敢嫌棄妳，我非打折他的腿不可。到時候，我給妳準備一份厚厚的嫁妝，讓妳風風光光地出嫁。誰敢小瞧了妳，我都饒不了他！」

荷香又是感動又是唏噓，心裡百感交集，那滋味不說也罷，她恭敬地跪下，端端正正地磕頭謝恩。

蕭月兒忙起身拉起荷香。「荷香，妳在我身邊這麼多年了，名義上是我的宮女，可我在心裡一直拿妳當姊姊一般看待。妳這麼一直留在我身邊，我自然高興，可更盼著妳有個好歸宿。以前妳不肯點頭，現在終於肯嫁人了，我心裡真的很高興……」說著，眼圈已經紅了，緊緊地攥住荷香的手。

朝夕相處這麼多年，兩人名為主僕實則情同姊妹。荷香這一出嫁，意味著兩人再也沒了往日朝夕相伴的時光。蕭月兒心裡固然不好受，荷香的心情更是晦澀難言，淚珠簌簌往下落。

她這麼一哭，蕭月兒哪裡能忍得住，也嗚嗚地哭了起來。

寧汐很快便知道了此事，沈默了許久，心裡不知是個什麼滋味。蕭月兒對荷香的心思懵懂不知，只以為荷香是捨不得自己，卻絕想不到荷香的毅然出嫁裡更有一層揮劍斬斷情絲的痛苦和決絕。

紙包不住火，再嚴守的秘密，也會在不經意中露出馬腳，忠心情意既不能兩全，只能選擇其一。荷香的選擇，既在意料之中，卻也令人動容。

寧汐找了個機會，單獨見荷香。「荷香，恭喜妳。」頓了頓，才低低地嘆了句。「妳真的下定決心了嗎？」感情和理智是兩回事。寧汐曾經歷過這樣的痛苦，自然能體諒到荷香此刻的心情是多麼的複雜。

荷香默然片刻，才微笑著說道：「嗯，奴婢已經徹底想明白了。」

容琮和蕭月兒和好之後，一直十分恩愛。圓哥兒出世之後，這份夫妻感情變得更深厚，根本不可能容得下第三個人。

她早已想明白了，也終於下定了決心，斬斷這縷不該有的情思。

寧汐靜靜地凝視著荷香，看著荷香故作堅強的微笑，心裡掠過一陣酸澀，卻也不知該說些什麼。

荷香倒是很快就回過神來，鄭重地斂身施禮。「荷香有一事相求，還望少奶奶點頭答應，希望少奶奶能為荷香保守這個秘密……」

「妳放心，此事只有妳知我知，我向妳保證，永遠不會對別人提起。」寧汐不假思索的脫口而出。

荷香再次道謝，笑容中有一絲蒼涼。

因為荷香的事情，寧汐這一天的心情都有些悶悶的。理智地說，荷香這麼做是最正確的選擇，可細細一想，卻又有種莫名的悲哀。

求而不得的愛戀不是最可悲的，最可悲的是這份愛戀甚至不能說出口……

不知不覺中，夜色降臨了。

寧汐獨自一個人坐在窗前，心潮起伏，久久不能平靜。她的手中，是容瑾曾託人送回來的那封家書。短短的兩行字，她早已看過了百遍千遍。每個寂寞孤獨的漫漫長夜，她只能靠著這張薄薄的信紙給自己加油鼓勵。今晚也是一樣！

不用怕，容瑾一定會回來的，要有信心……

門外忽地一陣喧譁。

寧汐回過神來，眉頭微蹙，吃力地扶著桌子起身，還沒等張口說話，房門已經被猛地推開了。

第四百二十五章　歸來

寧汐不敢置信地看著門口那個熟悉的身影。

熟悉的絳色衣衫，熟悉的眉眼，就連挑眉微笑的樣子，都那麼的熟悉。

午夜夢迴，她總是淚流滿面的醒來，口中喃喃的叫著他的名字。可每當睜開眼，他就不見了。

這一定又是個美夢吧！

那個人影一步一步地走近，目光貪婪而急切的在她的面孔上徘徊。「汐兒，我回來了！」

寧汐顫抖著伸出手，輕輕地撫過他的眉，他的眼，他的鼻子，他的嘴唇。手下的觸感溫熱而真實。

這不是夢，他真的回來了！

淚水源源不斷的湧出眼角，滑過臉頰。然後，她被摟進一個溫熱結實有力的懷抱裡，灼熱滾燙的嘴唇狠狠的吻上她的紅唇，這些日子的思念若狂全在這個濕熱綿長的深吻中傾注而出。

親暱至極的唇舌糾纏中，容瑾嚐到了鹹鹹的滋味，那是寧汐的淚水……

容瑾心裡狠狠一顫，眼角也濕潤了。漸漸放緩了力道，小心翼翼地愛憐著她的紅唇，大手輕輕地撫摸上她的肚子。他走的時候，寧汐剛查出有身孕，可這次回來，她的肚子已經這麼大了……

掌下忽地有了動靜，容瑾神色一動，抬起頭來，眼中閃過一絲驚喜。「孩子動了。汐兒，孩子在動呢！」

「瞧你這傻乎乎的樣子，孩子早就會動了。」

太過激動驚喜，反而不知該說什麼是好。久別的夫妻兩個就這麼呆呆的站著，你看著我，我看著你，目光緊緊地膠著在一起。

容瑾凝視著寧汐的臉，低低地說道：「妳瘦了。」

雖然肚子高高的隆起，可那張俏臉卻遠不如蕭月兒懷孕時那般圓潤。下巴尖尖的，越發顯得一雙大眼黑幽幽的，看得他心裡一陣陣的糾結痛楚。

早知道會發生這麼多事情，他當初說什麼也不會答應大皇子去西北。

寧汐心頭酸澀極了，臉上卻擠出笑容來。「我天天好吃好睡的，身子好得很。你呢，傷都養好了嗎？」

容瑾不假思索地點頭。「嗯，已經徹底好了。」絕口不提自己傷勢剛有好轉，就連夜趕回京城的事情。

可縱然他什麼都不說，寧汐又豈能猜不出來？

容瑾一臉風塵之色，眉宇間滿是倦怠疲憊，臉色隱隱的發白，分明是傷勢還沒徹底好又旅途勞頓所致。他這麼著急的趕回來，自然是為了早些回來見她……

寧汐死死地咬著嘴唇，將到了眼角邊的淚水忍了回去，不顧一切地摟緊了容瑾。

其他的都不重要了，只要他平平安安地回來就好！

寧汐的頭靠在容瑾的胸前，不小心碰到了容瑾的傷處，一陣隱隱的刺痛。容瑾卻連眉頭都沒皺一下，只緊緊地摟著寧汐。

在經歷過這麼多的事情之後，他終於能將朝思暮想的人兒緊緊的抱在懷裡。這種幸福激動喜悅，簡直無法用言語來描述。什麼也不想說，什麼也不用說，他要做的，就是將她緊緊的摟在胸前。讓她的頭靠在自己的胸口，聽著自己的心跳，告訴她他平安無恙地回來了！

不知過了多久，兩人激動不已的情緒終於稍稍平復了一些。

寧汐定定神說道：「大哥他們知道你回來了嗎？」

「放心，我一到府裡，就有人給他們送信了。現在天已經晚了，明天再去見他們也不遲。」容瑾低頭，親吻著她的臉頰。他日夜兼程迫不及待地趕回來，最想見的人自然是寧汐，根本無暇顧及別的，就這麼直接回來了。

寧汐輕輕地嗯了一聲，仰頭承接容瑾的吻。

久別重逢，兩人幾乎都迫不及待地想觸摸對方。容瑾顧忌著寧汐懷著身孕，不敢過分急躁粗魯，耐著性子親吻撫摸。大手攀上柔軟豐盈的胸部，輕輕地揉捏。

寧汐嚶嚀一聲，臉頰潮紅，身子軟軟的，身體裡湧起熟悉又陌生的情潮。那情潮來得又快又猛，寧汐幾乎承受不住，羞紅著臉閉上雙眸，口中逸出難耐的呻吟。

容瑾也快憋不住了，粗喘地低吼一聲，便將寧汐抱了起來。

寧汐被他的舉動嚇了一跳。「別、別這樣，我現在很重……」他又受傷未痊癒，哪裡能抱得動她。

事實上，容瑾抱得確實有些吃力。可男人都是要面子的，容瑾更是其中翹楚，硬是將寧汐抱到了床邊俯身放了下來，才得意地笑道：「再重我也能抱得動妳。」

寧汐想笑，卻又被熱切纏綿的吻密密地覆蓋住。

隔著高高的肚子，親熱實在不太方便。容瑾在床邊站直了身子，迅速地脫去身上的衣物，又替寧汐脫去全身的衣服，然後側著身子從身後摟住寧汐。

寧汐早已又濕又熱又滑，容瑾抬起她的一條腿，然後從身後一寸一寸地擠了進去。徹底結合的那一刻，兩人幾乎同時逸出一聲呻吟。容瑾憋了幾個月，卻不敢縱情放肆，動作輕柔徐緩，唯恐傷到了孩子。

甜蜜又溫柔的歡愛並沒持續太久，久曠的夫妻很快都到了高潮。容瑾射出熱液的那一刻，寧汐顫抖著呻吟著，緊緊地包裹著容瑾，容瑾全身舒爽難以形容，低喘一聲，從身後環住寧汐。

過了許久，寧汐才有力氣說話。「你傷在哪兒，讓我看看。」

容瑾不想讓她看，卻也拗不過她，只得幫著她轉過身子，胸前那道猙獰的傷疤毫無遮掩地呈現在寧汐的眼前。

那傷疤很長，很顯然是鋒利的刀留下的痕跡。也不知傷口有多深，可養了這麼久的傷竟然還沒徹底痊癒，也不知當時傷得有多重，一定十分凶險，可她卻不在他的身邊……

寧汐輕輕地撫摸著那條傷疤，大顆大顆的淚水往下掉。

容瑾心疼極了，低聲哄道：「別哭了，我現在不是好好的嗎？」

寧汐哽咽著問道：「當時到底怎麼回事？」雖然事情的大概經過她都知道了，可她還是想聽容瑾親口說。

容瑾低沈的聲音響起。「這事說來話長……」

剛到西北的時候，他便被饑民到處屍橫遍野的情況嚇了一跳。上報災情的官員顯然隱瞞了一些實情沒報，旱災造成的災情比想像中嚴重多了。人餓到極點，不管什麼只要能果腹的都吃，先是野草野果，後來是樹皮草根，再演變到後來，竟有吃屍體的。

帶去賑災的米糧遠遠不夠，他們只能一邊催著朝廷繼續運送糧食，一邊加派人手護住糧食。

一開始，只有幾個膽大包天的人去搶糧食。後來，就演變成了有組織的暴動。甚至有部分土匪參雜其中興風作浪，發動了幾次大規模的暴動。當時人手不夠，容瑾情急之餘，便親自動了手。在混亂的激戰中，一把明晃晃的刀不知從哪兒冒了出來，直直地刺了過來。

當時情況十分危急，若是被刺中，容瑾這條小命十有八、九就玩完了。好在四皇子奮不顧身地拉了他一把，雖然還是被刀傷到了胸膛，總算沒有性命之憂。

而四皇子，也因為這個貿然的舉動，被虎視眈眈的饑民用刀砍傷了胳膊。

容瑾說到這兒，頓了一頓，眼神有些複雜。

他對四皇子從無好感，甚至可以說是厭惡，可那樣危機的時刻，四皇子伸手救了他一命，若說他半分感激也沒有，那未免太鐵石心腸了。

所以，在接下來養傷的日子裡，四皇子厚顏無恥地賴著和他住在同一個院子裡，他硬是忍了下來。只要四皇子說話不出格不過分的情況下，他也不像往日那般總讓四皇子難堪。甚至可以說，這幾個月裡，他和四皇子相處得還算平和。

可這些，能告訴寧汐嗎？

她和四皇子有不共戴天的仇恨，如果她知道了這些，心裡會怎樣的難受？

容瑾沈默的時間有些久了，寧汐顯然察覺到了些許不對勁，卻什麼也沒說，只是溫柔地依偎在他的懷裡，輕輕地親吻他胸前的傷疤。

只要你能平安回來，我什麼也不會計較。如果你不想說，我就什麼都不問了。

容瑾擁緊了寧汐的身子，又低聲說道：「我傷養得差不多了，就想著早些回來。四皇子卻不肯，所以，我自己先回來了。他大概也在路上，估計最多明天或是後天就能到京城。」

他說得含糊不清，可寧汐知道，事情絕沒有這麼簡單。四皇子一定不想容瑾走，兩人之間必然有一番激烈的口角爭吵，甚至可能動用了武力。

算了，還想這些做什麼，只要容瑾回來就好了。

寧汐唇邊漾起一抹淺淺的笑意，輕輕地說道：「你一定累了，好好睡一覺吧！這些事情以後再說也不遲。」

容瑾嗯了一聲，扯過薄薄的被子，摟著寧汐沈沈地入睡。

寧汐靜靜地躺在容瑾的懷裡，聽著熟悉的心跳，只覺得無比的踏實。

這幾個月裡，她天天提心弔膽，整夜整夜的輾轉難眠，每當想到受傷的容瑾，就一陣陣的揪心難受。那種難受，根本沒辦法用任何的言語來形容，整個人都空蕩蕩的。

現在好了，容瑾終於回來了……

第四百二十六章　塵埃落定

容瑾安然歸來，容府上下皆歡喜不已。

容將軍叮囑道：「你傷勢還沒痊癒，給我安心在府裡養傷。一切事情有我在，你就別管了。」

容瑾倒也沒逞強，難得地乖乖聽了話。他該做的事情已經全部做了，接下來，就要看大皇子的手段了。他就老老實實地在府裡待著，邊養傷邊陪寧汐，閒閒地等著看皇家兄弟相殘的好戲就行了！

不出所料，四皇子果然很快抵達京城，還沒等他安頓下來，一場預謀已久準備充足的身世大戰便猝不及防地來了。

具體過程如何，無人知曉。除了知道些內情的人能察覺出宮廷內風雲變幻的詭異，幾乎所有的朝中大臣京城貴族都被蒙在鼓裡。

蕭月兒收到消息的時候，已經是十天之後的事情。當時就急匆匆地去了皇宮，一直到天黑才回來，面色沈重，眼中猶留有不敢置信的震驚。

寧汐整整等了一天，見蕭月兒這般模樣，心裡不由得怦怦亂跳，緊張地問道：「現在到底怎麼樣了？」

蕭月兒使個眼色，等身邊所有人都退下去了，才壓低了聲音說道：「父皇賜了毒酒，梅貴妃喝了毒酒死了。」

寧汐雖然早有心理準備，可乍然聽到這樣的消息，頓時吃驚地瞪圓了眼眸。「梅貴妃已經死了?!」這也太快了吧！前後不過十天而已。

蕭月兒點點頭，面色沈凝。「這是前天的事情，我今天去宮裡的時候，已經下葬了。」

「四皇子呢？」寧汐緊張地盯著蕭月兒，一顆心幾乎提到了嗓子眼。

蕭月兒嘆了口氣。「父皇大發雷霆，讓人把四皇兄關進宮裡的死牢。看這架勢，四皇兄只怕連性命都保不住。」頓了頓，又補了一句。「對了，邵晏也被一起關進牢裡了。」

這些消息來得實在突然，寧汐聽得有些發懵，半晌沒有說話。

蕭月兒的聲音越來越低。「我遇見大皇兄，大皇兄把事情都告訴我了。四皇兄根本不是父皇的血脈，是梅貴妃和別的男人私通所生……」

寧汐震驚的站了起來，嘴巴張得老大，久久忘了合上。

她竟然全都猜中了！

怪不得在前世四皇子不擇手段也要做上太子，怪不得他竟連等待的耐性也沒有，怪不得他如此心狠手辣的對皇上下毒手連點父子之情也不顧。這一切都只因為四皇子根本不是皇室血脈，他只是梅貴妃私通的野種！

「我從沒見過父皇這麼生氣。」蕭月兒長長的嘆口氣。「他雖然有不少妃子，可卻一直很長情，對梅貴妃也算不錯。」卻萬萬沒料到梅貴妃讓他戴了這麼久的綠帽子，他一直懵懂不知，又替別的男人養了這麼久的兒子。

堂堂天子，竟遭受這樣的奇恥大辱，也難怪他會賜死梅貴妃了。這樣看來，四皇子也斷然沒有苟活的可能。

恨一個人這麼久，忽然發現這個人已經沒了活路，那種心情就好像一直飄在半空的東西陡然跌落到了山谷，複雜極了。

震驚？歡喜？如願以償的輕鬆？似乎都有一點，可又不全是，甚至有一絲無措的茫然。

一切的愛恨糾葛，所有的恩怨情仇，就都這麼結束了嗎？

「不過，有件事我還是不清楚。」蕭月兒皺起了眉頭。「梅貴妃當年到底是和誰私通生下了四皇兒？」她當然不敢問父皇，便去問了大皇兄，可大皇兄卻堅決不肯說，她只好一頭霧水的回來了。

蕭月兒不知情，寧汐自然更不清楚。事實上，她對這個也絲毫不關心，她只要知道四皇子從此以後再也不會出現在她的生活裡就行了，還有邵晏……

寧汐腦中靈光一閃，一個模糊的念頭閃過腦海。「二嫂，為什麼邵晏也會被關進死牢？」

蕭月兒也是一怔，這個她倒沒有仔細想過，可被寧汐這麼一提醒，她也覺得有些不對勁了。

說到底，這是皇家秘辛，事關後宮妃嬪和皇子的清白，審問一事一直秘密進行。知道內情的絕不超過五個人。父皇為什麼要將邵晏也關進天牢？難道此事和邵晏也有關係？

想了半天，依舊百思不得其解。蕭月兒瞄了皺眉苦思的寧汐一眼，低聲說道：「寧汐，我知道妳聽了這些心裡不舒服，不過，這事妳可不能跟著摻和。四皇兄和邵晏這次難逃一死，誰也救不了他們。」要是讓容瑾知道寧汐這麼惦記邵晏，只怕又要打翻醋罈子了。

寧汐知道蕭月兒誤會自己了，卻也不好解釋什麼，笑了笑，便不吭聲了。可心裡那個念頭卻越來越清晰，答案蠢蠢欲動地欲浮出水面。

算了，這事也沒辦法查證了，就讓它成為永遠的謎團好了。最重要的是，再也沒人隔在容瑾和她中間了，他們可以安穩的過自己的日子了！

寧汐低頭，手輕輕地撫上高高聳起的肚子，唇角緩緩地揚起，露出一抹淡淡的淺笑。

三個月後，皇上在朝上宣佈大皇子為太子，大皇子終於如願以償。

好消息傳到容府，蕭月兒高興得幾乎手舞足蹈。本想立刻去道賀，卻傳來寧汐即將生產的消息，頓時打消這個念頭，匆匆地往寧汐的院子裡跑。

寧汐此時正在陣痛，額上早已滿是汗珠，卻死死地咬著嘴唇，硬是不肯叫出聲來。

幾個有經驗的產婆各自忙碌著，一個幫著擦汗，一個幫著按揉肚子，一個在寧汐的耳邊給她加油鼓勁。

容瑾坐在床邊，緊緊地攥著寧汐的手，口中無意識地說著安撫的話，俊臉竟也緊張得隱隱泛白，彷彿正在陣痛生孩子的那個人是他似的。

寧汐熬過這一波陣痛，連睜眼的力氣都快沒了，卻硬是擠出一絲笑容，微弱地說道：「別、別擔心，我一定會平安生下我們的孩子。」

別看容瑾表面鎮靜，其實手一直在顫抖。素來天不怕地不怕的容三少爺，今天終於嘗到了緊張害怕卻又無可奈何的滋味。

如果可以，他真的寧願躺在床上遭罪的人是自己，也不願意無助地坐在床邊看著寧汐受這樣的痛苦。

「汐兒，」容瑾握緊寧汐的手。「我們只要這一個孩子，以後再也別生了。」他再也不要寧汐受這樣的苦了。

寧汐被陣痛折騰得毫無力氣，聞言扯了扯唇角，還沒等笑出聲來，熟悉的疼痛又呼嘯而來。這次疼痛和前幾次不同，特別的猛烈，來勢洶洶，下體一熱，湧出滑膩膩的液體。

「羊水破了，就要生了！」產婆的喊叫聲在寧汐耳邊響起。「少奶奶，用足力氣，孩子就快出來了……」

寧汐再也忍不住了，閉上眼睛，口中逸出破碎痛苦的呻吟，疼痛席捲而來，咆哮著要將她淹沒。

「汐兒，」容瑾焦急地低吼。「汐兒，妳一定要撐住，孩子就快出生了。」

看著寧汐痛苦的樣子，容瑾既著急又無可奈何又憂心，忍不住朝幾個產婆喊了起來。「妳們快些想法子，別讓她這麼疼了。」

產婆們都忙忙碌碌的，哪有時間理會他，哪個女人生孩子都得熬過這一關，就算是皇后娘娘也不例外，生孩子哪有不痛的？

「出來了，出來了！」一個產婆驚喜地叫了起來。「孩子的頭已經出來了！」

寧汐的意識早已模糊，朦朦朧朧地聽見了這句話，全身最後的力氣都匯聚到下體。

然後，她就昏了過去，甚至連嬰兒的啼哭聲都沒聽到。

不知過了多久，她漸漸地清醒過來。

全身痠軟無力，甚至連動動手指的力氣也沒有。不過，耳朵卻能聽到周圍好多好多熟悉的聲音。

「汐兒，我們有女兒了！」這是容瑾的聲音，滿是喜悅和驕傲。

蕭月兒嘰嘰喳喳的嚷道：「哇，長得好可愛，我也要生一個女兒！」

「哈哈！」響亮的笑聲如此熟悉。「我做外祖父了！快讓我抱抱我的乖孫女。」

這是寧有方的聲音。寧汐手指動了動，心裡溢滿了歡喜，就聽阮氏的聲音響了起來——

「你小心點，孩子剛出世，就你這麼粗手笨腳的，哪裡能抱得好。」

娘也來了。寧汐的眼睫毛動了動。

「還是讓我來抱吧！」一個興致勃勃的聲音搶了進來。「外甥女，我可是妳親舅舅，快給舅舅親一個。」

哥哥寧暉竟也來了。寧汐不知哪兒來的力氣，竟睜開了眼。眼前先是一片模糊，她微微瞇眼，眼前的一切漸漸清晰明朗。

她正安穩地睡在床上，床邊一張張熟悉的笑臉，正湊在一起逗弄剛出生的嬰兒。

容瑾第一個發現寧汐醒了，激動地湊到床邊。「汐兒，妳終於醒了，快看看我們的女兒。」獻寶似地將孩子抱到了寧汐面前。

剛出生的小嬰兒白白胖胖的，睜著圓圓的眼睛，口中嘬著軟乎乎的小拳頭，別提多可愛了。寧汐只看一眼，心便軟成了一池春水。

這是她和容瑾的女兒！

所有的陰暗都成了過去，現在的她，有親密的家人，有心愛的丈夫，有可愛的女兒。此生圓滿，再無任何遺憾了。

容瑾似知道她在想什麼，一手抱著女兒，另一隻手牢牢的握住了寧汐的手。兩人含笑對視，目光膠著，溫柔纏綿極了。

這一生有妳，是我最大的幸福。

——全書完

番外之〈訣別〉

這個牢房很特別。

四周空蕩蕩的，非常乾淨，沒有鐵欄杆，沒有各類刑具，甚至連負責看押的侍衛都沒有。可他很清楚地知道，這座牢房是皇宮裡最可怕的地方。只要被關進來的，絕沒有活著出去的可能。

每天只有一個侍衛定時來送飯，四菜一湯，味道還算不錯。今天的飯菜尤其豐盛，竟然還有一道他最愛吃的乾燒魚翅。

他盯著碗裡看了半晌，扯了扯唇角，嘲弄地想道——這算什麼，是讓他吃飽了好上路嗎？

負責送飯的侍衛像往日一般沈默，將飯菜擺好之後，就退到了一邊。他懶得說任何話，隨意地吃了幾口就擱了筷子。然後，身後的白衣青年默默地走上前來，也草草地吃了一些果腹。

白衣青年還維持著往日的習慣，總是在他吃完之後才肯吃幾口。明明已經到了這個地步，依舊不肯和他一起共食。

他看著一起被關押了數月已經憔悴消瘦得不成樣子的白衣青年，忽地嘆口氣。「邵晏，是我連累你了。」

被關了這麼久，這是他第一次說出這樣的話。

邵晏身子一顫，低低地應道：「殿下，你別說這樣的話。」我們之間，還談什麼連累不連累的。

四皇子的笑容苦澀極了，再沒了往日的意氣風發。

前一刻還滿心期待對前途充滿憧憬和希望，下一刻卻發現自己握有的所有籌碼都成了泡影，世上最痛苦的事情莫過於此。證據確鑿，面對父皇滔天的怒意，他甚至連辯駁的勇氣都沒有。

完了，一切都完了。他的野心勃勃，他夢想中的君臨天下，還有他藏在心底的那個人，一切的一切都完了。

他現在還活著，也不過是苟延殘喘而已，隨時可能被賜死！

邵晏不忍看這樣的他，將頭扭到了一邊，心裡空蕩蕩的一片茫然。

隱藏了這麼多年的天大秘密，竟被大皇子尋到了蛛絲馬跡，甚至找到了最關鍵的人證。梅貴妃被賜死，四皇子和他被關入密牢半年之久，不知什麼時候死亡就會來臨……

死，並不可怕。可怕的是不知什麼時候會死。

漫長無望的等待，讓人整天整夜的惶惑不安，讓人吃不下也睡不好，讓人絕望崩潰，甚至隱隱盼著最後一刻的到來，早日結束這無休止的折磨！

自從他和四皇子被關入死牢之後，從無人來探望過他們。可今天卻很奇怪，負責送飯的侍衛走後，竟有人來了。

是大皇子！

四皇子在見到大皇子的那一刻，眼裡迸射出仇恨的凶焰。那亮光轉瞬即逝，卻足以令大皇子看得清清楚楚。

大皇子沒有害怕，甚至淡淡地笑道：「我們畢竟兄弟一場，臨走之前，我總要來送你一程。」話音剛落，羅公公的身影便出現了，身後跟著一個小太監，手裡捧著一個托盤，上面放了一壺酒和兩個酒杯。

終於要來了嗎？

不知怎麼的，四皇子竟沒有絲毫害怕，甚至有些釋然。

勝者為王敗者為寇，自從知道自己身世的那一刻起，他就知道自己這一生只有兩條路。要嘛登上寶座，成為大燕王朝最尊貴的人。否則，就會成為卑微的塵泥任由踐踏。他處心積慮的經營多年，明明已經在接近成功的路上，沒想到轉眼就落到這樣的局面。

苟活還有何意義？死了倒也乾淨！只是連累了邵晏……

四皇子看了邵晏一眼，似想說什麼，嘴唇動了動，卻什麼也沒說。

邵晏顯得十分平靜，站在四皇子的身後，自始至終也沒說話。

羅公公使了個眼色，那個小太監便利索地將盤子放了下來，將酒杯斟滿。酒是好酒，盛在杯中清澈見底，散發著濃烈的酒香。

可在場的人都很清楚，這酒裡有毒性最猛烈的鶴頂紅，喝了這杯酒，最多呼吸兩瞬間就會一命歸西。

千古艱難唯一死！

四皇子的手微微一顫，呼吸有些紊亂，用盡全身力氣才張口說道：「邵晏，站我身邊來。」他深深地看了邵晏一眼，眼裡滿是歉疚。「我這輩子自問對得起任何人，唯獨虧待了你。今天我們兩個一起共赴黃泉，也算是我們最後的緣分。」

邵晏的眼眶早已濕潤了，顫抖著走上前，和四皇子並肩而立。

朝夕相處這麼多年，他第一次和四皇子並肩站在一起，而不是卑微地站在四皇子身後仰望他的背影。

四皇子嘴唇微動，聲音極低。「二弟，如果有來生，希望你出生在最普通的百姓之家，娶個賢慧的嬌妻生幾個可愛的孩子，平平安安地過一輩子。」

邵晏眼中閃動著水光，心裡默默地說著——大哥，希望你來生也如此……

四皇子端起一個酒杯，邵晏端起另外一個。四目相對，四皇子慘然一笑，將酒杯送到嘴邊，正待一飲而盡，忽地又傳來開門聲。

又有人來給他送行了嗎？

四皇子在看清來人後，冷笑頓時凝結在唇邊，眼眸不敢置信地睜大了。

邵晏順著他的目光看過去，也驚住了。

一襲絳色錦袍的青年，容顏俊美無雙，狹長的眼眸一片深沈。身邊依偎著的女子容顏秀美，纖纖動人。

竟是容瑾和寧汐來了！

他們兩個都沒說話，只默默地站在不遠處，眼神俱是複雜極了。

四皇子貪婪的眼神緊緊地盯著容瑾的臉龐，喃喃的說著。「容瑾，你來了。」他從沒敢奢望過，容瑾竟肯來送他最後一程。

容瑾第一次沒露出厭惡的神情，淡淡地說道：「是的，我來了。」

就這麼簡簡單單的幾個字，四皇子卻像了卻一樁心願一般，竟笑著仰頭喝了手中的酒，酒杯落在地上，發出清脆的聲響，被摔得粉碎。

四皇子的身子也隨之倒下，彌留前的一刻，他依舊癡癡地看著容瑾，唇角緩緩地揚起一絲淺淺的弧度。然後，永遠地合上了眼。

邵晏深深的看了寧汐一眼，將手中的酒一飲而盡。然後，喉嚨像被火燒一般疼痛，眼前一片黑暗的冰冷……

番外之〈邵晏〉

他叫邵晏。

從記事起，他從沒見過爹是什麼樣子。

小的時候，他總會問娘，爹長得什麼樣子？還有，他為什麼這麼早就死了？娘的笑容立刻就淡了下來，總是呆呆地愣上半天，卻什麼也不肯說。之後總有幾天心情鬱鬱，眉宇間一絲淡淡的陰霾揮之不去。

他懵懂無知時，以為那是娘在思念爹。等到後來，他知道真相時才明白，娘是在心驚膽戰的害怕，害怕這個秘密有一天會大白於天下。

高高在上的四皇子，根本不是皇上的血脈。而是梅妃娘娘和當時做她護衛的爹私通生下的野種！

這個秘密，是四皇子親口告訴他的。

那一天晚上，四皇子喝了很多很多的酒，緊緊地拉著他的手，滿臉的醉意，眼底卻留有一絲清明，一字一字地將這個秘密告訴了他。

當年的他，還只是個七歲的孩子，聽了四皇子的話後呆呆的站了許久，頭腦裡一片混亂無措。

四皇子的親爹不是皇上，四皇子和他同一個爹，也就是說，四皇子其實是他的哥哥……

四皇子就這麼直直地看著他，然後淡淡地說道：「邵晏，這個秘密只有你和你娘知道。如果你能永遠保守這個秘密，我會讓你們母子一輩子衣食無憂榮華富貴。」否則，等待你們的只有一個命運。

世上只有一種人，永遠不會洩密。

四皇子完全可以悄悄地處置他們母子兩人，這樣就永無後患。可是，四皇子和他畢竟有著相同的血脈，年少的四皇子還沒狠心絕情到這個地步。

所以，四皇子給了邵晏兩個選擇。

那時候的他，雖然年紀不大，卻極早慧，聞言不假思索地跪了下來。「殿下，我發誓，這輩子絕不會將這個秘密告訴任何人。此生只忠於你，不管你讓我做什麼，我都會照做。」

四皇子滿意地笑了。

從那一天起，他成了四皇子最信任也最忠實的屬下。

他天資聰穎讀書無數，他滿腹計謀算無餘策，他八面玲瓏心機深沈，短短幾年內，他幫著四皇子做了許多該做不該做的事。

四皇子的野心和抱負，只有他最清楚。他不知多少次在心裡暗暗立誓，一定要傾盡全力幫著四皇子達成心願，哪怕犧牲所有！

那個時候的他，絕想不到有一天他會為此痛不欲生！

第一次遇見寧汐，是在四皇子府裡。

「我叫寧汐，你叫什麼名字？」兩條辮子垂在胸前猶有三分稚氣的少女站在盛放的梅花樹下，笑容比天上的陽光更璀璨。

他也笑了起來，笑容前所未有的輕鬆愉快。「我叫邵晏。」

幾乎第一眼，他就愛上了那個天真嬌憨可愛的少女。她的溫柔她的善良她的天真，像一道陽光照進他晦澀灰暗的生命。他真心真意的愛著她，想給她一輩子的幸福。

可很快，事情便朝著他不能控制的方向發展。

四皇子介紹寧有方入宮做御廚，暗中幫著寧有方在御膳房裡嶄露頭角。他分明嗅到了陰謀的味道，卻只能選擇沈默。

再後來，四皇子開始頻頻帶著他出入容府，還漫不經心地笑道：「邵晏，你長得這麼好看，如果我是女人，一定會愛上你。」

他笑而不語，心卻直直地往下沈。

果然，容府的四小姐容瑤很快迷上了他。他對那個刁蠻任性的嬌貴小姐卻一點好感都沒有，每次勉強著應付過後，再面對寧汐那雙毫無保留的信賴的眸子，便一陣痛徹心腑的疼。

她那樣的愛他，全心全意地信任著他。如果她知道他背著她做的這些事，她會怎樣的難過？

四皇子洞悉他的心意，對他的痛苦簡直嗤之以鼻。「這點小事也值得你左思右想。男人三妻四妾又算什麼。先娶了容瑤，以後再將寧汐也娶過來就是了。」

他苦笑一聲，默然不語。

四皇子如此重視容瑤，當然是看中了容府一門武將握有兵權。如果他能娶了容瑤，四皇子就能將容府爭取到自己這邊來，對將來爭奪皇位大大有利。

他明知自己只是四皇子手中最有利的一枚棋子，卻也只能沈默的順從。

紙包不住火，她終於還是知道了。

她哭得那麼傷心、那麼痛苦，一聲聲質問像一把把鋒利的刀戳進他的心。「邵晏，你到底有沒有真的愛過我？你怎麼可以這麼對我？你到底要我還是要她？」

他心痛如絞，溫熱的液體在眼角邊蠢蠢欲動，卻不肯放她走，只將她緊緊地摟在懷裡，口中喃喃低語。「汐兒，我只愛妳，我這一輩子都只愛妳一個。」

她終於沒走，留在了他的身邊，可她臉上的笑容，卻一日比一日落寞。

他太自私了，利用她對他的愛，將她囚禁在自己身邊。明知道她的痛苦，卻怎麼也捨不得放手。

終於，四皇子做了太子。

他鬆了口氣，以為可以不用再娶容瑤。可四皇子卻不容拒絕的去容府提親，讓人為他籌備親事。

就在此時，一樁更大的陰謀接踵而至。

皇上似乎察覺了四皇子的身世有問題，命人暗中調查，卻不知身邊有四皇子安插的眼線，早已得到了消息，搶先一步下了手。

寧有方聽四皇子之命，在飯食中做了手腳。皇上一病不起，短短幾日便身亡。四皇子順理成章的登上了皇位。四皇子登基的第一件事，便是重重地發落了寧家人。

他苦苦哀求新皇手下留情，新皇卻冷冷地說道：「寧汐這條命可以留下，其餘的不必再說了。」

他在絕望中，緊緊地抓住了這最後一絲希望，匆匆地跑到了刑場。

那天陰沈沈的，下著雨。

寧汐萬分狼狽地跪在寧有方的屍骨前，眼裡只有一片冰冷的恨意。

不管他如何懇求，她只用那樣冰冷而自嘲的笑容看著他。然後，用刀深深地刺進胸膛。

臨死前的一刻，狠狠地推開了他，倒在寧有方的身邊。

那一刻，他的心痛得幾乎麻木了，跪在刑場上哭了許久，心底的悔意幾乎將他整個人淹沒。

汐兒，是我對不起妳……

如果沒有遇見我，妳早已嫁人生子，過著平凡卻幸福的日子，絕不會落到這樣淒慘的下場。

如果有來生，妳不要再遇見我。

如果有來生，妳不要再愛我。

如果有來生，妳一定要過得幸福……

番外之〈容瑾〉

他叫容瑾。

他其實還有另一個名字。只不過，那個名字早已被漸漸的淡忘。有時，他甚至自己都忘了身為趙非凡時曾經歷過的一切。

前世種種，恍如大夢一場。

他不止一次的想過，如果那個風雨交加的夜晚，他根本沒開車出去，是不是一切就都隨之改變了？他不會因為躲避摩托車出車禍，不會穿越到這個莫名其妙的大燕王朝，更不會成為容府裡病殃殃的三少爺容瑾……

只可惜，這只是個假設。

現實的一切就是這麼荒謬，他頂著另一個完全不同的面孔和身分活了下來。而且，適應良好。

雖然古文彆扭又拗口，卻難不倒他。在短短幾年間，他考取了鄉試第一名，成為京城最出名風頭最勁的貴族少年。他出眾的文采，俊美的容顏，傲人的家世，足以使他自傲。

仰慕他的貴族少女很多。

不過，他一個也不喜歡。

他天生冷情冷性，對男女情事興致缺缺，甚至連一個男人基本的衝動都很少。那些裝扮精緻的美麗少女在他眼中，還不如一盤色香味俱全的菜餚有吸引力。

他大概會和上輩子一樣，一直孤單的一個人吧！

其實，這樣也沒什麼不好。他早已習慣了一個人，根本無法想像有女子相伴的生活會是什麼樣子。

直到十四歲那一年，他遇到了一個女孩子。

初見的一剎那，他的心悄然一動。那個只有十二、三歲的女孩子穿得十分樸素，小臉卻異常秀氣。她站在角落裡，一雙黑白分明的水靈靈的大眼定定的看著他。

他若無其事地移開了目光。

沒有人知道，他的心怦怦亂跳，像情竇初開的少年一般蠢蠢欲動。

原來，他不是天生的冷情，只是一直沒有遇到對的那個人而已。現在，這個她終於姍姍出現了。

他一直是個很自私很小氣很霸道很任性的男人。所以，儘管那個女孩尚未成年，儘管那個女孩清澈的眼神中毫無動心的跡象，他依然在最短的時間裡作了決定。

他喜歡她，她也一定要喜歡他。

她的伶牙俐齒讓人又愛又恨，她的認真執著讓人又敬又憐。他的目光越來越多的聚集在她的身上。那種強烈的悸動，讓他迷惘，甚至有些害怕。

這樣下去，他會不會變得連自己都不認識自己了？

分開的那一年裡，他不止一次的對自己說——忘了她吧，她只是長得稍微順眼一些，比別人聰慧可愛一點點，比別人堅強樂觀一點點……

可不管怎麼努力，他都忘不了那張慧黠的笑顏。

掙扎了一年，他終於向內心的渴望投降。他要攜手一生的人，就是她！

為了和她重聚，他費了很多心思，做了很多以前絕不可能做的事。可她對這一切卻並不領情，甚至刻意和他保持距離。

她是這麼聰明，當然早就看出了他竭力隱藏的情意。可她卻如驚惶的小鹿一般，匆忙地躲開了。

沒關係，她躲開一步，他就靠近一步。總有一天，她會愛上他的。

他有得是耐心和毅力。

妳進我退，妳退我追，妳追我逃，妳逃我繼續追。這一場愛情的角逐，他幾乎耗盡了所有的耐心和熱情。她明明也對他動了心，可卻百般閃躲。

她偶爾的失神，她悵然的嘆息，她淡淡的憂傷，她遠遠的躲避。

到底為什麼？她到底有什麼秘密在瞞著他？

後來他想，這一切都沒關係，只要她愛自己就好。

她主動來找他的那一個下午，他永生都不會忘記。她哭著撲進他的懷裡，哽咽著說愛他的那一刻，他心花怒放，早已把之前所有的不快全都拋到了腦後。

原來，當你深愛一個人的時候，你就再也沒有了驕傲和矜持。只要她肯給予你一點點回應，你的世界就會春暖花開。

之後的日子，溫存而甜蜜。

不見的時候想著她，見面的時候卻又嘆時間過得太快。他甚至不願再想她還有秘密瞞著他的事情。

只是，相愛的人眼中容不得半點砂子。他終於忍無可忍地問出了口，卻在她犀利的反問中啞然了。

是啊，他不是也有許多秘密瞞著她嗎？他憑什麼要求她的坦誠？

輾轉幾夜，他終於下定了決心，將自己的秘密原原本本的告訴了她。她不肯走近他沒關係，就讓他一步一步的走近她好了。

總有一天，她會完完全全的屬於他。

她身邊總有不懷好意虎視眈眈的男人。先是邵晏，後來是張展瑜，再後來，竟還有大皇子。

他才不會將她拱手讓人。費盡心思，他終於如願以償地娶到了她。

穿著大紅嫁衣的她，真的很美很美。他生平第一次有了驚豔的感覺，就這麼直直的看著她，甚至捨不得眨一下眼。

從認識她的那一天起，他就等待著這一天的到來，已經足足等了三年多。

他暗暗在心中立誓，這一輩子，他都會全心全意的愛她一個人，絕不讓她傷心難過。

她終於將那個隱藏了多年的秘密告訴了他。那一刻，他震驚得不能自已，卻克制著心裡所有的情緒，溫柔地安撫安慰她。

總有一天，他要為寧汐報前世之仇。

機會很快就來了。

大皇子找他秘密商談，透露了那件機密的消息。

為了早一天扳倒四皇子，他狠心同意了配合。然而事情並不如想像中那麼簡單，賑災的路上意外頻頻。他受了重傷，四皇子也因為救他受了傷。

他第一次對四皇子生出了厭惡之外的情緒。雖然離好感很遙遠，可他依舊感激四皇子救了自己。

他以前不怕死，因為活著也沒什麼可眷念的。可現在不一樣，她和肚中的孩子都在等他回去。他不能死！

四皇子死的那一天，他去送行，她也跟著去了。

他為四皇子送行，她則是和邵晏告別。

所有的前塵舊事，從此煙消雲散。

他們的世界裡，再也沒有了往事的陰影，只有溫暖和美好，可愛乖巧的女兒，是他們愛情的結晶和見證。

這一生，他和她會甜蜜的攜手共度，白頭偕老。

吉時良緣 百里堂㊔ 全套二冊

老天爺給了她這個大好機會！
看她怎麼收拾惡姊姊、壞小三，
然後甩掉爛男人，
讓自己活得精彩痛快——

文創風 100 上

說什麼名門閨秀生來好命的，其實都是假象！
她沈梨若沒爹疼、沒娘愛，處處吞忍才能在沈家大院艱難求生，
本以為嫁了風度翩翩的良人，就能從此擺脫悲慘人生，
哪知道手帕交和夫婿偷來暗去，還勾結她的貼身婢女陷害她——
她含恨嚥下毒酒，一縷芳魂飄啊飄～～
再睜開眼看見的卻不是奈何橋，而是五年前還未出閣時的光景！
天可憐見，讓她的人生可以重來一回，
前世欺她、侮她、輕慢她的人，這一世她都不會再忍讓，
這一次她要拋棄那些溫順軟弱，勇敢追求嚮往的自由！
為了離家出走大計，她偷偷攢錢打算開鋪子營生，
卻三番兩次遇到這奇怪的大鬍子男插手管閒事，
加上一大堆亂七八糟的陰謀算計，搞得她頭都昏了。
唉，這一世的日子，好像也沒有那麼平順好過……

文創風 101 下

上天可真是和沈梨若開了個大玩笑！
一心想挑個普通平凡的良人度過一生，這挑是挑好了，
結果樣貌普通的夫君新婚之夜才知是個傾城的絕色美男？!
而且原以為出身小戶人家竟成了高門大戶，讓她心情跌到谷底。
實在不是她愛拿喬或不知足，
她真的怕了那些花癡怨女又來和她搶條件優秀的夫君啊！
而且她明明選擇了和前世相反的道路，身分、際遇都大不同了，
命運卻還是讓她和前世仇人兜在一起，麻煩接二連三找上門。
瞧他們神仙眷侶的生活不順眼，真要跟她鬥是嗎？
要知道她可不是當初那個任人擺佈的軟柿子了！
況且如今的她不必單打獨鬥，
和他相攜手，她有信心面對即將襲來的狂風暴雨——

天才廚藝美少女遇上天下最挑剔刁嘴的美少年

重生的試煉．穿越的新鮮
人情的溫暖．溫柔的情意
精緻烹煮的美食佳餚，佐以專一的愛情調味，
引得你食指大動、會心一笑……

食全食美 全套八冊

真情流露派寫作大手／
尋找失落的愛情

文創風 092 **1**

她對愛的癡傻竟換來寧氏全族遭到滅門之禍。
既然老天爺讓她重生，她定要好好的活一回！
從此，她不再是那個不解世事、爹疼娘寵的嬌嬌女，
她求爹答應教她廚藝，憑著過目不忘及異常靈敏的味覺，
她肯定能成為世上獨一無二的名廚。
她要避開前世所有的禍端，守護所有的親人。
她要看清楚所有人的真面目，不再受人欺瞞。
但容瑾這男人卻是她看不明白的，遇上他，她就上火……

文創風 093 **2**

這個寧汐，是長得像個精緻的娃娃似的，模樣討喜，
但她不饒人的小嘴和倔強的性子，他領教得可多了！
哼！她想山高水遠不必再見，他偏不如她的願，
要知道少了她在眼前晃，他生活可就太平淡無聊了……

文創風 094 **3**

這容瑾自大自傲，說話又毒辣，可實在太俊美了，
他只要淺淺一個微笑，都會令少女心神蕩漾。
不過迷戀他的少女之中可不包括她。
但看著他運用聰明才智地將鼎香樓炒得火紅，
她心生佩服之餘，覺得他的毒辣似乎沒那麼難忍了……

文創風 095 **4**

容瑾的出身、絕美的容貌、睿智才情……
看得愈多，就愈明白他具有高傲狂妄的資格。
她配不上出身高貴的他，可他老是來撩撥她的心，
連夜探香閨這種事他都做得出來，她根本拿他沒轍……

文創風 096 **5**

在他心裡，這寧汐什麼都好，就是太招人喜歡的這點不好！
迷了他就算了，還迷了一堆男人，
惹得他老大不痛快，吃不完的飛醋！
看來他下一步要籌劃的就是怎麼樣儘快娶她進門……

文創風 097 **6**

寧汐知道大皇子想要的是她身上所具有的神奇異能，
她不想嫁入皇室當妾，更不想容瑾為了她衝動惹禍。
如果能平安地度過這次的危難，她願意早點嫁給容瑾……

文創風 098 **7**

不能怪他性子急，娶妻這事他是一天也不想忍了！
心愛的女人遭人覬覦的感覺真是糟透了。
只要寧汐還沒娶進門，他就名不正、言不順，
無法大方地行使他作為丈夫的權益！

文創風 099 **8** 完

這次容瑾真的無法低頭了，瞧他把她寵成什麼樣？
他全然地對她坦白，她卻藏著自己的秘密，
還是關於另一個男人的，這下更是氣極了！
婚後最大的爭執於是展開，冷戰就冷戰吧……

非我傾城

重量級好書名家／墨舞碧歌

文創風 032　8之1〈逆天〉

即便秦歌不愛她，但在王墓考古遇見盜墓者時，他捨命救了她是事實，
於是，當那個神秘的女子說他的前世是千年前榮瑞皇帝以後繼位的東陵王，
說若當時不修陵寢，秦歌就能重生時，她毫不遲疑地同意回去逆天篡改歷史，
當見到東陵太子時，那與秦歌一般的容貌讓她確定了他便是下任東陵王，
他承諾娶她，不料後來成為太子妃的卻是她的異母姊姊——傾城美人翹眉！
為了當面問他一問，也為了讓東陵派兵援救她母親陷入爭戰中的部族，
即便被下毒毀去絕世容顏，她仍攜二婢逃出，前去參加皇八子睿王的選妃大典，
八爺上官驚鴻，一個左足微瘸、鐵具覆面的男人，她無論如何都得成為他的妃……

文創風 033　8之2〈醜顏妃〉

翹楚在太子府等待出嫁前，她的夫婿睿王卻親眼目睹太子吻了她，
而在隨後發生的行刺太子事件中，她為救太子，讓刺客誤以為他才是太子，
結果他因此受了傷，也一併褪去人前溫和不爭的假面，露出陰鷙狠戾的模樣，
她這才驚覺，他以前所有的溫情以待都是在作戲，娶她也不過是別有目的，
不過無妨的，此生只要完成來東陵及救母的任務，其他的都不重要，她不需愛情，
誰知她意外發現書房的秘密，進入一處地穴，看見一個俊美無儔的男人，
那分明是太子的臉，但他身邊不離身的鐵面卻昭示他是她的爺、她的丈夫！
老天，秦歌的前世究竟是太子上官驚灝，還是遭她背叛過的睿王上官驚鴻？

文創風 036　8之3〈佛也動情〉

他是萬佛之祖飛天，本該心如明鏡、無慾無求的，
不料在親手接生了翹家二女若藍後，命運之輪便啟動了，
明知不可，他卻悄悄對貼心善良的她動了情，
他很明白這是不被允許的，因此他一直掩飾得很好。
對誰都好、看似有情卻無情，是他向來給眾神佛的印象，
直至他的佛殿祝融肆虐，她為救寶貴典籍而喪命，
至此，他再做不來喜怒不形於色，
為免她魂飛魄散，當下他使計讓兩大古佛施展捕魂咒救她，
事後，他及天界一干動了愛恨嗔癡念的眾神佛皆得下凡歷劫，
他成了睿王上官驚鴻，而若藍則化為翹楚，
倘若再愛上她以致歷劫失敗，那她將灰飛煙滅，於是，他只能對她狠了……

文創風 037　8之4〈爺兒吃飛醋〉

大婚前先是與他的太子二哥曖昧不清，大婚後又和九弟夏王眉來眼去？
想不到翹楚這姿色平平的女人，還真有活活氣死他的本事！
她那破敗身子毒病一堆，沒幾年命好活了，竟還有閒功夫到處勾搭他的兄弟？
民間姑娘、勾欄場所的花魁，幾時看九弟真心對待過一名女子了，
而今不僅一直戴著她給的荷包，還贈她千年白狐做成的名貴狐裘，這算什麼？
怎麼著，難不成九弟這次竟看上了自己的嫂嫂、看上他用過的女人嗎？
只是，他這個好弟弟似乎忘了一件事——翹楚是他的女人！
即便他上官驚鴻不愛，他上官驚驍也休想染指她一分一毫，
不論是死是活，這輩子她翹楚都只能是他八爺的妃！

文創風 040　8之5〈衝冠一怒〉

翹楚失蹤了！上官驚鴻知道，必定是太子將她縛走了，
為了立即救出她，他不顧五哥勸阻，點兵夜闖太子府，
他很清楚，此行若搜不出翹楚，父皇必定大怒，
而這些年來他辛苦建立的一切也將毀於一旦，但他管不了這許多，
毀了便毀了吧，他無法慢慢查探，他絕不讓她再受一點苦！
為著能早點救出她，甚至連九弟他都找來幫忙了，
只因他曉得夏九素來喜愛翹楚，定能完成所託，
然則，他終究是慢了一步，她被灌了滑胎藥，大量出血！
他早已立下誓言，必登九五之位，遇神殺神，遇佛弒佛，
自降生起，他從沒畏懼過什麼，如今，他卻怕極了失去她……

文創風 042　8之6〈赴黃泉〉

翹楚曉得，現如今的上官驚鴻是愛她的，很愛很愛，連命都能為她捨，
為了專寵她、得她信任，他甚至允諾不碰其他女人，他們要永遠在一起，
然則，她總會先他離開這世界的，哪能陪他到永遠呢？
她的身子幾經毒病，早便是懸在崖上的，若她死了，他怎麼辦？
或許他們不該在一起，不該要求他唯一的愛，畢竟她根本陪不了他多久……
宮裡傳來的消息，說翹楚昨夜在宮裡沒了，守護著她的老僕瘋了般見人便砍?!
一派胡言！她腹中還懷著他的孩兒，好端端的怎可能就沒了？
……是父皇！父皇不喜翹楚，定是他下的殺手！
母妃和妹妹都教父皇害死了，為何連他心愛的女人都不肯放過？
誰殺了翹楚，他就殺誰，便是當今聖上、他的父皇亦然！

文創風 045　8之7〈登基〉

他上官驚鴻步步為營、運籌帷幄，終於走到了爭奪王位的最後一步，
然則他機關算盡卻沒算到，此生最愛的女人翹楚會命喪宮中，
早先為了治好她的心疾，他不計一切手段取得解藥續了她的命，
兩人的一生理該久長下去的，怎麼突然間她就撒手離去了？
她說希望看見他君臨天下的模樣，一定很威風，
為了圓她心願，讓百姓歸於太平安樂，在奪位的路上，他大開殺戒，
可她已然灰飛煙滅，那他苦苦撐著這行將腐朽的身軀不死有何意義？
即便他最終擁有天下萬物又如何？這天下，終究不是她。
倘若世上真有神佛，轉世而來的她是否能再轉世回到他身邊呢？
這一次，換他來等她，直到不能再等了，他便去尋她……

文創風 046　8之8〈輪迴〉

等了這般久，翹楚終於重新回到他身邊了！
不僅如此，她腹中的胎兒、他們那屢屢沒死成的小怪物也還活著！
這一次，他不當佛祖飛天、不當秦歌、不當睿王，就只當她的男人，
往後的日子裡，他保證會好好愛她、護她、不惹她生氣了，
但……為何她身邊的男人老是走了又來、源源不絕！
趕走了夏九那個大的，現在又補上個小的是怎麼回事？
是，他知道那個小的是翹楚為他生的兒子，所以呢？
難不成這世上有人規定老子不能拈兒子的醋吃嗎？
而且這無齒小子居然當眾尿了他一身後，還露出得意的笑！
好，他上官驚鴻算是徹底討厭上這小怪物了，敢跟他爭翹楚，簡直找死！

**《非我傾城》隨書附贈
東陵王朝人物關係表，
〈登基〉並附彩色地圖！**

藝界人生大揭密！
古代明星不能說的情與愛……
青好記
一半是天使著
她的前世如此卑微孤寂，能夠再活一次，
來到這個陌生的時代，不但成為紅遍京城的傾世名伶；
還有幸遇到廝守終生的好男人，她，絕不再放手……
這一世她一定要活得足夠精彩，
才不辜負上天的眷顧！

看一個孤弱女子置身禮教束縛的古代，
如何抓住機會努力向上，
終於苦盡甘來，
在愛情、事業上春風兩得意！

1〈有鳳初啼〉
2〈春心初動〉
3〈梨園驚夢〉
4〈戲如人生〉
5〈絕代名伶〉
6〈伴花歸夫〉

全套6冊已出版，越看越驚喜，

看過的人一致推薦——竟然出乎意料之外的好看！

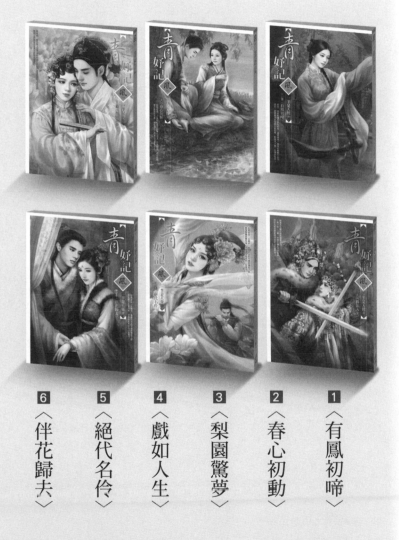

風 文創 099

食全食美 8 完

國家圖書館出版品預行編目資料

食全食美 / 尋找失落的愛情著. --
初版. -- 臺北市 : 狗屋, 民102.06-民102.07
冊 ; 公分. --（文創風）
ISBN 978-986-328-085-9（第8冊：平裝）. --

857.7　　102009599

著作者　尋找失落的愛情
編輯　王佳薇
校對　黃薇霓　黃亭蓁
發行所　狗屋出版社有限公司
地址　台北市104中山區龍江路71巷15號1樓
電話　02-2776-5889～0
發行字號　局版台業字845號
法律顧問　蕭雄淋律師
總經銷　知遠文化事業有限公司
電話　02-2664-8800
初版　102年7月
國際書碼　ISBN-13　978-986-328-085-9
原著書名　《十全食美》，由起點女生網（www.qdmm.com）授權出版

定價250元
狗屋劃撥帳號：19001626
網址：love.doghouse.com.tw　E-mail：love@doghouse.com.tw